滄狼行
卷9
廟堂江湖
指雲笑天道

目錄

CONTENTS

第一章

十三太保橫練

天狼一愣：「天下外功至強的便是少林，
你是說像少林的金鐘罩、鐵布衫之類的功夫嗎？」
陸炳點頭：「不錯，錦衣衛十三太保橫練，你可 曾聽過？」
天狼叫道：「十三太保橫練？這不是錦衣衛歷代的不傳秘技麼？」

天狼裝作一臉茫然地說：

「信不信由你，我真的不知道我是怎麼會的，只是小時候經常做夢，有個異人相傳我此功，但一醒來就忘了，半點招式都記不得，二十多年來，只有我師父戰死時那次，我因為仇恨與憤怒而失去理智的情況下使出過一次。

「就和兩儀劍法一樣，只是夢中和小師妹一起練劍，也只有跟她或者屈彩鳳在一起的時候才能合使，平時讓我一個人練，我根本使不出來。不過，那次屈彩鳳的內息進入我體內後，我突然一下子想起了天狼刀法和兩儀劍法的所有招數，從此之後，即使只有我一個人，在清醒狀態下也能使出這兩種武功，陸炳，不管你信不信，反正事實就是如此。」

陸炳面帶疑色地聽著，最後長嘆道：「世界上本就有許多不可思議的事，**也許這是上天賜給你的絕世武功吧**，我看得出，你的其他武功，都是自己一招一式苦練多年才學成的，只有天狼刀法和兩儀劍法似乎是你與生俱來就會的，罷了，這個問題我以後不會再問。」

天狼接著道：「屈彩鳳被我說動，暫且放下私人恩怨，答應不再當賣國賊，還會幫我保守身分秘密。」

陸炳聽了道：「我們和巫山派的合作已經破裂了，本來我還擔心屈彩鳳是想倒向嚴嵩父子，不過那天我看她不要命地和你在一起攻擊嚴世蕃和俺答汗，心下稍寬，你要知道，巫山派勢力遍及南方七省的綠林，如果被嚴嵩父子所用，那就很麻煩了。」

天狼斷然道：「不會的，屈彩鳳雖然是女流之輩，但分得清是非曲直，她不會跟嚴氏父子站在一起的，也會漸漸地跟魔教劃清界線，減少合作。陸大人，你既然和伏魔盟搭上線了，可以代為傳個話，說巫山派有意與他們休戰，至少不會主動攻擊他們，請他們能夠停戰。」

陸炳「唔」了一聲：「對了，你運一下氣，看看如何！」

天狼試著氣運丹田，只覺得丹田中一陣暖意提起，但氣息還是稍弱，最多只有平時三成的功力，稍一功行全身，順著經脈沒走多久，便覺得鑽心地疼痛，真氣也開始不受控制地亂竄，連忙收住功，驚呼道：「怎麼會這樣！」

陸炳見狀道：「終極魔功邪惡凶殘，看來你短期內無法完全恢復內功，還得一邊泡藥缸，一邊調理，直到把體內的這些邪氣全部逼出才行。」

陸炳又道：「你醒來問這問那的，怎麼就不問問鳳舞的情況？難道對你來說，她連屈彩鳳都不如嗎？」

天狼想起那天嚴世蕃說的話，眼神中閃過一絲慌亂：「不，不是的，只是我想以鳳舞的武功與機智，脫困當無難處，而且我們都是錦衣衛，不是不能隨便打聽同伴的情況嗎？」

陸炳重重地「哼」了聲：「你跟鳳舞現在還能算是一般的同伴嗎？連赫連霸都看出來這小妮子已經對你動了情，幾次三番地不惜違反紀律聯繫我，天狼，如果換了是別人，我早就按家法處置了，也就是你們兩個，讓我一而再，再而三地徇私枉法，你說，這回我應該怎麼處罰你們呢？」

天狼的臉微微一紅，自我辯解道：「我本是執行你的命令，想擾亂蒙古軍，誰知道屈彩鳳突然殺了出來，我不能見死不救。」

陸炳教訓道：「天狼，你是錦衣衛的殺手，頭腦永遠要保持冷靜，當時在場的有英雄門的三大高手，還有嚴世蕃，你和屈彩鳳兩個人怎麼可能敵得過他們四個？如果你陷在當場，那你打聽到的這些消息，又如何能傳出來？天狼，你要記住，你不是李滄行，就算是沐蘭湘或是我本人在場，也不許你救！」

天狼哈哈一笑：「總指揮，我可不是一時頭腦發熱去救屈彩鳳的，我那是謀定而後動，屈彩鳳曾經和徐林宗學過兩儀劍法，這套劍法的精華就在於兩人的配合，當年我和小師妹就是靠著兩儀劍法才打敗達克林的，以我和屈彩鳳現在的功力，合使兩儀劍法，即使是英雄門三個門主一起上，也不在話下。」

陸炳聽了道：「兩儀劍法確實威力巨大，這也正是我奇怪的地方，練這劍法需要心意相通，而且一方要完全配合另一方，作出犧牲與讓步，如果說你和沐蘭湘朝夕相處，情投意合，那倒是可以把威力發揮到極致，可是你和屈彩鳳的關係，也到了這一步嗎？過去她是非殺你而後快，而你不過跟她相處了一兩天，就跟她化敵為友到這種地步？我見過她和徐林宗合使兩儀劍法，也沒有那天跟你的默契程度，你和她究竟發生了什麼？」

陸炳越說越發狐疑，眼中透出一絲寒芒：「天狼，**不管發生什麼事，我都希望你不要瞞我**，這會決定以後我對你的任用，如果你跟屈彩鳳因劍生情，甚或有了親密關係，也希望你如實告訴我。」

天狼正色否認道：「你想太多了，屈彩鳳是個專情的女人，她的心裡只有徐林宗，至於我，你應該更清楚，此生我心裡不會再有別的女子了，不過，我跟她在沙漠的那兩天確實有一些奇遇。」

天狼便把那天躲沙塵暴時，兩人共處一穴，出來後自己毒性發作，被屈彩鳳餵血相救的事說了出來。不過屈彩鳳練習天狼刀法走火入魔，靠自己內力相助才保得一命的事，他將之隱瞞了下來，因為這對屈彩鳳是致命弱點，如果讓陸炳知道，並非好事。

陸炳卻敏銳地嗅出了些什麼，質疑道：「在大汗的金帳中，屈彩鳳突然倒下，在那樣危急的時刻，你竟然放棄突圍，只為了救她，這是為什麼？她是不是有什麼隱疾？如果不是因為你救了她，她又怎麼可能會對你如此感激，甚至以命相救！」

天狼暗道陸炳也太厲害，什麼事都瞞不過他的法眼，心眼一轉，面不改色地道：「陸大人，你多心了，兩儀修羅殺要消耗巨大的精力與修為，即使在兩儀劍法中，也是非到絕境不可使用的禁招。屈彩鳳那天和嚴世蕃先是惡戰一場，然後使出兩儀修羅殺，最後又跟赫連霸大戰上百回合，內力已衰，她的天狼勁霸道詭異，內息運行方式也與常人不一樣，當時除了我，無人可以幫她調理，我看那時嚴世蕃和英雄門的三個門主已退走，才會就地幫她調理，否則以她的情況，只怕出不了蒙古大營。」

陸炳的眉頭漸漸舒緩開來：「看那屈彩鳳女流之身，走的卻是如此剛猛霸道的路數，即使她天賦超人，也不能持久，和男子相比，終歸還是氣力不濟，這一點我以後會多加留意。以你看來，**她是不是有走火入魔的可能？還有她那一頭白髮，是不是也與此有關係呢？**」

天狼心中一凜，面上卻裝得若無其事地說：「我不這樣認為，我給她輸入內力的時候，發現她的氣息雖弱，但不至於走火入魔，功行一個周天後就恢復了；要是真的走火入魔的話，不會這麼快就恢復過來。至於青絲變白髮，人如果情緒精神受到巨大的打擊，有可能會發生這種突變的，春秋時伍子胥過昭關的時候，不也是一夜急白了頭麼？難道伍子胥也是走火入魔了嗎？」

陸炳哈哈一笑，拍了拍天狼的肩膀：「你既然說她沒事，那我就相信你了，也許是她上次餵了你太多的血，身體虛弱才會導致如此吧。以前我聽林鳳仙說過，屈彩鳳是她從狼窩裡撿來的，身上長滿了白毛，一直到三四歲的時候白毛才褪盡，也正是因為她從小和狼一起長大，所以速度、力量都遠遠超過普通人，以女子之身練成天狼刀法的，除了林鳳仙以外，也只有她了。

「好了，不說屈彩鳳的事了，天狼，剛才你提到毒傷之事，我也覺得你雖然功力高絕，世上罕逢對手，但你打起來往往是熱血上湧，不畏生死，雖然氣勢逼人，攻擊力冠絕天下，但是防禦力還略有不足，碰上頂級的對手，如公冶長空、赫連霸這樣的，還是會被傷到，你得再多多加強自己的防禦能力才行。」

天狼搖搖頭：「最好的防守不就是進攻麼，再說，我有天狼勁護體，就是純防守也強過絕大多數人了。」

陸炳卻道：「你的護體氣勁，那是內功，不是對肌肉本身的防禦，我說的是在這層護體氣勁之外，再加強身體的抗擊能力，這樣即使有人突破你的護體氣勁，也不至於對你的身體造成巨大的傷害。」

天狼一愣：「天下外功至強的便是少林，你是說像少林的金鐘罩、鐵布衫之類的功夫嗎？」

陸炳點點頭：「不錯，我們錦衣衛的十三太保橫練，你可曾聽過？」

天狼失聲叫道：「十三太保橫練？這不是錦衣衛歷代的不傳秘技麼，聽說只有歷任總指揮使才能學得，陸炳，你不會是想教我吧？」

陸炳表情鄭重地說：「不錯，我是現任錦衣衛總指揮使，我可以推薦下任總指揮使的人選，天狼，我很看好你，雖然我知道你現在並沒有跟我完全交心，但是我是真的想栽培你，一方面是因為你師父的原因，另一方面，我也非常欣賞你的能力，將來我等隱退以後，如果是由你來掌管錦衣衛，我很放心，也是國家的幸事。」

天狼沒有說話，在心中盤算著陸炳的真實意圖，**十三太保橫練是錦衣衛歷代的不傳之秘，在江湖上也是頂尖的絕學，與少林的易筋經並稱天下防禦型武功之最，作為一個武林人士，哪有不喜歡神功絕學的呢？**

但天狼還是壓抑著自己心中的強烈衝動，開口道：「陸大人，雖然我很想練十三太保橫練，但是你平白無故地以神功相贈，總不會這麼便宜我吧，是不是又要我做什麼？我可不會因為學到了這功夫，就一定會留在錦衣衛，更不用說以後接你的班了。」

陸炳眼中閃過一絲失望：「怎麼，錦衣衛不好嗎？你在這裡待得不開心？」

天狼搖搖頭：「在這裡，有許多事不能遂自己的心願，得失考慮得太多，不如在武林中自由自在。陸炳，我相信你本性是個好人，但多年的官場生涯已經讓你失掉許多人性，讓你變得圓滑勢利，做什麼事都瞻前顧後，畏首畏尾，陸大人，我不想有一天變成像你那樣，為了保有榮華富貴，而喪失一個武人最可貴的正義感，所以我還是心領了。」

陸炳突然笑了起來：「很好，天狼，你的回答讓我非常滿意，我決定，十三太保橫練就傳給你了！」

天狼愣道：「怎麼，剛才你是在試探我嗎？」

「不錯，如果你是為了貪圖武功或者權勢而一口答應，那說明你這個人心術不正，錦衣衛指揮使最需要的就是對皇上、對國家的忠心，由於這個職務擁有巨大的權力，私心太重的人在這個位置上可能會禍國殃民，所以歷代錦衣衛總指揮使都要這樣考察一番人品後，才會授予十三太保橫練的武功。」陸炳解釋道。

天狼聽了，忍不住嘲諷道：「哦，陸大人，你的人品很高尚嗎？高尚到看著嚴氏父子為禍國家，還與他們同流合汙？」

陸炳臉一沉：「天狼，不要把我對你的容忍當成你可以放肆的本錢，等你到了我這個位置，到了我這個年紀，只怕也會做同樣的選擇。」

天狼道：「不錯，我要是和你一樣位高權重，也許會變得和你一樣失去良知底線，所以我不想接這個位置，我還是那句話，要是哪天我發現權勢開始腐蝕我了，我會毫不猶豫地離開這裡。」

陸炳嘴角抽了抽，又愛又恨地道：「罷了，我不勉強你一定要一直留在這裡，我和你的約定不變，只要你不危害國家，行動就能來去自由，你現在想走了嗎？」

天狼搖搖頭：「現在還不，因為嚴嵩父子尚未倒臺！你說得對，就算我殺了嚴世蕃，也改變不了什麼，嚴黨仍然會把持著朝政，我只有借助錦衣衛的力量，查實他們的罪證，直到嚴黨不再一手遮天的時候，一舉剷除他們，所以目前我還要留在這裡。」

陸炳笑了笑：「嗯，那我還是先傳你十三太保橫練的功夫吧，有了這個護體神功，至少能讓你不至於每次都要我出手相救。」

天狼被說到痛腳，臉微微一紅：「這幾次還要謝謝你了，只是，既然我不能保證會一直待在錦衣衛，你怎麼可以把這功夫傳給我呢？」

陸炳道：「你聽到的傳言並不完全正確，的確，每個錦衣衛總指揮使都要練成十三太保橫練，這點不假，但並不是不當錦衣衛總指揮使就不能練十三太保橫練了，現任總指揮使有權傳授給他認為可靠的人學習這門功夫。」

天狼脫口道：「這情形不就是和其他的門派那種只會傳授掌門絕學武功是一樣的道理嗎？」

陸炳表情嚴肅地說道：「不錯，和江湖門派一樣，**學到十三太保橫練的人必須立下重誓，以後萬一不在錦衣衛，不得把這門功夫外傳**，天狼，你也得發這個誓！好比你在峨嵋、三清觀要學紫青劍法和鴛鴦腿、玉環步時，不也發過這種誓嗎？我錦衣衛難道比這些江湖門派還不如？」

陸炳又道：「其實最早錦衣衛是沒有這個規定的，太祖建立大明時，將身邊一群可靠的親兵護衛組成錦衣衛，十三太保橫練就是這些高手們集思廣益，綜合各種外家硬功的練習之法，經由歷代錦衣衛高手加以改進終至大成的！所以，一開始的錦衣衛，人人都可以修習這個太保橫練，並非單傳。」

天狼好奇地問：「那為什麼後來變成非總指揮使不傳了呢？」

陸炳解釋道：「成祖靖難中的大功臣紀綱，是我錦衣衛史上第一個厲害人物，論武功，在天下是數一數二，他集合了先人的武功精華，加上自己所學，把太保橫練給融會貫通，由於他和手下的冷血十三鷹個個都修練此功，橫行一時，所以就稱之為十三太保橫練，紀綱本人更是練到金剛不壞之體，在天下第一的比武大會上擊敗正邪各派高手，奪得『武功天下第一』的頭銜。

「紀綱上得恩寵，下又威震武林，竟生出謀逆的心思，利用手中的職權暗中招兵買馬，意欲圖謀不軌，最後事敗被查獲，自己和十三太保也全部落得了凌遲處死的下場。**這是錦衣衛的第一次巔峰，也是第一次低谷，從此以後，皇上對我們錦衣衛也有了防備**，從此，便規定十三太保橫練只能傳一個人，防止總指揮借此發展自己的勢力，形成尾大不掉的局面。」

天狼聽得連連點頭，提出疑問道：「可是你的青山綠水和孤星養成計畫，不都是在培植自己的勢力嗎？現在你又要傳這十三太保橫練功夫給我，不會給你帶來什麼麻煩嗎？」

陸炳聞言道：「天狼，你肯為我設想，這很好，不過這件事我已經考慮很久了，錦衣衛裡盯著這個位置的人很多，達克林和慕容武都是我多年的部下，但他們為人不像你這樣，再就是鳳舞，她畢竟是一介女流，能力也不如你，所以我把這十三太保橫練傳給你，希望以後有朝一日，你能接掌錦衣衛。」

天狼擺擺手：「這件事就不用多說了，既然你決定了，那我就跟你學吧。」

「那你隨我來！」

天狼下了床，只感覺全身輕飄飄地有點發虛，就像受了風寒時的樣子，於是拿起外衣準備穿上。

陸炳道：「不用披外衣，一會兒就要泡藥缸了，十三太保橫練大半要靠這藥酒的作用，你就當是洗熱水澡好了。」

天狼自有記憶以來，還沒有跟像陸炳這樣年紀足以當自己父親的人一起坦誠相見過，臉不禁微微一紅。

陸炳哈哈笑道：「想不到你這樣一個粗壯漢子，還跟女兒家一樣害羞啊，都是男人，有什麼不好意思的。」說著內力一震，身上的綢緞長衫和白色中衣給震得片片碎裂，露出一身鋼鐵般的肌肉。

天狼在陸炳言語的刺激下，朗聲道：「哼，我才不害羞！」說著也一扯身上的衣服，脫得只剩一條犢鼻短褲，露出精壯無比，沒有一絲贅肉的身材，雖然到處是刀傷劍痕，但兩塊像鋼板似的胸肌，腹部的八塊肌隨著他的呼吸微微抖動著，充滿了男性的陽剛與雄壯。

陸炳上下打量著天狼身材，滿意地道：「螳螂腿，虎背，蜂腰，果然是一副上好的身板，天狼，你這體形不練十三太保橫練實在是太可惜了，跟著我，只要三個月，保你神功大成，從此一身肌肉如鋼似鐵，再也不用擔心給尋常的兵刃所傷了。」

隨著陸炳在前面帶路，天狼走進一個精緻的別院，院子裡空無一人，顯然在安全性與隱密性上，陸炳早就做好充分的安排。

穿過迴廊，兩人走進一處地下室，厚厚的鐵門已經打開，陸炳雙手一抬，四周石壁上的火把立時亮了起來，映出石室中兩盆騰著熱氣的大鐵桶，鐵桶下面，炭火燒得通紅，湯桶裡不知道配的是什麼料，只見棕黃色的藥水在翻滾著，除了濃烈的酒味以外，還有一堆不知道叫什麼名字的草藥，室內瀰漫著一股說不出的味道。

陸炳的手一揮，身後兩扇大鐵門緩緩地合上，陸炳脫下腰間繫著的白布，赤條條地跳進左邊的鐵桶裡。

天狼看了看鐵桶裡的藥水，開玩笑道：「陸大人，我還沒婚配呢，萬一給煉成了藥人，會不會以後生不出娃兒來啊？」

陸炳失笑道：「不必擔心，這藥水只會讓人更加強壯，不會影響你的生育能力的。」

天狼聽了，便把那條犢鼻短褲脫下，準備往另一個藥鍋裡跳，陸炳卻忽然喊道：「等等，你先別急著進去，我且問你，你還是童子之身？你跟沐蘭湘早已定情，難道從沒有過肌膚之親？我記得你不是因為和她發生了親密關係才被逐出武當的，還落了個淫徒之名？」

天狼趕忙澄清道：「那個內鬼的奸計沒有得逞，關鍵時候我清醒過來，紫光掌門幫我們恢復了神智。至於逐出師門，那是為了到各派查清楚臥底，故意散播的消息，小師妹冰清玉潔，你可不要破壞她的名聲。」

陸炳沉吟道：「後來你去峨嵋，還有跟屈彩鳳她們，都是發乎情，止乎禮？」

天狼不爽道：「陸炳，你想說什麼？我對小師妹的心思你不是不知道，連小師妹我都沒有碰過，更何況別的女人？難道在你心裡，我真的是個浪蕩淫徒嗎？」

陸炳笑著搖搖頭：「不是的，你誤會了，只是這藥水需要根據你是否是童子之身調整，你等一下！」說著，指著右側牆壁上的一個藥架道：「去把第二排第三包的虎骨，還有第三排第四包的玉龍涎拿來，加到你這鍋裡。」

天狼走到藥架邊，只見四層藥架上，擺滿了大大小小的罈子，上面寫著各式各樣的品名，什麼熊膽、鳳肝、猴腦、千年人參、何首烏等極品藥材應有盡有，還有什麼斷腸草、腹蛇膽、冰蠶絲等看起來劇毒的藥物。

天狼找到陸炳說的那兩味藥，罈子裡已用小包分成一份份的，他拿了丟進鐵桶中，陸炳讓他等一會兒再跳進桶裡。

半刻鐘後，天狼進入桶中，就感到皮膚似有千百隻小蟲在咬，說不出的難受，腳下踏著的則是一個個藥包，不知道是些什麼東西，灼熱的藥力正從自己的毛孔裡向體內倒灌，讓他感覺四肢百骸像是在燃燒一般，不自覺地想要運功對抗這股難受的感覺，卻聽到陸炳在一邊提醒道：

「天狼，千萬不可用內功對抗，這藥性就是要磨煉你的肌膚骨骼，雖然開始難受點，但一定要忍住，吃了這苦，就能成為頂尖的防禦者。」

天狼點點頭，閉上眼，咬緊牙關，任由這種百蟻鑽心的感覺從自己的毛孔向全身經脈蔓延，他默念起冰心訣，心智慢慢地平穩，那種狂燥不安，如烈火焚身般的感覺也慢慢地減弱，逐漸進入物我兩忘的狀態。

不知過了多久，天狼睜開雙眼，體內火熱的感覺已經舒緩許多，一缸藥水卻是變得烏黑一團，上面還漂著不少黑油油的汙垢。

陸炳穿著一件白色的浴袍，站在天狼面前，看到天狼醒來，微微笑道：「想不到你在峨嵋居然學成了冰心訣，好極了，這樣以後你泡這藥酒時，只要默念心訣，就可以進入冥想狀態，不用受這藥火焚身之苦。好了，時候差不多了，你可以從缸裡出來啦。」

天狼從桶中跳了出來，陸炳遞上一塊白布，叮囑道：「先把身子擦乾淨，然後去泡冰潭。」

天狼看到自己原本古銅色的皮膚，這會兒變得通紅無比，毛孔向外冒著黑黃相間的氣體，就像一塊千瘡百孔的皮囊不停向外漏氣似的，讓他感到有些害怕，緊張地問道：「我這身子是怎麼回事，為什麼我渾身都在冒氣？感覺整個人像要虛脫一樣。」

陸炳哈哈一笑：「天狼，不用擔心，這是藥酒的作用，在幫你煉體，讓你體內的雜質從毛孔排出，你的皮膚則像是精鋼那樣，被火燒鍛烤，現在是燒得遍體通紅，趁著這股勁快去泡冰潭，好比打鐵時把通紅的鐵條浸到冰水裡一樣，這一熱一冷，你的皮膚便能變得像鋼鐵一樣了。」

天狼恍然大悟，不禁好奇道：「這裡是錦衣衛總部，哪來的冰潭啊？」

陸炳走到牆邊，扳動一個開關，只聽「啪」地一聲，牆上打開一個暗門，現出一條通向地下的長長通道，一股陰寒之氣，透過這個暗門不停地向秘室中湧進，本來因為兩個鐵桶下灼熱的火炭，讓人身處蒸籠之中的錯覺，因為陰寒地氣的進入，一下子涼爽許多，連呼吸都覺得順暢多了。

陸炳走進地道中，天狼緊隨其後，地道很長，很黑，沒有燈光，四周都是石壁，走了百餘步後，眼前豁然開朗，一處波光粼粼的地底寒泉，大約四五丈見方，閃著幽幽的碧光，泉面透出絲絲的寒氣，展現在天狼的面前，泉眼正處在一個天然的熔穴之中，像極了峨嵋山中的那處地泉。

陸炳脫了身上的浴袍，跳進寒泉中，天狼也跟著跳進潭中，潭水清冽刺骨，令天狼想到在峨嵋時的那段經歷，不知道多年不見，林瑤仙是否安好？

陸炳見天狼陷入沈思，怪道：「你好像不太怕這種冰泉的刺骨嚴寒啊。」

「我在峨嵋練功時，曾在一個像這樣的寒泉練習冰心訣，所以對這種寒氣並不陌生。只是，這京師繁華之地，又怎麼會有這樣的地底冰泉呢？按說這種極寒深潭，應該只出現在靈氣環繞的深山老林裡，人氣過旺的地方不應該有的。」

「這處冰泉是當年紀綱發現的，成祖爺當年還是燕王的時候，派紀綱暗中搜索龍脈，紀綱無意中發現了這個萬年冰潭，由於此潭深埋地底，所以無人知曉，靖難之後，紀綱為了方便自己練十三太保橫練，便在此處修建了錦衣衛總部，這座專供總指揮使居住的別院，正是這萬年冰潭的最好掩護。」

「原來如此，怪不得上次來時，發現總指揮使的居所竟沒有衛士值守。」天狼恍然大悟。

陸炳嗤了一聲道：「如果總指揮使連自己都保護不了自己，那他也可以去死了。」

天狼聽了陸炳這話，不禁大笑起來。

笑畢，陸炳道：「天狼，你現在可以運內力嗎？試試看跟剛才相比有何區別？注意，不要用全力，稍稍試一下內息能否在全身遊走就可以了。」

天狼閉上眼，陽勁緩緩地從丹田升起，沿著自己的手陽明各經脈在大周天四條脈絡中運行，這回他用了五分功力，運功時非常小心，一開始的那種內息混亂，有走火入魔趨勢的感覺卻再也沒有，這讓他又驚又喜。

陽勁運行完四條大周天手陽明經脈後，又換成陰經，從手太陰的四條經脈運行一遍，一樣暢通無阻，他開始逐漸地加大內力，一直運行到七成內力時，才感覺有些難以為繼，體內的那股陰邪之氣有復蘇的趨勢，這才連忙收住。

陸炳盯視著天狼，等他睜開眼後，笑道：「怎麼樣，看你這架式，應該可以運起六七成的功力了吧。」

天狼道：「陸大人果然厲害，這都給你看出來了，只是我有些奇怪，為什麼都過去十天了，嚴世蕃的邪惡內力還留在我的體內驅之不去呢？」

陸炳道：「嚴世蕃的終極魔功是以女子的至陰至穢之物作為練功之物，所以內勁走的也是極陰的路子，一旦進入人體後，有可能會長期潛伏，讓你無法凝聚功力，只有把他的這股邪氣給徹底排出體外，你以後才能保長久的安寧。」

天狼若有所思地道：「是不是就和我中趙全的毒劍一樣，毒氣殘留體內無法驅除，等我內力一弱，無法壓制時，就會趁機爆發？」

陸炳點點頭：「就是這個意思，而且終極魔功的那種極陰邪氣，會凍結你的內力，讓你無法運功相抗，天狼，你的天狼勁極為詭異特殊，它改造了你體內的經脈回路，一般人即使想以內力救你也不可能做到，大概普天之下，也只有跟你同習天狼刀法的屈彩鳳才能救你性命了。這次你回來之後，我曾經幾次試圖以真氣幫你驅出極陰邪氣都未成功，所以你只能自救。」

天狼怪道：「怪不得我今天剛醒來時，連五成內力都不剩了，可泡了這藥水，又進這寒潭後，倒是可以運起七成來。」

陸炳微微一笑：「在寒潭裡你不要運氣，不然內力如果運行，會加速你的體內汙垢出來，那等到明天我來泡這泉時，說不定就要中毒啦！」

天狼不好意思地說：「成，那我只在那外面的大鍋裡運氣排毒便是，咦，你不是說在外面泡藥桶時不要運功相抗嗎？這會兒怎麼又說可以運氣了？」

陸炳道：「我是讓你不要運功抵抗滲入你體內的那些藥水，沒說不讓你的內息運行，實際上，你要排掉體內的毒素與陰氣，還需要加速運行內力呢。鐵桶裡那些黑色的油脂狀汗垢，就是你體內的毒素與雜質，而之所以變得一團漆黑，是那極陰邪氣被你的純陽天狼勁所逼，順著你的汗液一起排出來。」

天狼道：「這麼說來，只要我再泡上一段時間，體內的極陰邪氣就可以完全驅除了嗎？看來你要我學這十三太保橫練，也不完全是想讓我學功夫，而是想幫我治癒體內的這極陰邪氣吧。」

「不錯，如果等你自己慢慢運功驅除這極陰邪氣，估計至少三年，這三年你就做不成任何事了，稍微一個大意，命都不保，所以我授你十三太保橫練之法，也順便幫你驅陰氣，如此一來，半年左右的功夫，你便可以重出江湖啦。」

天狼有些失望地說：「要半年這麼久嗎？」

陸炳答道：「十三太保橫練畢竟是頂尖的武功，光是泡藥水改變你的皮膚，便需要半年以上才可小成，而且這藥水也不是一成不變，隨著你的功力進步要換藥材，我練了十年才得大成，你雖然天資超人，但是半年時間只能讓你一身筋骨可以不畏尋常刀劍而已。」

天狼想起昔日在武當後山與陸炳大戰時，陸炳就是靠了這十三太保橫練的功夫，加上護體的金鐘罩，使自己無法攻破，可見這功夫有多強。

陸炳見天狼出神的樣子，笑道：「天狼，你現在的攻擊雖然冠絕天下，但作為頂尖武者，也不能只攻不防，完全靠氣勁防守，總有百密一疏的時候，像這次你被嚴世蕃偷襲，如果練了十三太保橫練的話，他打你那一下，你的皮膚和肌肉能自動反應抵禦，也不會傷得這麼重。半年時間你就可以小成，只是大成的話，至少要五年以上才行。」

天狼嘆道：「我估計我這輩子想要大成不容易了，我也不可能一直就練這功夫，離開這地方，只怕也不好泡藥缸了吧。」

陸炳道：「小成之前，是一天也不能落下的，但等小成之後，就不必天天泡了，平時可以通過自行修練心法口訣來增進功力，這藥水只是起個助力的作用而已，現在，你跟著我一起念口訣。」

天狼便跟著陸炳一起在潭中紮起馬步，念著口訣，在水中借著暗流的力量，沖擊自己全身的各個部位，他感覺自己的皮膚和剛才泡藥缸時相比，就像昆蟲的甲殼一樣，變得越來越堅硬，一個多時辰的紮馬推功下來，渾身的肌肉感覺一直在抽搐抖動，一刻不得停歇。

陸炳長吁一口氣，從水中長身而出，擦乾身子，套回浴袍，天狼也有樣學樣，待穿戴整齊後，二人坐在潭邊，陸炳拿出一瓶燒酒，吩咐道：「把這瓶酒抹在全身各處，再運一個周天的功，免得寒氣過重，影響你的經脈。」

天狼依言而行，這鐔烈酒在冬天倒到雪地裡都能把冰雪融化，可這會兒抹到自己身上，卻沒有太大的感覺，直到全身塗抹完畢後，才感覺身子微微有點發熱。

他坐下運功一個周天後，方覺渾身上下到處冒起蒸氣，這鐔烈酒只入了自己的肌膚表層，無法滲透進肌肉，更不用說骨骼了，他心中暗驚，這十三太保橫練果然不是蓋的，這樣練上半年，真的就成銅皮鐵骨了。

陸炳笑了笑：「怎麼樣，天狼，能感覺到皮膚和以前不一樣了吧。」

天狼點點頭：「果然厲害，陸大人，這半年我就一直留在這裡練這門功夫嗎？外面的任務都不用執行？」

陸炳正色道：「不錯，一來，現在沒有什麼重要的任務要你執行，仇鸞現在剛剛得勢，還要囂張一陣子，等到他激怒了嚴嵩之後，我們再動手，現在先靜觀其變；而且你這回惹了嚴世蕃，他應該也正在想辦法找你麻煩，為了安全起見，你還是先把極陰邪氣給完全驅除，順便把十三太保橫練修練小成後再出關不遲，到時候我對你還有大用。」

天狼突然想到一件事：「沈鍊在朝堂上罵了嚴黨，他們會不會找沈經歷的麻煩啊？你可要好好保護沈經歷啊。」

陸炳笑道：「這是自然的，沈鍊雖然官職不高，但他一直和我亦徒亦友，就是嚴嵩也不敢輕易動他，而且沈鍊為人正直，也沒什麼把柄可以讓他們用來攻擊，現在嚴嵩父子不敢像以往那樣張揚，沈鍊目前是安全的。對了，你上次拜託我照顧曾銑和夏言的家人，我也妥善安置好了，你可以放心。」

天狼向陸炳一個長揖：「那我代夏閣老和曾總督謝謝你了。」

陸炳擺了擺手：「行了，夏言和曾銑之死，我也有責任，於情於理，替他們善後也是應該的，而且我既然答應了你這件事，就會做到。明天開始，我還有公事在身，就不能天天來這裡陪你了，你在這裡安心住下，一日三餐會有人給你送來的。」

天狼微微一愣：「怎麼，你要離開？」

陸炳嘆了口氣：「這次蒙古入侵，京師震動，各地的白蓮教妖人和其他亂黨蠢蠢欲動，上次我追蹤趙全，差點就抓住了他，這次他沒有和俺答汗一起退回塞北，現在還潛伏在山西一帶，繼續召集信徒，企圖為蒙古人的下次入侵做準備。我這次就是去收拾他們的。」

天狼想到霍山山谷那個隱秘的白蓮教基地裡的慘狀，就恨得咬牙切齒：「這幫喪盡天良的畜生，一個也不要放過。」轉念一想，疑惑地道：「蒙古兵都退了，這些人還敢留下來繼續興風作浪？」

陸炳不恥地道：「那個趙全自稱是宋朝的趙氏後裔，說什麼他才是皇室正統，做起了皇帝夢，他很清楚，他如果放棄了關內的勢力，退到草原，那就成了俺答的一條狗，隨時都可以拿來和大明做交易，連性命都不一定能保證，更不用說他的那個春秋大夢了。」

天狼分析道：「趙全這狗東西不會甘心就這麼退到大漠的，不過，我認為白蓮教在這次蒙古入侵中也損失慘重，多年潛伏的教眾幾乎暴露無遺，無論是官府還是武林，都要除他們而後快，他們已經不容於天下，即使回來，也只可能偷偷摸摸地在暗中潛伏，不可能像以前那樣大張旗鼓地公然橫行了。」

陸炳道：「確實如此，你昏迷的這些天裡，我已經派手下去山西一帶明查暗訪了，白蓮教全部轉入了地下活動，由於白蓮教在山西一帶經營多年，這次蒙古兵入關走的也不是山西的路線，所以山西那些百姓並沒有像你我這麼恨蒙古人和白蓮教，還有不少人在幫那些白蓮教徒們打掩護。

「趙全十分狡猾，採取將有形化為無形的辦法，把門徒們散入民間，這些人原本不少就是各鄉的村民，平時是普通百姓，行動時聚集起來就是白蓮教眾，極難分辨，只怕要花許多時間才能慢慢甄別出來。」

天狼忽然心裡一動，「不好，**有仇鸞在，你是抓不到趙全的。**」

「哦？我想聽聽你的分析！」陸炳面色沉重地道。

天狼想了想，道：「仇鸞現在被封為平虜大將軍，加太子少保，那他還是鎮守宣大嗎？」

陸炳點點頭：「是啊，雖然他此刻人在京城，但是等蒙古兵完全退回草原深處後，他還是要回宣府的，就算另調他處，也要辦好交接才行，畢竟他手上的三萬精騎都是從宣府帶過來的。」

天狼憂心道：「若是這樣的話，只怕他會對趙全多方包庇，甚至千方百計地阻止總指揮的調查行動，上次他跟俺答的密談，就是透過趙全牽線搭橋，趙全對他的底細一清二楚，就是為了自保，所以仇鸞也會盡全力掩護趙全，不會讓他落到別人，尤其是落到我們錦衣衛的手中。」

陸炳眼中殺機湧現：「可是他可以殺了趙全，以絕後患。」

天狼搖搖頭：「不，趙全很狡詐，仇鸞私通番邦的證據，不可能只有他一個人知道，如果我是趙全，也會把這些證據交給可靠親信之人，一旦落到仇鸞手裡時，好用這些證據威脅、保命。」

陸炳難掩失望地說：「這麼說來，想抓到趙全只怕很難了？」

第二章

故人重逢

「三位，霍山的事，這麼快就忘了嗎？」
楊春問：「你，你到底是何人，你怎麼知道霍山的事？」
天狼略一運功，周身紅氣一現，眼珠子微微發紅，
伸出手作爪狀，虛空抓了兩下，笑道：「想起我沒有？」

天狼突然靈光一閃：「我想到一個好辦法，趙全其實已經是條死狗了，雖然他賊心不死，但不可能再弄騰出什麼動靜來，反過來，如果能靠著趙全這條線，順藤摸瓜地打倒仇鸞，那倒是意外之喜了。」

陸炳精神一振，急道：「快說來聽聽，要怎麼做？」

天狼思索道：「依我看來，光憑江湖門派，在人生地不熟的山西地面上，想要挖出白蓮教的地下組織並不容易，他們真正擔心的，還是我們錦衣衛，如果你去山西，那趙全和仇鸞只會停止一切活動和聯繫，躲得更深，抓起來就難了，所以，**你只有擺出一副不在乎的樣子，人留在京城，才能讓他們安心。**」

陸炳有些明白天狼的意思了，說道：「你的意思是讓我待在京城，按兵不動，等趙全再次活動？可就算他活動起來了，我又怎麼抓他？」

天狼道：「仇鸞是不會滿足於只在宣府當個邊將的，他一定想進京出將入相，所以**當務之急是設法讓皇上召仇鸞進京入朝，只要仇鸞人不在山西，趙全自然會蠢蠢欲動，就有機會了。**」

陸炳心領神會道：「等趙全露出形跡，那時仇鸞人又在京城，我們把趙全拿下，就掌握了仇鸞通敵叛國的證據，你是這個意思嗎？」

天狼微微一笑：「不錯，就是這樣！為了讓趙全和仇鸞安心，總指揮不妨擺出一副親近仇鸞的姿態，這次仇鸞率軍勤王，自己也覺得立了大功，總指揮不妨建議皇上，選幾個人進入錦衣衛當個指揮、僉事之類的，這些人既覺得升了官，又以為可以打入錦衣衛，我們正好透過這些人向仇鸞發出訊息，取得他的信任。」

陸炳接口說：「還可以告訴仇鸞，我也跟嚴嵩父子結了仇，願意跟他聯手，挑動仇鸞對付嚴嵩，然後趁他不在山西之際，你去山西追查白蓮教的黨徒，是這樣嗎？」

天狼點點頭：「就是如此！」

陸炳聽了天狼的計畫頗為心動，摸了摸鬍子道：「只是你的傷還沒好，體內邪氣未除，而且十三太保橫練又未練成，現在不能離開啊。」

天狼問：「要完全驅除我體內的極陰邪氣，大概需要多久？」

陸炳思考道：「完全驅除的話，至少也要半個月，調仇鸞回京也需要時間，這樣吧，我們就按你說的辦法行事，我給皇上密奏，讓他升仇鸞的幾個手下進錦衣衛任職，並且暗示徐階等清流大臣聯名保舉仇鸞入朝為官，他們這些老狐狸，一定樂見有人出面跟嚴嵩死掐的。」

「只是那些清流大臣們，又怎麼會知道仇鸞與嚴嵩反目成仇了呢？要知道上次害夏閣老的時候，仇鸞都認嚴嵩為義父了，這可是人盡皆知的事啊？」天狼疑惑道。

陸炳冷笑一聲：「此一時彼一時，你沒有看到現在仇鸞有多囂張，連嚴嵩設宴主動請他，他都推託不去，說什麼軍務繁忙，明眼人都知道，他這是要和嚴嵩保持距離，因為世人皆知嚴嵩是奸臣，跟他關係近了，想要再上一步就不容易了；更不用說如果他看中的是嚴嵩的那個位子，也只有扳倒嚴嵩，自己才能坐上去啦。」

天狼道：「就憑仇鸞，他又有什麼辦法去扳倒嚴嵩呢？總不可能把嚴嵩和他合謀陷害夏言的事情捅出來吧，那會連自己也一併完蛋的。」

陸炳「嘿嘿」一笑：「他當然沒這麼傻，嚴嵩父子是巨貪，而且黨羽遍布朝野，想要抓他把柄是一抓一大把，到時候即使不查嚴嵩，只查他那些黨羽們的問題，也可以打擊到嚴嵩。」

天狼質疑道：「不會這麼簡單吧，**要是這麼容易就能打擊嚴黨，為什麼那些清流大臣這麼多年還要被這樣壓制呢？**」

陸炳收起笑容，道：「天狼，你要知道，大明無官不貪，即使是清流大臣，照樣會以各種手段和方式中飽私囊，這是不爭的事實，只不過嚴黨更加貪婪無度罷了，皇上為了維持整個國家的運作，不可能一夜之間把所有的官員全部撤換掉，因而也只能對這種情況容忍和默許。只要不牽涉到謀反問題，給朝廷的稅銀，嚴黨拿走三成甚至四成，都是可以接受的。」

天狼倒吸一口冷氣：「貪了這麼多錢也能忍嗎？」

陸炳沉痛地說：「是的，我初聽此事時，也是氣憤難平，可是按我大明祖制，士大夫和皇室宗親的田是不納稅的，而這些士大夫在致仕回家後，還可以憑藉自己在當官時得到的好處，購置大量的田產，導致近兩百年下來，大明的可耕之地越來越少，可收的賦稅也越來越少，國庫收入越來越吃緊，一遇戰事，軍費開支激增，就難以為繼，現在有嚴黨的官員，還多少能強取豪奪，搜刮百姓，收上稅來，如果沒了這些貪官汙吏，只怕我大明的國庫一個月不到就得見底了。」

天狼恨恨地道：「這麼說來，我大明就沒了希望嗎？這和飲鴆止渴有什麼區別？」

陸炳嘆道：「我等做臣子的，也只能盡自己的一份力罷了，正是因為這樣，清流大臣是無法拿貪汙受賄作文章來攻擊嚴黨的，因為他們自己也不乾淨，仇鸞卻一直是邊將，在這方面倒是可以理直氣壯地攻擊嚴嵩。」

天狼奇道：「可是仇鸞自己也是個大貪啊，光從他行賄俺答時拿出那麼多銀兩，就知道這傢伙也沒少撈，他也能說嚴嵩貪汙？」

陸炳笑道：「文官貪財，武將惜命，是皇帝所不能容忍的，但是如果武將愛財，那倒是沒什麼，因為手裡掌兵的人如果貪點錢，那就說明他沒有野心，武將受到身分的限制，不像文臣那樣可以免稅，他們的田產往往是世襲的軍戶田，想貪也不可能貪到哪裡去，這次嚴嵩賄賂俺答汗，一出手就是一千多萬，仇鸞動用軍餉收買俺答，一年下來也就幾十萬，可見其差距之大。」

天狼仍是不滿地道：「這也只是因為仇鸞沒有機會、沒有能力貪，不代表他沒這個貪汙的心，把他放到嚴嵩那個位置，他也許會撈得更厲害！」

陸炳露出高深的笑容：「這就是皇上的御下之術了，當年對付夏言，也曾經用過嚴嵩頂替過一次，這次嚴嵩鬥倒了夏言，殺了曾銑，又在蒙古入侵的過程中表現消極，雖然拋出丁汝夔當替死鬼，但皇上清楚這是嚴嵩的不作為，殺姓丁的，也是對嚴嵩的一個警告，讓他在撈錢的同時別壞了國事！

「這些年我一直跟著皇上，對他的心思很清楚，他一心想修道，不喜歡國事來煩擾他，無論是江南平倭，還是塞外的蒙古人，他都是多一事不如少一事，但蒙古人這次是打到京城了，大明百餘年來第一次有亡國的危險，所以他的憤怒超過以往任何一次，若不是嚴黨的勢力太大，只怕他已經會像殺夏言那樣剷除嚴嵩父子了。」

天狼嘆了口氣：「那清流大臣還有這麼多在廟堂上，就是一下子剷除了嚴黨，也可以由他們來代替啊。」

陸炳搖搖頭：「沒這麼簡單，一來清流的那些大臣們也不見得比嚴黨好到哪裡去，一個個罵起嚴氏父子來是義正辭嚴，但辦事的能力可能還不如嚴黨，比如東南平倭的胡宗憲，雖是嚴黨，但多虧了他，才能穩定東南的局勢，換了其他幾任的清流官員，倭寇鬧得更凶。

「第二嘛，皇上剛剛殺了夏言和曾銑，如果現在就把嚴嵩一黨全部打倒，無疑是承認了自己當年做錯了事，皇上很要面子，這種事是絕對不會認錯的，就像這次拒絕蒙古的和議，堅持不開關市，也是同樣的道理。」

天狼一拳打在水潭邊的石頭上，一塊石頭飛起，「撲通」一聲落到水中，忿忿不平地道：「他要修仙問道，那乾脆禪位給想管事的人好了，在其位不謀其政，這不是占著茅坑不拉屎又是什麼？」

陸炳臉色一變，斥責道：「天狼，怎麼可以說這種大逆不道的話！」

天狼痛心疾首地道：「總指揮，你這次也去了山西，沒有看到路邊餓死的人嗎？你以前去過江南，沒看到那些給倭寇燒殺搶掠的百姓嗎？國家靡爛成這樣，朝廷上下貪墨橫行，民不聊生，這些都是推給嚴黨就能解決的？如果不是皇上只求修道，為了維護君權挑動大臣內鬥，又怎麼會弄成這副光景？」

陸炳被嗆得啞口無言，只能一聲長嘆：「可他畢竟是皇上，我們作為臣子的，只能盡忠，只能規勸，不可以妄議的。」

天狼冷笑道：「唐太宗說過，民如水，可載舟，亦可覆舟，大明現在的問題不完全在廟堂，國家從上到下，從裡到外都爛透了，需要的是大有為之君拿出勇氣，選賢良，遠小人，而不是躲起來裝神弄鬼，任用奸黨，讓國家一天天地爛下去。」

陸炳沉聲道：「天狼，休得胡言，難道你我現在不是在為國盡力嗎？」

天狼搖搖頭：「我們抓了一個叛將，又會再來一個，打倒一個奸臣，還會站起來一堆，永遠沒有盡頭。**總指揮，你真覺得我們拿下了仇鸞，或者打倒了嚴嵩，就能救民於水火了？**」

陸炳的眉毛挑了挑，咬咬牙道：「一件件來吧，先扳倒仇鸞再說。」

天狼強行壓下心中的憤怒，問道：「仇鸞的手下，有什麼合適的人可以選入錦衣衛的？」

陸炳想了想，道：「仇鸞的兩個狗腿，一個是他的親兵隊長時義，另一個是他的副將侯榮，我在山西的時候，已經查明這兩個就是負責聯絡白蓮教妖賊的中間人，後來聯繫俺答，也是兩人跟著趙全一起面見俺答，約定時間與地點，最後留在宣化鎮看家的，也是此二人，我準備啟奏皇上，將這兩人招入錦衣衛。」

天狼聽了道：「可是這樣一來，仇鸞沒了這兩個狗腿，又如何和趙全聯絡呢？想必仇鸞也不會放心自己進了京，而趙全還在山西給他添亂吧。」

陸炳冷笑道：「他應該會想辦法讓趙全出關的，到時候需要你去查清楚仇鸞和趙全的聯繫方式，記住，一定要有明確的證據，來證明仇鸞裡通番邦之事。」

天狼眼中殺機一現：「此事就包在我身上吧，一個月後我就動身。」

陸炳點點頭：「這次我另外給你一個腰牌，你以錦衣衛都指揮使的身分出發，天狼這個代號暫時不要用了，你自己想個名字吧。」

天狼沉吟了一下，突然想起自己的前世，脫口道：「就叫耿紹南吧。」

陸炳笑了笑：「嗯，倒是挺適合你的，耿直的少男，好，此事交給我了。」

天狼正名道：「不，不是少年男子的少男，是袁紹的紹，南方的南，總指揮大人，請不要弄錯了。」

陸炳微微一愣：「反正是個假名而已，有差別嗎？」

天狼堅持道：「我想用這個名字，還請陸總指揮成全。」

陸炳露出一絲疑惑的表情，但還是點點頭：「行，就依你，四品錦衣衛指揮僉事耿紹南，你的履歷我會做好的，到時候你扮成三十五六歲的樣子，具體的相貌我會通知你的。這些天你就在這裡好好練功，我有空會來找你。」

天狼突然想到了鳳舞，道：「陸總指揮，我還有一事相求，還請允諾。」

陸炳敏感地猜道：「你是不是想見你的小師妹？這點我不會答應的。」

天狼搖頭：「不，我知道此生已經與她無緣，相見不如不見，有情亦似無情，這就是我和她的關係。我想說的，是鳳舞的事。」

陸炳有些意外：「你怎麼會想到鳳舞了？」

天狼正色道：「這次偷襲蒙古大營，是我一個人的決定，鳳舞攔不住我，只能跟我一起行動，她向你求救，也是不想我有什麼閃失，而且我們確實發現了嚴世蕃與俺答勾結的事，向你彙報請求也是應該的，所以請你不要處罰她。」

陸炳眼中閃過一絲耐人尋味的神色：「我為什麼要處罰鳳舞？」

「她是從總部偷跑出去的，一直很擔心你會處罰她，你既然在山西的時候把她留下，還讓她監視我，那就不應該再追究之前她擅離錦衣衛的過錯了，對不對？」

陸炳反問道：「天狼，你是不是也想像指揮鳳舞那樣，指揮起我來了，嗯？」

天狼趕忙否認：「不敢，只是鳳舞幾次三番地救我，而且她的行動並沒有造成什麼不好的後果，於公於私，我都應該幫她求情的。」

陸炳沉吟道：「難為你還能想著她，本來她擅離錦衣衛總部，行徑無異於背叛，我是打算重重處罰她的，但你這樣一說，也有道理，容我再好好想想對她該如何處置好了。」

天狼急道：「總指揮，你這樣做有失公平，要說違反你的命令，最多的就是我，而不是她，可你對我卻沒有處罰，只因為她擅離總部一次就要重責，這好像說不過去吧，實在要罰，我願意代她受過！」

陸炳臉一沉，道：「你和她情況不一樣，天狼，我給了你來去自由的承諾，而且讓你執行任務時都有便宜行事之權，所以雖然你的一些處理方式我不滿意，但看在最後的結果都還不錯的份上，也算將功折罪，功過相抵了。

「可是鳳舞自幼就是我訓練出來的，一生一世，沒我的允許都不能離開錦衣衛，你想走那是你的自由，她要是動一動這個心思，就是叛徒，一天是叛徒，終生是叛徒，這次她敢違背我的命令，以後也會繼續違抗，如果我不處理她，那其他人會有樣學樣，我這錦衣衛也沒法帶了。天狼，你要知道，我們這裡最與眾不同的，就是鐵一般的紀律。」

天狼替鳳舞緩頰道：「鳳舞雖然偷跑出去，但別人並不知道細節，你如果想要維護她，就說她是奉了你的密令出去的，這樣誰也不會說什麼。總指揮大人，鳳舞對你是絕對忠心的，這點你很清楚，離開錦衣衛，她根本無處可去，所以你並不用擔心她會背叛你。」

陸炳眼中寒芒一閃：「對，**她一個人是不會離開錦衣衛，可是你呢？你明知道鳳舞對你有情，又不肯承諾留下，以後如果你要是走了，那我怎麼留下鳳舞？**」

天狼目瞪口呆，這一下確實讓他無話可說。

陸炳嘆了口氣：「讓你們在一起，也許真的是我的失誤，使這丫頭對你動了情，她的性子我知道，一旦認準的事，十頭牛都拉不回頭，天狼，我實話告訴你，現在我也很為難，多年訓練鳳舞，就是為了她能成為最優秀的刺客，能獨當一面，可現在她的心思全在你身上，還跟我說什麼以後你到哪兒她便去哪兒，你說她這個態度，我怎麼能不處罰她？要是對她這樣聽之任之，我還怎麼管理其他人？」

天狼定了定神，道：「這樣好了，她確實黏人，接下來我執行任務的時候，你就讓我單獨行動，上次她是知道了我的去向才跟上的，以後我離開的時候會萬分小心，不會讓她跟上。」

陸炳哼了聲：「她就算人在我這裡，心卻在你身上，我是關不住她的，一個不能發揮作用的鳳舞，對我來說與廢人無異。天狼，這件事因你而起，也只有你能解決。」

天狼抱歉地說：「總指揮，你很清楚我的心思，此生我不會再愛別的女子了，鳳舞救我，我很感激，她對我有情，我也很感動，可這不代表我就要愛她，娶她。這個道理我也跟她明白說過。」

陸炳嘆道：「**情這東西是世上最毒的，尤其是女人，一旦中了，無可救藥**，罷了，我讓鳳舞禁足三個月，這回我會親自看著她，我也會解除她龍組指揮的職務，以示懲罰，你抓緊時間練功，驅除毒氣，仇鸞進京後，我就安排你去山西。」

一個半月後，山西。

羊房堡山下的官道上，天狼一身布衣長袍，打扮成一個三十六七歲，三絡長鬚的黑面文士，青衫綸巾，正緩緩地行走在官道上。

時值隆冬臘月，路上少見行人，半年前路邊到處可見的餓死屍體，已經多半被埋了起來，大道兩側處處可見新添的墳包，幾隻烏鴉落在上面，天地間一片白茫茫的肅殺之氣，讓人感覺無比淒涼。

天狼一路走來，心情沉重，俺答退兵後，朝廷為了加強山西大同一帶的防禦，調撥了不少錢糧來這裡，夏天時的嚴重饑荒暫時得到了控制，可是境內的百姓仍然過得很辛苦，官府的捕快們以搜索白蓮教餘黨之名，在各村鎮敲詐勒索，不少百姓好不容易領的一點救濟糧，又給搶去了不少。

天狼所經過的十幾個村鎮裡，到處都是哭聲，對山西的百姓來說，這又是個難過的年關。

官府的暴政就是對白蓮教徒們最好的掩護，天狼這一路行來，看到不少百姓前腳剛給官府搶了糧食，後腳就有些來路不明的人在村裡散發糧食，其中還有醃製的臘肉，想都不用想，這一定是白蓮教徒們在收買人心。

天狼也曾捉拿過兩個散發糧食的白蓮教徒，可是這兩個人嘴很硬，一落入天狼之手就服毒自盡，半個字也沒有吐露，讓天狼在懊惱之餘，也不由得感嘆白蓮教組織的嚴密，洗腦的成功徹底。

出來前的那一個月，他在陸炳的別院專心修練，天狼的修練速度很快，第十天左右就練到第三層了，體內的陰氣基本上完全驅除。

陸炳每三天會來看他一次，留下三天份的乾糧，後面的時間，他一邊練習十三太保橫練，一邊等著仇鸞返京的消息。

只是傳來的消息讓天狼和陸炳都有點失望，嚴嵩極力反對仇鸞入京，藉口邊關情勢緊張，山西還離不開仇鸞坐鎮，因此駁回了徐階等清流大臣的提議，讓仇鸞以平虜大將軍的職務繼續鎮守宣大。

那次俺答派使者請求封貢的事，也有了下文。當時俺答屯兵密雲，仍然威脅著京師，嘉靖帝問計群臣，雖然司業趙貞吉和沈鍊都義正辭嚴地表示要堅決抵抗，不開邊市，但畢竟蒙古大軍壓境，過了沒幾天，嘉靖帝只得再次召開朝會議論此事，並直截了當地要嚴嵩表態。

狡猾的嚴嵩推說這種外交事務應該歸禮部主管，由時任禮部尚書的徐階負責，其用心可謂險惡異常。徐階巧妙地答道，韃虜兵臨城下的時候談封貢貿易不恰當，城下之盟斷不可簽，只有讓俺答退兵關外後才有得商量。這個回答果然讓嘉靖帝非常滿意，便召來蒙古使者以此回覆。

俺答汗只得從古北口出關，退回蒙古大漠，此後嘉靖帝勉強同意開通關市，不過只在大同和宣府鎮外五十里處選擇性地開了幾個馬市，每年交易兩次，雙方各取所需，如此一來，大明保住了面子，蒙古人也算是初步打開了市場，於是大明和蒙古之間暫時維持了表面上的和平。

正因如此，嚴嵩上書說蒙古人狼子野心，有借開市之名再次入侵的可能，邊關重地非大將不可鎮守，於是仇鸞便又留在了山西，入京一事是泡湯了，天狼可以想像得到仇鸞這陣子天天咬牙切齒，破口大罵嚴氏父子的畫面。

天狼一路行來，刻意地不斷易容改扮，改變路程，就是怕鳳舞再次跟蹤自己，以免她越陷越深。

這天，天狼來到上次去過的羊房堡附近。由於百姓心向白蓮教，他一個外鄉人很難打探出情報。

他想到上次被自己放走的那三個羊房堡的寨主，也許故地重遊，還能碰到他們，這三個人在這裡經營多年，在本地的人脈要比自己強上許多，也許能從他們那兒打聽到一些白蓮教的內情。

不知不覺，天狼走上了進山的那條通道，想到那天晚上慘烈的一戰，恍如昨日。

一路行去，山道依然狹窄，青石臺階上鋪滿了白雪，那三道寨門，在上次的白蓮教攻山中被完全摧毀，厚重的木門東倒西歪，柵欄上還釘著不少羽箭，地上斷刀殘槍到處都是，可見當時戰況的慘烈，奇怪的是，並無一具屍體暴露在外面。

天狼心中一動，那天白蓮教離開時，因為要去攻打鐵家莊，所以走得很快，任由那些屍體四處堆放，官府自然也懶得管這些綠林山寨的死活，那麼又會是何人回來收屍的呢？

帶著這個疑問，天狼慢慢地走上了峰頂。

剛進廣場，就聽到一陣梆子響，幾十名穿著獸皮襖的漢子手持棍棒刀叉，從四周奔了出來，把天狼圍在當中，為首的，正是楊春、李雙全和林武星三人。

天狼看看這幾百名漢子，只見他們一個個腳步虛浮，雖然有點力氣，但明顯不會武功，都是些尋常的莊稼漢子，再仔細一看，不少人挺臉熟的，都是以前上山時見過的那些給抓來修山寨的饑民百姓。

只聽到楊春喝道：「你是何人，為何擅闖我們羊房堡？」

過去一向紅光滿面的他，這會兒看起來眼中精光全無，上次武功全失後，他便成了一個普通人，跟周圍這些壯丁比起來，連力氣都不如了。

天狼哈哈一笑：「在下經過貴寶地，想來看看罷了，各位何必如此興師動眾呢？」

林武星戒備地說：「這個寨子早已荒廢，在這時候還來這裡的人，一定是白蓮教的探子，兄弟們，一起上，把此人拿下再說！」

周圍的壯丁們發出一陣鼓噪聲，卻是無人敢上前，顯然上次白蓮教夜襲，那殘忍的手段令這些人膽寒不已，即使只有一個人，也不敢冒然而上。

天狼對楊春三人說道：「三位，霍山的事，這麼快就忘了嗎？」

楊春瞪大眼睛，結巴地問：「你，你到底是何人，你怎麼知道霍山的事？」

天狼略一運功，周身紅氣一現，眼珠子微微發紅，伸出手作爪狀，虛空抓了兩下，笑道：「想起我沒有？」

楊春三人臉色大變，這個動作他們太熟悉了，那天晚上的經歷，讓他們永世難忘，三人眼裡頓時熱淚盈眶，扔掉手中的兵器，倒頭就跪：「恩公！請受我兄弟一拜！」

周圍的嘍囉不知道出了什麼事，一看三個寨主都下跪了，也都整齊地跪了下來，剛才還劍拔弩張的場面，一下子變成天狼一人站著，天狼趕忙上前兩步，扶起楊春三人，笑道：「大寨主何必如此多禮呢。」

楊春激動地說道：「我三人的性命，完全是恩公所賜，無論怎麼回報都是應該的。」

天狼看了眼周圍的嘍囉們，低聲對楊春說道：「此處非談話之所，我們找個清靜點的地方詳談吧。」

李雙全便對著四周的嘍囉們高聲喊道：「大家照常做自己的事，都散了吧。」

林武星在前引路，作了一個向後山請的手勢：「恩公，請隨我來，咱們到後山一敘。」

天狼點點頭，跟著三人走到後山一處瀑布處，這裡水聲很大，是個絕佳的談話場所，天狼運起內功，仔細地探尋一番周圍的氣息，沒有發現有高手潛伏，便開口道：「三位怎麼又回了羊房堡呢？也就兩個月，你們的山寨又重新變得人丁興旺，可喜可賀啊。」

楊春不好意思地笑了笑：「其實我三人武功已失，形同廢人，本來想著回堡把死難的兄弟們收葬後，就跳崖隨他們而去，不想回到山寨後，卻發現那些本已下山的饑民又都回來了，原來是當時各處都沒有糧食，這些饑民下了山後無以為生，想到山寨裡還有糧食，就都回來了。幸虧白蓮教的狗賊走得匆忙，沒有一把火燒了糧倉，我們也算是有了個棲身之處。」

林武星在一邊補充道：「這些人沒有首領，看我們三人回來，以為我們是殺出一條血路生還的，因而仍是奉我們為主，他們也看不出來我們已經被廢了武功，所以我們就指揮這些人把兄弟們的屍體都埋了，就在那邊。」林武星順手一指瀑布的對面，一處荒坡之上多了幾百個新墳包。

天狼忍不住自責道：「都怪我沒有及時出手，才害得大家死於非命。」

李雙全忙道：「恩公不用這樣說，你只有一個人，賊人卻有好幾百，怪不得你的。」

楊春和林武星也在一旁連聲附和。

天狼搖搖頭：「不，我當時沒出手，主要還是在猶豫打入白蓮教之事，我上次和你們說過，我的真實身分是錦衣衛，來你們山寨就是為了伺機混入白蓮教，想摸清楚這個邪惡神秘的組織，好把他們一網打盡。」

楊春聽了道：「恩公神功蓋世，想必已經剿滅那些妖賊，為我們兄弟報仇了吧。」

李雙全和林武星眼神中也透出興奮與期望之色。

天狼愧疚地說：「讓你們失望了，我沒能把白蓮教一網打盡，因為當時碰到蒙古入侵，白蓮教就是勾結蒙古人入關的內奸，他們攻擊完你們這裡後，又和蒙古的英雄門合攻鐵家莊，我在鐵家莊和他們大戰一場，然後追蹤白蓮教中之人到了塞外，想去刺殺蒙古大汗，結果撲了個空，後來一路跟蹤蒙古人到京師，白蓮教的妖首卻是無力再追捕了，實在抱歉。」

楊春安慰道：「恩公做事肯定有理由的，蒙古入侵是大事，比白蓮教的幾個妖賊更重要，我們兄弟都能理解的。」

天狼正色說：「這次我奉上司的命令，來山西探查白蓮教餘黨的事，就是想彌補上次的遺憾，把白蓮教一網打盡，只是我在這兒人生地不熟的，所以只能來這裡碰碰運氣了。」

林武星道：「恩公，我們一直待在山上，對外界的事情並不清楚，你也知道，我們這些人都是劫後餘生，能保住一條命已經是萬幸，加上武功已失，哪裡還敢奢望報仇呢？這一個多月大雪封山，我們更是不下山了。」

「我看上山的臺階遍布積雪，沒有腳印，是真的很久沒人經過了，只是你們在這裡坐吃山空，總不可能永遠都待在山上吧。」天狼不禁問道。

李雙全嘆了口氣：「恩公，並非我等不想做良民，實在是在這個世道上不讓好人得生啊，想必這一路你也看得清楚，韃子退兵以後，官府借著抓捕白蓮教的藉口大肆搜刮，這一帶的百姓實在沒法活，白蓮教一向對百姓施以小恩小惠，只怕心向他們的人更多了。一個多月前我下山採辦的時候，就碰過白蓮教的人在分發糧食。」

天狼驚道：「什麼，一個多月前他們就開始收買人心了？那時候蒙古兵不是還沒退嗎？」

楊春道：「恩公，蒙古兵是在京師，不是在山西，那個仇總兵率宣府大同的精銳去京城勤王，山西境內兵力不足，白蓮教徒眾趁機到處橫行，收買人心，後來大雪封山，外面情形如何就不得而知了。」

天狼問：「白蓮教的人只是發放糧食嗎？他們沒有像上次那樣，借著發糧收人入夥？」

林武星感慨道：「**這就是白蓮教的過人之處了，他們施恩並不求立時回報，而是碰到災荒就出來做好人，**這樣時間一久，感激他們的人就多了，然後他們**挑選那些忠誠可靠的人，尤其是被官府欺壓的那種，加入白蓮教，再把這些人訓練成死士。**」

天狼疑惑道：「三寨主又是怎麼知道白蓮教的這些內情的？」

林武星微微一笑：「上個月來投奔我們的人裡，有兩個原來是白蓮教的，因為目睹他們用毒人攻城，引蒙古軍破關，燒殺擄掠的事情後，良心不安，趁亂逃了出來，也不敢回原來的村子，就來了我們這裡，這些內情，都是這兩個人告訴我的。」

天狼心中大喜，連忙道：「這兩個人可知道白蓮教的秘密聯絡據點？能不能助我打入其中？」

楊春笑道：「我把這二人叫來，一問便知。」

「那有勞大寨主了。對了，還請大寨主不要說我是錦衣衛，只說我是捕快即可。」天狼交代道。

沒多久，楊春領來兩個人，與一般那些粗手大腳，腳步虛浮的饑民嘍囉不同，這兩個人看起來步伐輕快，顯然有一定的功夫在身上。

兩人衝著天狼一抱拳：「小人劉平一，李平陽，見過官差大人！」

天狼沉聲道：「本官奉命破獲白蓮教的妖賊一案，所以沒有穿公服，聽說你二人以前在白蓮教待過？」

左邊那個個子略高一些的黑臉漢子，名叫劉平一，臉色微微一變，拱手道：「回大人的話，我兄弟二人一時糊塗，誤入歧途，後來目睹白蓮教匪類做事慘無人道，又賣國求榮，也就不願意再繼續待下去，趁著兵荒馬亂的時候離開了白蓮教，無處可去，幸虧三位寨主收留我二人。」

天狼點點頭，轉向楊春：「三位，我跟這兩個兄弟有事商量，還請回避一下。」

楊春三人很識趣地退下，天狼看著這兩個人，說道：「劉平一，依你看來，三位寨主的武功如何？」

劉平一遲疑了一下，道：「不瞞官差大人，這三位寨主已經被廢了武功，與廢人無異。」

天狼微微一笑：「既然你二人知道三位寨主已經沒了武功，其他的饑民們又都是些莊稼漢，何不殺了他們三人，在此地自立？」

右邊那名身形矮胖的紅臉漢子李平陽勃然變色，怒道：「大人說的是什麼話？所謂盜亦有道，我二人雖然曾入匪幫，但也有良知，要不然也不會冒著生命危險脫離了。落難來投，好不容易有個落腳之處，蒙三位寨主收留，能有個安身之所已經是感激不盡，你卻讓我們恩將仇報，奪人基業，還算是人嗎？」

劉平一也激動地道：「三位寨主說你是好人，讓我二人前來答話，我們知道你武功了得，這裡無人是你敵手，但士可殺不可辱，你要取我兄弟性命容易，要想讓我們做傷天害理的事，那是休想！」

天狼哈哈一笑，剛才是他對這兩人的試探，如果這兩人是奸惡之徒，那他會把兩人立斃掌下，為楊春三人除掉後患，但看來這二人神色不似作偽，那種憤怒也是發自內心的，確實是看不慣白蓮教的所作所為而離開，現在，他可以放心地問這兩人問題了。

天狼笑道：「白蓮教擅於派內鬼打入各處山寨，上次這羊房堡就是被這樣裡應外合攻破的，所以我不得不試探一番，得罪之處請見諒。」

劉平一帶著懷疑道：「當真只是試探？」

天狼點點頭，從懷中掏出一塊權杖，在兩人面前晃了晃：「我乃是錦衣衛四品指揮僉事耿紹南，奉皇上密令，來山西破獲白蓮教妖賊而來，有些事想要向兩位詳加訊問，希望兩位能配合。」

兩人臉色微微一變，劉平一緊張地問道：「錦衣衛？你們不是專門捉拿官員，查獲謀逆大案的嗎？怎麼也會來管這白蓮教的事？」

「白蓮教勾結蒙古人作亂，教主趙全更是企圖自立為君，這已經事關謀逆，朝廷對此十分重視，由於上次我和他們打過交道，所以派我來追查此案。二位，我非常需要你們的幫助。」天狼誠摯地說道。

李平陽拍了一下手：「好啊，朝廷終於意識到這幫狗日的沒這麼簡單了，既然派了錦衣衛來查，那趙全這畜生離完蛋應該不遠了，大人，你想問什麼就直說吧，我二人知無不言，言無不盡！」

天狼滿意地道：「你們是怎麼會加入白蓮教的？」

劉平一臉微微一紅：「我們兄弟二人是河東解良人氏，一個村的，本來也不會什麼武功，十年前，李平陽兄弟娶了我的妹妹，但村中惡霸劉三全看中我妹妹的姿色，幾次三番地調戲，我們兄弟氣不過，把那惡霸打了一頓，劉三全憤而報官，狗官收了他們家的銀子，不由分說地把我們投入大牢，想要屈打成招，我妹妹也給劉三全霸占了，最後含恨投河自盡。」

李平陽恨恨地接口道：「當時白蓮教經常派人到各鄉各鎮，專門打聽有沒有像我們這樣被官府欺壓的人，知道了我們的情況後，就派人夜襲大牢，把我們救了出來，還殺了那個惡霸劉三全。我們感激之下，就糊裡糊塗地進了白蓮教，他們還傳授我們武功，由於我們以前在村裡也練過一些拳腳功夫，有點底子，所以後來升到正副香主的位置。」

「你們在白蓮教都做到香主了，地位不低啊，為何又要叛離白蓮教呢？」

劉平一搖搖頭：「一開始我們也是幫著他們到處傳教，救助窮人，順便拉人入夥，當時我們不知道白蓮教的真面目，以為跟他們說的那樣，是專為天下窮苦人做主的活菩薩下凡呢。直到兩年前，趙全覺得勢力已經夠強大，便四處吞併各地的綠林山寨，我二人親眼目睹他們手段的酷烈，尤其是見到那些被我們抓到的俘虜變成沒有思想的毒人後，深受震憾，問始懷疑我們這十年來效力的白蓮教是否真的是正義的。」

李平陽插話道：「可是分管我們的堂主閻浩卻說，成大事者不拘小節，那些山賊土匪本就是打家劫舍、滿手血腥的傢伙，死不足惜，與其一刀殺了，不如煉成毒人，為教中出力，這樣也能減少其他弟兄的傷亡。我們見他說得誠懇，也就信了。」

劉平一恨恨地罵道：「直到後來，我們發現白蓮教搶掠金錢是用來招兵買馬，許多黑道上名聲極臭的匪類在這一年多裡紛紛加入白蓮教，非但如此，他們還和塞外的蒙古人有所勾結，這是我兄弟二人絕對不能容忍的！」

「我二人的父親曾經是宣大的軍戶，當年蒙古首領小王子入侵，正德皇帝御駕親征，我們的父親不幸戰死沙場，所以我們與蒙古人的仇恨不共戴天，後來朝廷體恤戰亡的將士，特詔可以選擇脫籍，我二人也就脫了軍戶的身分，從良落戶了，可是我們畢竟是忠良之後，再怎麼也不可能跟著白蓮教賣國的。」李平陽義憤填膺地道。

天狼豎起了大姆指：「二位果然是鐵骨錚錚的好漢，耿某佩服。」

劉平一不好意思地抓了抓頭：「大人，別笑話我們了，我們多年來誤入歧途，助紂為虐，現在回想起來，真是罪孽深重，後來白蓮教派我們這些香主到各地組織信徒和毒人去作內應，我們就被派往河北滄州，在路上，我們想辦法把隊伍引到明軍附近，然後引起明軍的注意和攻擊，那些毒人全部被消滅了，其他教眾多數走散，我二人也趁機脫離了白蓮教。」

天狼沉吟一下，問道：「派你們去攻擊滄州的，是趙全還是李自馨？或者是你們的那個堂主閻浩？有沒有約定事後如何返回接頭呢？」

劉平一道：「派我們去滄州的是閻浩，白蓮教內部分工極為嚴密，趙全很少出面，出外行動的事往往是由副教主李自馨帶隊，他負責管理幾個堂主，平時訓練新人，傳授武功，則是由我們這些香主負責，我們新進白蓮教時，閻浩就是我們的香主，這些年他升到了堂主，我們的一切行動也往往是由他下令指揮。」

天狼又問：「那閻浩和白蓮教沒有別的控制你們的手段嗎？想來就來，想走就走？一般的江湖門派好像都有各種束縛門下的手段吧。」

李平陽突然長嘆一聲，「不瞞大人，我兄弟二人其實命不久矣，**白蓮教對門下的束縛，是靠每年餵我們這些香主級別的人一粒白蓮化生丹**，此丹可以增進內力的修為，但也是極厲害的毒藥，每一年的解藥，就是新的一粒化生丹，如果不按時服用的話，那前一年的毒性就會發作，到時候腸穿肚爛，死狀慘不堪言。」

「每年除夕夜的時候，教中的上百名香主就會集中在總壇，然後由教主一一評定一年來的成績，如果有背叛不忠之人，直接拿下，不給化生丹，我親眼見過三名想要脫教的人當場毒性發作，肚破腸流，連內臟都變黑了，那可怕的景象，我一輩子也忘不掉。」

說著，劉平一身子不禁微微發起抖來。

天狼自己也中過趙全的劍上劇毒，深知白蓮教用毒的厲害，對二人的說法深信不疑，繼續問道：「那你們既然身中劇毒，又為何不回去服食解藥？」

李平陽斷然道：「不，我們已經誤入匪幫這麼多年，現在既然知道這些混蛋不僅傷天害理，還裡通外國，就是死，也不能再跟他們同流合汙了，大人，我們兄弟只想在這裡度過餘生，等到除夕的那天晚上，就從這懸崖上跳下去，死個轟轟烈烈，也不枉男兒一生了。」

劉平一也說道：「是啊，大人，而且，我們兩人就是回去，只怕他也不會給我們解藥的，自從我們得知白蓮教煉製毒人的事後，積極性就大不如前，這一年來多次被閻浩斥責，這次我們又隔了這麼久沒有回去報到，想必回去他也不會放過我們的。」

「原來如此，難為二位了，如果你們在滄州得手後，要回哪裡去接頭？這事有交代嗎？」

李平陽道：「按照約定，如果蒙古軍攻打滄州，我們就要在城內裡應外合，派毒人攻開城門，放蒙古軍入城，到時候自然會有隨軍的白蓮教人與我們接頭；萬一事敗，則要在一個月內到大同的胡家鋪子，那裡是白蓮教的一個據點，只是已經過了一個多月，恐怕那裡早已人去樓空了。」

天狼眼中神光一閃：「總歸是一條線索，試試也好，我現在就動身前往大同，你二位在這裡等我，今天是臘月初二，我一定盡量爭取在除夕前幫你們取回解藥。」

劉平一與李平陽聽聞，雙雙向天狼下跪，感激地道：「大人，多謝了！」

天狼又向二人問了些見面的切口，和白蓮教內一些教規細節後，便讓二人叫回三位寨主，與三人作別，使出輕功，直接飛越瀑布間的峽谷，從山的另一邊飄然而去，看得楊春三人目瞪口呆。

第三章

年度大會

大洞後面，一尊彌陀佛笑嘻嘻地坐著，
這裡正是白蓮教的一處臨時總壇。
由於關內被官府和正派武林人士們追捕得很凶，
今年白蓮教徒們選擇了關外的雁門關，
作為年度大會的開會地點。

三天後，天狼易容成劉平一的樣子，蓬頭垢面，穿得破破爛爛，一隻腿上纏著厚厚的繃帶，拄著拐棍，一瘸一拐地走在大同鎮的街道上。

大同是明朝九邊之首的重地，近幾十年來，大同多次被蒙古兵攻破，被洗劫也不是一次兩次了，早就有了經驗，所以上次蒙古破關，久經戰火的鎮戶們大多逃進了附近的山中，雖然鎮上被蒙古軍洗劫一空，但鎮戶們卻沒有死多少人。

等蒙古軍離去後，鎮戶們紛紛從山中返回，重整破碎的家園。鎮上的建築多是以低矮的磚房為主，重建起來很快，雖說談不上舒適，但遮風擋雨，度過這個嚴冬倒是沒什麼問題。

北風蕭蕭，霜雪滿天，在進城前，天狼特地用雪擦了擦臉，又暗運內力，把皮膚弄得紅通通的，就像被凍壞似的，連聲音也帶有濃濃的鼻音。

進鎮後，不時有巡邏的士兵盤問行蹤，看到天狼這種乞丐打扮，還有一身隔了一丈遠都能聞到的臭氣，全都厭惡地趕他早點滾蛋。

天狼慢慢地踱到胡家鋪子附近，鋪子在兵燹中有一大半被燒得漆黑，臨時蓋上些茅草遮擋著被燒過的地方，鋪子外遮了一塊擋板，看來處於半打烊的狀態，僅留下一人寬的通道。天狼見狀，這明顯是如劉平一和李平陽所說的那樣，是白蓮教人接頭的聚點。

他打定了主意，拿起手中的破碗，扯著嗓子叫了起來：「好心的老爺啊，給口吃的吧，別的都不要，給個蓮花餅就成啊。」

這句話後面的一句正是接頭的暗號，果然，鋪子裡走出一個夥計模樣的年輕人，年約二十五六，左臉上有一塊銅錢大小的胎記，看了眼天狼，冷冷地說道：「我們這裡是銅器店，不賣蓮花餅！」

天狼換上一副笑臉，撩開額前的頭髮，央求道：「沒蓮花餅，給口飯吃也行啊，我有的是力氣，能幹活的。」

銅錢胎記的夥計點點頭：「隨我來吧。」說完，讓開那個狹窄的通道，天狼走進鋪子，夥計在他身後則掛起打烊的牌子，並把木板給合了起來。

屋子裡很暗，沒有亮燈，只有透過木板縫隙射來的幾線陽光，可是以天狼的功力，即使是黑暗之中也能看到三丈之外，他低著頭，裝作看不清楚，道：「兄弟，我來晚了，閻堂主可在？」

那夥計道：「閻堂主已經等你多時了，他就在地下室，請隨我來。」說著，點起一盞油燈，穿過旁邊的一扇小門。

天狼裝著一瘸一拐的樣子，跟他走進後間，這裡是個倉房，這會兒已經空空如也，房間一角有一個黑洞洞的地下室入口。

天狼扔掉拐棍，裝著吃力的樣子，順著梯子向下爬去，剛一落地，就感覺有三四把冰冷的鋼刀架在他的脖子上，一個陰森森的聲音響了起來：

「劉香主，你還敢回來？」

天狼一眼望去，只見陰暗的角落處，坐著一名四十歲左右的漢子，一身綢緞長袍，身形富態，看起來像是個掌櫃，左眼角生有一顆綠豆大的黑痣，天狼在來之前聽劉平一和李平陽描述過閻浩的模樣，此人正是白蓮教的蓮花堂主，江湖上人稱「八臂哪吒」的閻浩。

天狼一見閻浩，馬上激動地說道：「堂主，我還有命活著回來見你，真是太不容易了！」說著，眼中還擠出兩滴眼淚。

閻浩冷冷地說道：「怎麼就你一個人回來？而且都過了約定的時間，你難道不知道，約期不至是叛教大罪，要處以極刑的嗎？」

天狼擺出忿忿不平之色：「堂主，我為了咱們聖教，一路浴血苦戰，所有的兄弟都戰死了，只剩下我一個人，就是為了回來跟你報信的，你怎麼能說我叛教呢！」

閻浩懷疑地說：「那你先給我解釋一下，這一路上到底是發生了什麼事？」

天狼沉痛地道：「我們一路趕往滄州，半路碰到了明軍，被明軍的騎兵截住，兄弟們全死了，只有我和李副香主逃了出來。李副香主受了重傷，為了留下我向堂主報信，自己衝出去引開明軍，我親眼看到他被明軍亂刀分屍，砍成血泥！」

說著，天狼放聲大哭，以手掩面，卻從手指縫裡偷偷觀察閻浩的反應。

閻浩不敢置信地說：「劉香主，你說所有的兄弟都死了？」

天狼抹了抹眼淚，點點頭道：「是的，當時是在夜裡，明軍突然從四面衝出來，不由分說地就是一陣弓箭急襲，毒人被射中後開始爆炸，兄弟們不是給射死，就是被身邊的毒人炸死，我和李副香主因為在前面探路，離得遠沒有被炸到，所以先行突圍，我看了一眼，後面的兄弟都倒下了，肯定全死啦。」

閻浩重重地「哼」了聲：「好你個劉平一，事到如今，還在這裡滿嘴胡說，你看看這是誰？」

隨著閻浩的話，從陰影中走出一個中等個子，賊眉鼠眼的瘦子，左臂空空如也，看著天狼，咬切切齒地用右手指道：「堂主，千萬別相信這傢伙，就是他和李平陽引明軍來的！」

閻浩面沉如水：「劉平一，張十四的話，你作何解釋？」

天狼心中如電光火石般地一閃，那天他仔細詢問過劉平一和李平陽，對當天行動的細節瞭若指掌，眼前這個賊眉鼠眼的傢伙，正是閻浩專門派來監視他們二人的一個親信，名叫張十四，想不到此人居然還活著。

天狼反應很快，立即問道：「那天我留你在後面警戒，為什麼其他人全戰死了，離敵軍最近的你卻活了下來？」

張十四眼中像是要噴出火來，道：「哼，你和李平陽走在前面，卻把我扔在最後，一路上你們故意大搖大擺，還在白天公然帶著毒人走官道，這不是故意給明軍報信嗎？我當時勸過你們，你們卻不聽，依然我行我素，還要我在後面斷後，你以為你的那點鬼心思我會不知道？你們分明是想借明軍的手來要我的命！」

天狼也擺出一副可怕的表情，「嘿嘿」地道：「怪不得明軍知道我們的行蹤，早早地設下埋伏，我一直懷疑我們的隊伍裡有內奸，弄了半天，原來這內奸就是你啊，張十四！」

張十四先是一呆，繼而破口大罵：「放你的狗臭屁，你這個叛徒，休得血口噴人！堂主，事實已經很清楚了，請你速將這個叛徒處死，以慰兄弟們的在天之靈！」

閻浩沉聲道：「劉平一，**你說十四是叛徒，可有什麼證據？**」

天狼冷笑道：「很簡單，我們二人在前探路，他和其他的兄弟留在後面，以他的武功，陷在明軍的包圍裡是根本逃不掉的，為什麼最後其他人全死了，就他一個活的？閻堂主，我們兩個在前面，武功比他強得多，也差點遇難，他憑什麼能躲過這一劫？」

張十四氣得大吼道：「劉平一，老子當時要不是在死人堆裡裝死，哪能撿回一條命，回來揭發你這個叛徒？」

天狼哈哈一笑：「裝死就能混過去？明軍打仗可是要割首級算戰功的，你說你裝死，難不成明軍上來割人頭的時候，你也能裝死？」

張十四被問得啞口無言，滿臉通紅地道：「明軍怎麼想的，我怎麼知道，總之，我是裝死才躲過一劫的，你們看，我這條胳膊都給炸斷了，這難道還會有假？劉平一，你根本就是在誣陷好人！」

閻浩調解道：「劉平一，當時毒人炸裂，地上都是毒水橫流，明軍畏懼毒液，不敢上前，這也是很正常的事，你休要胡言！」

天狼駁斥道：「張十四說他的手是給炸斷的，毒人的毒液何等厲害，見血封喉，如果真是給炸掉的，那他早就毒發身亡了，還會活到現在？」

張十四嚷道：「狗賊，當時老子只是齊肘給炸斷，老子是忍痛把自己的肩膀砍下，痛得暈了過去。」

天狼冷冷地道：「堂主，你覺得一個人自斷一臂，又沒有止血的藥物，可能嗎？**張十四先是說自己的手給炸斷，再說是自斷，先說是裝死，後說是暈過去，前後矛盾，到底是誰在說謊？**」

閻浩聽了，果然疑心大起，眼中閃過一絲懷疑。

張十四急得叫道：「堂主，我對聖教一向忠心耿耿啊，您一定要相信我！我暈了兩天才醒過來，第一時間就來找您覆命，這傢伙卻到現在才回來，明明就是奸細。」

天狼分析道：「閻堂主，如果我真的是奸細，那才會在坑了兄弟之後，儘早回來找你，這才能順藤摸瓜，將你們一網打盡！**張十四說我是奸細，那請問為什麼我要過了一個多月，都超過了和堂主接頭的時間才來？萬一你們都走了，我來這裡又有什麼用？**」

閻浩連連點頭，看向張十四，眼中凶光一閃，張十四嚇得說道：「堂主，這劉平一早就不想在聖教待了，他想逃走，只不過因為自己吃了藥丸，怕毒發身亡才回來的。」

天狼厲聲道：「堂主，這廝一開始說我是奸細，現在又說我想逃走，還說我是為了解藥才回來的，請問，我如果真的要解藥，還會等到過了約定時間才回來嗎？**我受的刀箭傷都養了十幾天，東躲西藏到現在才能來到大同，他斷了隻胳膊卻一下就回來了，堂主，你說誰是叛徒？」**

閻浩站起身，轉向張十四，惡狠狠地道：「說，是誰指使你的，你回來有什麼企圖！」

張十四已經嚇得尿了褲子，密室裡瀰漫著一股難言的尿臊味，他「撲通」一聲跪倒在地，聲嘶力竭地道：「堂主，您可千萬別信了這傢伙的鬼話啊，我對聖教的忠心可昭日月，如果有心背叛，還會回來嗎？我要真的是奸細，為什麼這麼多天都沒有人來抓捕你們哪！」

天狼喝道：「住口！你這個叛徒，你以為你的毒計我們堂主看不出來嗎？你就是想趁機混進總壇，然後引來官兵一網打盡！」

天狼曾聽劉平一說過，白蓮教的總壇並不是固定在某處，每年都會換不同的位置，非堂主以上不得其門而入，只有除夕夜的賜藥大會，才會讓香主們進入，像張十四這種級別的小蝦米，是根本不得進入的。

閻浩聞言，慶幸道：「劉香主，多虧了你的提醒，才讓我識破這個叛徒的毒計，怪我一時糊塗，險些錯怪好人！張十四，如果你想死個痛快的話，現在就趕緊招出你的計畫，念在咱們同鄉一場的份上，我可以……」

張十四被逼到絕境，衝著天狼吼道：「老子跟你拼了！」說著就撲了上來。

天狼心中冷笑，手指一彈，一縷勁風打滅了房中的燈燭。

黑暗中一片人體撲倒的聲音，中間夾雜著幾聲暗器出手時的破空聲和慘叫聲，最後是閻浩的怒吼聲：「別放跑了這個惡賊！」

打鬥聲很快平靜下去，燈燭被再次點亮，只見天狼躺在地上，頭上冷汗直冒，張十四則重重地壓在他的身上，一動不動。

天狼大叫：「快來人啊，把這狗賊從我身上移開！」

幾個白蓮教眾馬上上前用刀架在張十四的脖子上，把他架起來，卻發現他口鼻流血，早已氣絕身亡了，胸口則插著一支鋼鏢。

天狼的腹部也出現一個深約寸餘的口子，正向外汩汩地冒著血，恨恨地叫道：「該死的狗賊，竟偷襲我！」

閻浩看向一邊的牆壁上，正釘著一支同樣的紅綢鋼鏢，他知道張十四是以暗器見長，這鋼鏢就是他最常使的傢伙，心裡思忖道：按張十四所站的位置，當時的情形大概是他撲到劉平一身上的同時，用鋼鏢打滅蠟燭，趁著伸手不見五指之際，用鋼鏢刺傷劉平一，不想劉平一的武功高過他，反而被劉平一奪下鋼鏢，將他給刺死。

閻浩長吁一口氣，趕緊問道：「劉香主，你不要緊吧。」

「這狗賊情知不能倖免，就來找我拼命，堂主，對不起，剛才我只顧著保命反擊，出手重了，沒能留下活口，都是屬下的錯。」天狼愧疚地說道。

閻浩擺了擺手：「劉香主，你這麼說就太見外了，今天多虧你揭穿這個奸賊，不然整個聖教都有危險。你快看看傷處有沒有中毒。」

天狼看了看自己的傷口，笑道：「還好，這狗賊的鏢上沒有餵毒，口子不算太深，他刺我的時候，我本能地擋了一下，沒讓他全刺進去，不礙事的。」

他一邊說著，一邊拿過兩個白蓮教眾遞上的烈酒和繃帶，對著傷處噴了一口酒，然後纏上繃帶，算是暫時處理了傷口，傷處的繃帶頓時一片殷紅。

閻浩見狀道：「可惜這裡沒有藥房，不能給你上金創藥，劉香主，你且忍著點，我們先回堂裡再說。這次你在滄州雖然沒有得手，但是事出有因，是張十四這個奸賊向明軍報的信，你回來以後揭發了他，忠勇可嘉，我一定會報告教主，為你請功的，解藥之事就不用擔心了。」

天狼臉上做出一副大喜的表情，道：「其實剛才張十四說的也不是全錯，我確實有點擔心這次事情搞砸了，聖教會不會不給我解藥了，所以猶豫了幾天，才咬了咬牙回來，反正不回來也是個死，至少我得把滄州出事的經過回報給您，只是沒想到原來是這狗東西報的信，也是誤打誤撞地為兄弟們報仇了。」

「本來我們十天前就要撤離這裡了，但是半個月前，這個叛徒找上門來，說你和李副香主出賣了大家，自己逃跑了，他還說你肯定會回來騙取解藥的，到時候正好把你處置掉，我信了他的鬼話，才留下來等你，幸虧你及時揭露了這個奸賊，不然，要是給他混進總壇，真是不堪設想。」閻浩心有餘悸地說。

天狼挑撥道：「這個惡賊就是想把髒水潑到我身上，然後取得堂主你的信任，再跟著混入總壇的！他的身分低微，沒有進總壇的機會，只有借著我的腦袋，自己升到了香主，才有機會進總壇，到時候教主都會有危險啊。」

閻浩抽出劍，恨恨地在張十四的屍體上又斫了七八下，砍得屍體血肉模糊，似乎還不解氣似的，把張十四的身子翻了過來，又在他臉上劃了十餘刀，直到一張臉被砍得爛如血泥，再也無法分辨。

天狼知道閻浩是在毀屍滅跡，教唆道：「堂主，你這樣砍也沒用的，這傢伙是一隻獨臂，別人一眼就能認得出來。」

閻浩眼中閃過一絲冷芒：「來人，把這狗賊的屍體大卸八塊，然後帶走，只留個腦袋在這裡，別的部位一會兒出城後扔到野外餵狼。」

幾個面相凶狠的白蓮教眾一聲暴諾，上前動起手來，房間裡一下子都是刺鼻的血腥味。

閻浩嘆了口氣道：「這狗賊為了達到目的，居然把一隻手都給砍了，也算夠狠了，劉香主，你說他這是圖啥？」

天狼「哼」了聲：「想必此賊早就和官府勾結到一起了，自古以來，這種臥底死士自殘肢體的，比比皆是，春秋時的要離刺慶忌，就是自殘肢體，騙取慶忌的信任；南宋時的王佐說服陸文龍歸順岳飛，也是自斷一臂進入金營，這張十四的上司如果手段夠狠辣，那麼斷他一臂逼他回來，也不是不可能的。」

閻浩眼中凶光一閃：「娘的，想不到官府中也有這樣的狠角色。」

天狼低聲道：「堂主，我這一路回來的時候，發現各地都在搜查我們白蓮教，那些官府的官差捕快們一個個只是趁機搜刮，可是我看到有一些神秘的人物，戴著斗笠，遠遠地站在一邊察看，這些人的武功都很高，依我看，說不定是錦衣衛呢。」

閻浩瞳孔猛的一收縮：「錦衣衛？你確定？」

天狼搖搖頭：「這只是屬下的猜測，不過這次聖教接應蒙古大軍，一路上出力甚巨，想必朝廷也知道了此事，出動專門負責謀逆大案的錦衣衛，也在情理之中，如果是錦衣衛辦事，那斷張十四一臂就再合理不過了，他們本就是手段殘酷，不講王法的。」

閻浩聞言，點點頭道：「不錯，錦衣衛曾經在鐵家莊和我們過交手，其中是有些厲害人物，此地不可久留，我們快撤！」

嘉靖二十九年的除夕夜。

山西雁門外一處秘密山洞內，燈火通明，幾百名一身白色勁裝，白巾蒙面的大漢手持火把，把這處能容納千餘人的大洞照得纖毫畢現。

大洞的後面，一尊彌陀佛正笑嘻嘻地坐著，只是與一般寺廟裡的彌勒佛不一樣，這尊彌勒佛的手上，托著一團熊熊燃燒的火焰。

這裡正是白蓮教的一處臨時總壇，也是今年白蓮教召開例行年會的地點。由於關內被官府和正派武林人士們追捕得很凶，今年白蓮教徒們選擇了關外的雁門關，作為年度大會的開會地點。

與往年不同的是，今年的大會不是由趙全和李自馨主持，閻浩坐在主位上，看著下面三十多個香主，面色陰沉。

天狼蒙著面，坐在山洞正中的一個席位上，每年這種宴會都是一人一個小桌子，盤膝而坐，沒有人在乎面前酒肉的豐盛與否，宴會後的那顆解藥才是所有人關心的重點。

白蓮教的實力隨著蒙古入關一戰，損失極大，從今天與會的人數就能看出，往年滿滿當當有一兩百香主，今天只剩下七零八落的三十多個，位置空了一大半，顯得冷清和詭異，眾人的眼光都投向了高高在上的閻浩，許多人在心裡犯起了嘀咕，今天兩位教主到哪裡去了？

天狼自是心知肚明，趙全和李自馨在鐵家莊一戰中被自己重創，這會兒只怕還沒有痊癒，不知道貓在哪個地方養傷呢，所以今天的除夕大會才是由閻浩來主持。

來這裡之前，他被人引著從秘道出了雁門關，然後眼睛給蒙上黑布到達此地，只是以他敏銳的判斷力，將一路上所經過的路線了熟於心，而且偷偷用鳳舞給的瑩光粉沿路都留下了標記，這會兒大批錦衣衛殺手應該已潛入到山洞附近了。

天狼大感遺憾的是，趙全和李自馨不在，只能抓到閻浩這個堂主，使預期的戰果打了折扣，可是能把香主堂主連同這些總壇衛隊一網打盡，對白蓮教也是毀滅性的打擊了，經此一擊，趙全和李自馨就成了光桿司令，想要再建立起這種規模的勢力，只怕非數十年不可，加上這兩人以後無法在關內立足，白蓮教也可以說名存實亡。

閻浩站起身，對著下面坐著的堂主和香主拱手道：「各位，聖教正值多事之秋，幫主和副幫主因為另有要事，不方便出席，特命我來主持今年的除夕大會。趙幫主說了，今年是我們白蓮教勝利的一年，戰鬥的一年！被朱明走狗們壓制了一百多年後，我們白蓮教終於雄起了！」

此話一出，洞內喝彩聲一片，那些守在外圍的信徒們也晃著火把，齊聲高叫：「**明王降生，彌勒出世，白蓮，白蓮，白蓮！**」

天狼嘴跟著動，卻是一聲也不發，心中盤算著等會兒要如何拿下閻浩。

閻浩等這些狂熱信徒們喊了三遍之後，把手向下一壓，洞內搖晃的火光又恢復了正常。

閻浩哈哈一笑，繼續說道：

「今年我們白蓮聖教借著蒙古大軍的勢力，重創了朱明的狗皇帝，狗皇帝嚇得縮在皇宮裡不敢出來，聖教跟著蒙古大軍一起洗劫了京城周圍，搶了二十多萬人口，這裡不妨告訴大家一個好消息，教主和副教主兩位現在正在俺答汗那裡做客，商量著我們建國的事，大家以後再也不用做朱明的子民了，這次教主讓我來召集大家，就是為了把大家給接到大漠，從此我們可以在草原上奔馳打獵，自由自在，再也不用向誰低頭啦！」

白蓮教眾們又是一陣歡呼，天狼卻皺起了眉頭，聽閻浩的意思，俺答汗為了保持和嚴世蕃的交易，勒令趙全和李自馨把白蓮教遷往關外，這樣的話，以後想深入蒙古把他們一網打盡，也就更難了。

正當天狼思考的時候，只聽閻浩說道：「現在，我們要發放解藥了，教主特別吩咐，第一個發放的，是拯救了我們白蓮教的大英雄，劉香主，請上來吧！」

天狼在一片羡慕加嫉妒的目光中走上了高臺。

下面立時響起嘈雜的議論之聲：「這傢伙怎麼成了大英雄了？他不是任務沒成功嗎？」

「哼，平時他發牢騷最多，說什麼我們白蓮教只會給蒙古人當走狗。」

「教主不能如此賞罰不明吧。我們這麼多出生入死的兄弟，李堂主親自帶人炸開了大同的城門，放蒙古兵入關，這不算功勞第一，卻給了這個沒完成任務的傢伙，太過分了吧。」

「……」

閻浩聽到這些閒言碎語，面沉如水，階下的幾個堂主雖然一言不發，但都一口一口地喝著悶酒，顯然也對這個決定相當不滿。

閻浩示意眾人安靜，等聲音平息下來後，沉聲道：「各位的話，閻某都聽到了，你們是不是認為我處事不公？各位有所不知，劉香主對本教的大功，不在於攻下滄州，而是查出了叛徒，如果不是劉香主，只怕聖教就要被一網打盡了！」

此話一出，如同激起千層浪，台下一片譁然，幾個堂主也都勃然變色。

名叫李一春的堂主起身發言道：「閻堂主，究竟是怎麼回事？怎麼會有內奸？我們聖教從來沒出過這種事。」

閻浩朗聲道：「張十四就是官府的內奸，他先是在劉香主他們去滄州的時候告知了官府，派明軍半路截殺，一行兄弟全部遇難，只剩劉香主一人僥倖逃出生天，他事後還想誣衊劉香主是叛徒，然後騙取我的信任，帶他來今天的大會，幸虧劉香主及時識破了他的陰謀，不然我們今天都難逃一劫了！」

臺下眾人聽了，全都換了副感激的目光看向天狼，再無人提出半個不字。

李一春尷尬地道：「劉兄弟，以前我姓李的對你多有得罪，是我的不是，在這裡向你賠禮道歉啦！」說著，舉起面前的酒碗一飲而盡。

天狼微微一笑，對閻浩說道：「閻堂主，為聖教出力是應該的，只是我那兄弟李平陽為了掩護我，死得慘烈，能不能把他的解藥也一併給我？去關外前，我想要最後拜祭平陽一次，就用這個解藥給他上墳了。」說到這時，天狼的表情變得黯然無比，幾乎要落下淚來。

閻浩聞言不禁動容，爽快地答應道：「沒有問題！來人，把劉香主和李副香主的靈藥奉上！」

兩個教徒走上前來，把兩個錦盒遞給天狼，上面分別寫著劉平一和李平陽的名字。

天狼接過錦盒，放進懷中，笑了笑：「現在，你們都可以去死了！」

閻浩的笑容還停在臉上，天狼的出手已經如風一樣，連襲他胸前七處要穴。事發突然，閻浩雖然也是一流高手，但和天狼相比，武功還是差了許多，這一下又是毫無防備，距離太近，根本讓他無從戒備，剛準備提氣閃身，天狼的指掌就已經擊中了他的胸腹部，打得他鮮血狂噴，「喀喇喇」一連串胸骨碎裂之聲，他的人也倒飛出去十幾步，重重地砸在那把大椅之上，再也爬不起來。

一旁的幾個護衛如夢初醒，紛紛抽出刀劍襲向天狼，天狼周身金氣暴漲，一抬手，一支信號箭直接向著山洞入口的地方射去，接著身形一閃，一陣紅浪過後，那幾名衝上來的護衛手中持著的刀劍都插到了自己的身上，這種驚人的力量和速度，看得在場眾人個個目瞪口呆，一句話都說不出來。

閻浩掩著胸口，嘴角鮮血直流，吃力地說道：「你，你究竟是什麼人？」

天狼冷冷地說道：「錦衣衛指揮僉事，耿紹南！」

下面的李一春吼道：「是錦衣衛的狗！大家並肩齊上，斃了他！」

天狼「嘿嘿」一笑，運指如風，連點閻浩十餘處穴道，又拉脫了他的下巴，讓他連咬舌自盡都不可能了，之後，一回身，全身騰起金色的氣勁，使出屠龍二十八刀的武功，配合著玉環步鴛鴦腿，赤手空拳地和臺下不斷湧上來的白蓮教徒們展開了搏鬥。

上次在鐵家莊大戰，天狼刀法大發神威，如同一個一身紅氣的死神，讓在場的許多白蓮教徒們印象深刻，為防萬一，他不想有人認出自己就是天狼，所以他今天完全沒有使出天狼刀法，改用屠龍勁，雖然爆發力比起無堅不摧的天狼勁稍有不足，但對付這些白蓮教眾們也是綽綽有餘了。

最早行動的是三個白蓮教的堂主，他們的胸前繡著的是紫色的火焰，區別於香主胸前的紅色火焰和普通教眾們胸前的綠色火焰，第一個衝上來的是一名五十多歲的白鬚老者，手持一把利劍，出手就是直襲天狼的下盤。

第二個上來的是個四十多歲的紅臉中年人，手中拿了一對子母奪命環，如同哪吒的奪命乾坤圈一樣，青色的內氣把這對精鋼圈弄得閃閃發光，如同兩支青色光環一樣，圈向天狼的右手。

第三個過來的則是李一春，他拿的是兩枝判官筆，揮舞得密不透風，專打天狼的要穴，雖然出招聲勢上遠不如前兩位那樣驚人，但速度和準度更勝二人，是真正致命的一個。

天狼看得心中一凜，這三人的攻擊看似各自為戰，但隱約間似乎是有個小小的陣法，天狼金光一閃，左手一招龍游四海，帶出一陣金色的滔滔氣浪，把那名白鬚老者的快劍震得向右一偏，右手一招「暴龍之悔」，右膝一彎，掌力一吐一吸，帶得右側那名使環的紅臉漢子東倒西歪。

逼退兩人後，李一春也攻到了面前，一對純鎢鋼打造的判官筆幻起萬千筆影，直刺天狼胸腹的幾十個穴道。

天狼道：「來得好！」身形騰空而起，雙腳在空中連環飛踢，這是鴛鴦腿中的精妙招數，名叫「**鴛鴦凌天舞**」，講求的就是一個「**快**」字，直襲對方的手腕，專門破判官筆、奪命鉤之類靠點穴和鎖拿來制勝的外門兵器。

天狼由於內力深厚，整個人騰空的高度和踢出去的力量十分驚人，這連環十七腳攻出，速度竟然比李一春的雙筆打穴還要快。

一連串「劈哩啪啦」爆豆般的響聲過後，本來氣勢洶洶的李一春反而被逼退了十七步，幸虧左右那使劍老者和使環漢子幫忙抵擋了一番，這才讓李一春的雙筆沒有直接給踢飛，饒是如此，李一春也氣喘吁吁，臉色發白，渾身的白色氣勁被震得幾乎消失殆盡。

天狼閃電暴風般的攻擊逼退三人後，哈哈一笑：「再多來一些人啊！」

李一春咬牙切齒地道：「給我上！我就不信這廝是鐵打的，能一個人對付整個白蓮教！」

李一春話音未落，洞外傳來一陣羽箭破空的尖銳嘯聲，緊接著是此起彼伏的慘叫聲，李一春臉色大變，扭頭看向洞口處，只見一個渾身是血，身上還插了六七支羽箭的教徒跑了進來，口血狂噴叫道：

「不，不好了！明狗，明狗打進……」

他還沒來得及說完，只見一道快如閃電般的身影掠過，寒光一閃，那教徒睜大了眼睛，一句話也說不出來，便無力地癱軟下去，這時，眾人才發現他的脖子處出現了一條細細的紅線，緊接著變粗，變大，直到整個腦袋從身上滾了出去。

一個黑衣乾瘦的身影出現在洞裡，手持一柄陰森森，閃著寒氣的長劍，長鬚飄飄，鬢髮已經花白，眉目間依然疏朗，可以看出他年輕時的丰神俊朗。

此人不是別人，**正是錦衣衛副總指揮達克林**。

達克林這一招震懾全場，緊跟在他後面的，是幾十名紅色勁裝，黑色披風，戴著面具的錦衣衛殺手，刀劍上都沾滿了血跡，顯然是把洞外放風的教眾們全部解決了。

達克林看了眼站在臺階高處的天狼，揮手道：「給我上，一個不留！」身後的錦衣衛一聲暴喝，與白蓮教徒殺成了一團。

李一春目瞪口呆，嘴裡喃喃道：「不可能，錦衣衛是怎麼找到這裡的？」

天狼冷冷地說道：「讓你死也死個明白，你以為蒙了我的眼睛就能阻止我留下記號？也太小看我們錦衣衛了吧。你們這些反賊，勾結異族，甘為鷹犬，今天就是你們的死期！」

天狼眼中金光一閃，右手一吸，身邊一個白蓮教眾屍體上插著的劍被他吸回到手中，他的身形也突然輕盈飄忽起來，李一春等人眼前一花，只覺得眼前盡是天狼的影子，倏而在前，倏而在後，根本看不清他的身形。

三人相視一驚，李一春叫道：「這是**幻影無形**的身法，不要亂，互相守住身後！」其他兩個人迅速地跟他背部靠在一起，倒成一個品字形，目光炯炯地盯著自己的身前。

一個影子從白鬚老者面前一閃而過，老者一驚，「刷刷刷」就是三劍攻出，卻是什麼也沒擊中，緊接著紅面漢子感覺到左側有一陣氣流飄過，精鋼圈脫手而出，也只是在打空氣，鏈子一收，精鋼圈回到手中，只感到四周陰風惻惻，不知敵在何方。

李一春則見自己的右前方有一個鬼魅般的影子一閃而過，他大喝一聲，左手的判官筆凌空飛出，隱約看到天狼那該死的笑臉在自己面前閃現，擲出的判官筆亦是空空蕩蕩，李一春心下大駭，將左手一拉，捆在手腕上的判官筆在空中轉了個圈，回到手中，耳邊只有呼呼的風聲，還有臺下一陣陣的慘叫。

如此這般，三人走馬燈似地出招攻擊，每每卻落了個空，原本背靠背的白蓮三才陣，雖然攻守渾然一體，但數百招下來，漸漸地開始有些鬆散了，**三人只覺得是和一個看不見摸不著的幻影在作戰，而這個對手把自己玩弄在股掌間，隨時可以取自己的性命。**

李一春終於忍不住了，大吼道：「狗日的錦衣衛，有膽就出來一戰啊！」

話音未落，李一春突然覺得頭上一陣勁風大作，三人不約而同地舉刃向天，三道勁氣飛向空中，「噗」地一聲，這回三支兵刃同時擊中了一個身體。

三人臉上掠過一絲驚喜，但仔細一看，才發現打中的竟是一個身著白衣，舌頭吐得老長的白蓮教眾屍體，胸前還插著一把鋼刀。

李一春叫道：「不好！」剛把判官筆從這具屍體中拔出來，就感覺一個身影無聲無息地從自已身前掠過，緊接著肚子就是一涼，他一低頭，只見肚子上被劃開了一道口子，血淋淋的腸子從裡面向外流，而這一劍太快，讓他居然沒有感覺到疼痛。

李一春只來得及說了一句：「好快的劍！」眼前一黑，便倒地而亡。

白鬚老者和紅臉漢子都愣住了，就在這分神之際，兩人感覺到背後一陣陰風閃過，立時本能反應般地向後攻去，直到劍環出手時，二人才突然反應過來，自己的背後就是對方！

但是已經太遲了，白鬚老者的長劍狠狠地進了紅臉漢子的腹部，而紅臉漢子的子母金鋼環，環身上鑽出四片利刃，也重重地切入白鬚老者的腰間，兩人頭一歪，雙雙氣絕而亡。

天狼的身影從一邊的陰影裡慢慢地閃現出來，盯著在一邊瞪大了眼睛的閻浩，微微一笑：「閻堂主，感覺如何？」

閻浩臉上的肌肉劇烈地抽搐著，恐懼地叫道：「鬼，你不是人，是鬼！」

天狼哈哈一笑：「不錯，我就是鬼，**代表那些被你們害死的人，那些被你們殘殺的人，那些被你們製成毒人的人，代表著這些冤魂野鬼，向你們白蓮教復仇**

來的地府厲鬼。你們殺人的時候不是很興奮嗎？引蒙古人入關的時候不是很囂張嗎？怎麼，現在落到自己身上了，害怕了嗎？」

不知何時，達克林的身影出現在天狼身後，冷冷地質問道：「你怎麼會峨嵋派的幻影無形劍的？你究竟是什麼人？」

天狼轉過身，向達克林行了個禮：「見過副總指揮。」

達克林目光炯炯，神情嚴肅地道：「你還沒有回答我的問題呢，耿僉事！」

天狼揭掉臉上的面巾，平靜地說道：「副總指揮，根據規定，即使是地位尊貴如您，也不可以隨便向非直屬的成員問及師承武功與來歷，如果您真的想知道屬下的身分，可以向總指揮大人詢問，屬下不便回答。」

達克林哼了聲：「總有一天，我會查個清楚的！先是來了個天狼，再是又冒出一個你來，我們錦衣衛一下子多了這麼多厲害的高手，真是朝廷之幸，聖上之福啊。」

天狼笑道：「您說的那位天狼，大名已經傳遍了整個江湖，只是屬下還沒有見過，有機會的話，還真想和這位傳奇人物把酒言歡，切磋武功呢。」

達克林沒有接天狼的話，轉頭看了一眼臺階下，戰鬥基本上結束了，四百多名白蓮教眾，除了十餘名重傷的外，其他的不是戰死就是自盡身亡，錦衣衛損失只有二十多人，龍組殺手無一傷亡。

達克林指著地上的閻浩，問道：「這是何人？白蓮教主趙全嗎？還是副教主李自馨？」

天狼搖搖頭：「都不是，這兩個狗賊現在在蒙古韃子那裡養傷呢，此人是白蓮教的堂主閻浩，也算是三號人物了，今天的大會由他主持。」

達克林一路上只是跟蹤了天狼的記號而來，對白蓮教的底細不是非常清楚，嘆道：「沒有抓到那兩個首領，有點遺憾啊。」

天狼微微一笑：「達大人，雖然兩個賊首僥倖逃過這次，但白蓮教已經名存實亡了，今天是除夕大會，所有的香主和堂主都集中在這裡，所以除了那兩個賊首外，白蓮教可算是被一網打盡啦。」

達克林不解地道：「怎麼會這麼多首腦和中層人物聚集於此呢？」

天狼答道：「大人有所不知，這白蓮教控制手下的辦法，就是給這些人服用各種自製的藥丸，這些藥丸能幫人增加功力，卻有劇毒，每年的除夕大會都要服用解藥，不然就會毒發而亡，這些人今天就是來這裡吃解藥的，所以正好被我們一鍋端。」

達克林哈哈大笑起來，滿意地拍了拍天狼的肩膀：「耿僉事，這次你立下大功，回頭我一定會向總指揮大人詳細稟報的。」

天狼行了個禮，謙遜地道：「也多虧達大人及時趕到，不然就靠我一個人，非但成不了事，反而會陷在這裡。」

達克林點點頭，看了眼閻浩：「這個人我要帶走，皇上對這次白蓮教勾結蒙古入侵之事非常憤怒，限期查破，既然趙全和李自馨沒有落網，那只有把此賊帶回京師，向皇上交差了。」

天狼搖搖頭：「達副指揮，此人還有別的用處。」

他從懷中掏出一塊金牌，達克林見到這塊金牌後，臉色一變：「你怎麼會有這個？」

這塊金牌正是陸炳授予天狼的，見牌如見陸炳親臨，天狼壓低了聲音道：「不瞞達總指揮，總指揮大人的目的不止是一個白蓮教，還要透過這幾個奸賊順藤摸瓜，拉出所有跟這些奸賊有聯繫的內鬼來，所以現在還不能急著把他帶回京師。」

達克林點了點頭：「那要我們怎麼做？」

天狼眼中殺機一現：「達副總指揮，你只需要帶著兄弟們把這幾個狗賊給帶到大同鎮，看好了，然後那些和白蓮教有勾結的反賊就會主動跳出來啦，接下來的事情，就看總指揮的安排了。」

第四章

過河拆橋

李自馨道：「仇將軍，你是過河就要拆橋，翻臉不認人嗎？
你可別忘了你的這個平虜大將軍是怎麼來的！」
仇鸞不悅地道：「李副教主，本將的平虜大將軍頭銜，
是大戰蒙古浴血奮戰得來的，有什麼問題嗎？」

三天後，嘉靖三十年大年初三。

宣化鎮的平虜大將軍府外，一群軍士們正在忙著把新做好的藍底燙金的「平虜大將軍府」匾額給吊上門頭，門口的兩隻石獅子也變成了鐵獅子，軍士們個個笑顏逐開，這條街道上洋溢著一片歡樂的景象。

可是和外面的歡天喜地不同，在大將軍府內的大堂上，仇鸞卻是坐立不安，來回地在帥案前踱步，大堂裡，除了他和身後幾個持刀的親兵外，還有一個胖大頭陀坐在下首，赫然正是李自馨。

仇鸞停下腳步，對李自馨沉聲道：「李副教主，請你回去轉告趙教主，這次的事情，本將愛莫能助，請他好自為之吧，以後你們最好也遠居塞外，不要入關，這樣對你們對我都有好處。」

李自馨臉色微微一變，聲音中帶了兩分憤怒：「仇將軍，你這是過了河就要拆橋，翻臉不認人了嗎？你可別忘了你的這個平虜大將軍是怎麼來的！」

仇鸞不悅地道：「李副教主，本將的平虜大將軍頭銜，是大戰蒙古浴血奮戰得來的，有什麼問題嗎？」

李自馨氣得長身而起，本欲開口大罵，但想想還有求於仇鸞，於是強忍著怒火，又坐了下來：「是的，大將軍的這個位置，是您浴血奮戰，將士用命得來的，只是以前大將軍和本教一向關係良好，現在我們教出了點事，有請大將軍能出面幫幫忙，就在您山西的地界上，也不是太難的事吧。」

仇鸞板著臉道：「李副教主，你說得倒是輕巧，要是你們的人給官差抓了，本將以宣大總督的身分把人提走也就是一句話的事，確實不是太難，事後來個調包，殺幾個刁民向上交差，一點問題也沒有，**可這回來的是錦衣衛，你覺得這還是小事一件嗎？**」

李自馨咬了咬牙：「確實有難度，我也知道，不然也不用勞煩將軍的大駕，我們自己去劫人就行了。錦衣衛總指揮使陸炳跟嚴嵩嚴閣老可是兒女親家，將軍和嚴閣老又是情同父子，所以我想只要將軍……」

仇鸞聽到這裡，臉色一變，重重地一拍大案，「啪」地一聲打斷了李自馨的話，只見仇鸞咬牙切齒地說道：

「不要在我面前提嚴嵩，本將軍與老賊不共戴天！哼，這次本將立了大功，老賊卻眼紅排擠我，不讓本將軍入閣執政，還把本將繼續扔在這鬼地方，什麼情同父子？他為啥不把嚴世蕃和我掉個個兒？」

「將軍恕罪，是我失言，只是這裡畢竟是你們山西地界，錦衣衛就算勢大，在這山西也大不過將軍，您只要強行把人架走，那錦衣衛事後也沒辦法，實在不行的話，請您借我一些得力的手下，我帶著他們夜襲錦衣衛駐地，事後就說是賊人劫持罷了！」李自馨不知道仇鸞和嚴嵩已經結怨，只好退而求其次。

仇鸞冷冷道：「李副教主，你當人家錦衣衛是傻瓜嗎？你們勾結蒙古入關，一路上攻城掠地，出力極大，皇上現在有氣不好對著蒙古人發，就嚴令要緝拿你們這些叛賊。錦衣衛可是專門查獲叛亂大案的傢伙，你要在我的地盤上動手救回你們的同夥，還要我出人出力，這豈不是坐實我跟你們勾結在一起的事?!」

李自馨急得一跺腳：「可是我總不能眼睜睜地看著兄弟們送死啊！」

仇鸞沒好氣地道：「李副教主，你好好用腦子想想，三天前，錦衣衛就破獲了你們的大會，可為什麼他們不押解人犯回京，卻是大張旗鼓地把消息放出來？」

李自馨聽了一愣，醒悟道：「將軍的意思是，**他們是在故意設局，引我們去救人，然後好一網打盡？**」

仇鸞勾了勾嘴角，坐回案後的椅子：「這麼簡單的事，還用得著本將軍提醒嗎？他們沒有抓到兩個教主，只殺了幾百教眾，不算竟了全功，只有你或者是趙教主落網，他們才好向皇上交差，所以才會留下十幾個肉票，就等著你自投羅網呢！」

李自馨心中一驚，仍是堅持道：「將軍，我們白蓮教不能扔下兄弟不管，請你念在舊情的份上，無論如何幫幫忙吧，我們一定會記得您的大恩大德！」

仇鸞面無表情地道：「李副教主，如果不念舊情的話，我現在就把你拿下送給錦衣衛了，你當錦衣衛是只衝著你們來嗎？你們的霍山基地給錦衣衛摧毀，攻打鐵家莊的行動又給錦衣衛破壞，緊接著本將和俺答汗的會談現場又有錦衣衛來搗亂，**你認為他們對我們的關係會一無所知？**

「實話告訴你吧，他們早就知道了本將這麼多年一直在庇護你們，所差的只不過是證據！閻浩這些人只是些小卒子，放棄了也沒什麼可惜，但要是你或者趙教主落在他們手上，嚴刑之下還不是想招什麼就是什麼?!嚴嵩老賊已經生了害我之心，指使陸炳來抓我的罪證，你還嫌給本將招惹的事不夠多嗎？」

李自馨心寒道：「說來說去，仇將軍就是見死不救，對不對？」

仇鸞反問：「你們差這十幾個人嗎？你們反正要去塞外了，難不成還想在蒙古有番作為嗎？」

李自馨的臉脹得通紅：「我們永遠不會離開中原的，就算暫避塞外，也只是一時的權宜之計罷了，要是連自己的兄弟都不去救，那以後還怎麼招收新人？」

仇鸞大潑冷水道：「識時務者為英雄，現在去救人根本是送死，不但救不了你們的兄弟，連自己也得搭進去！李副教主，我勸你還是三思而後行，錦衣衛能把你們近五百名高手一舉殲滅，這實力除非我出動大軍，不然根本沒戲，你不能因為自己的事，就把我拉下水跟你們一樣造反！」

李自馨眼中殺機一現：「仇將軍，你信不信，如果你不幫我，我就把以前跟你合作的事全都抖出去？」

仇鸞眉毛一挑，厲聲道：「你敢！」

李自馨擺出玉石俱焚的態度道：「這都是你逼我的，仇將軍，今天如果沒有一個滿意的答覆，我們趙教主就會把這些年來你跟我們合作的事，包括信件和細節全交給錦衣衛，我今天來這裡，早已豁出去了，你殺了我，或者是不救我們的人，都是一樣的結果！」

仇鸞正待發作，外面卻跑進來一個小兵，也不看李自馨，急急道：「大帥，錦衣衛指揮僉事耿紹南求見！」

仇鸞臉色大變，忙問道：「錦衣衛僉事？他來做什麼？」

那小兵搖搖頭：「他只說有要事與仇將軍商量，是有關白蓮教的事！」

仇鸞看了眼李自馨，對那小兵說道：「快快有請。」

傳令的小兵走後，仇鸞對李自馨道：「李副教主先請回吧，你說的事，容我考慮一下，三天之內會給你答覆！」

李自馨無奈道：「好，那在下就等將軍的好消息了！你知道如何能聯絡到我的！」胖大的身形一閃，瞬間就沒了蹤影。

仇鸞眼中殺機一現，對身邊的親兵吩咐道：「時義，回頭把那個進來傳信的衛兵給處理掉，不能讓我和李自馨會面的事讓外人知道！」

時義低頭道：「將軍，那個李自馨怎麼辦，要不要也一起……」他做了一個手掌下切的動作。

仇鸞擺擺手：「不能操之過急，姓李的雖然外貌粗獷，心思其實很細，這回是有備而來，如果不能把他和趙全一起拿下，還是暫時不動的好，賊咬一口，入骨三分啊，現在老賊正在找我的把柄呢！娘的，剛才也怪本將一時脫口說了跟老賊的關係，讓他們聽到了。」

另一名副將侯榮湊了過來，與個子高大的時義相比，他要矮了半個頭，臉上兩道刀疤盡顯凶悍，笑道：「將軍不必多慮，其實即使不抓住趙全，我們也可自保，只要拿下了李自馨，搶先押送京裡，這樣就算趙全拿出各種證據，到時候也可以說是偽造的，是為了報我們抓了李自馨的仇。」

仇鸞眼睛一亮，想了想，大讚道：「阿榮，你這條計策不錯，先跟錦衣衛的人談談吧，要是不能有個滿意的結果，就按你說得辦！」

此時，外面響起一陣腳步聲，侯榮和時義站回原處，按劍而立，一名身材高大魁梧，黑臉長鬚的中年漢子昂首挺胸地走了進來，一身大紅飛魚武官服，外罩黑色披風，頭戴獬豸冠，腰挎繡春刀，足踏厚底官鞋，雄赳赳氣昂昂，正是化名四品錦衣衛指揮僉事耿紹南的天狼。

天狼走到堂中，向仇鸞行了個禮，聲如洪鐘道：「錦衣衛指揮僉事耿紹南，見過仇大將軍！」

仇鸞哈哈一笑：「錦衣衛壯士果然儀表不凡，人中俊傑啊。耿僉事今天來我將軍府有何貴幹？」

天狼一看到仇鸞，立即在心頭閃過無數次地想把他掐死的念頭，但還是強忍著內心的衝動，朗聲道：「今天下官來此，是想跟大將軍商量一下白蓮教之事！」

仇鸞警覺地道：「耿僉事，你這是什麼意思？錦衣衛和山西巡撫最近不是一直在查辦此案嗎？本將身為平虜大將軍兼宣大總兵，不過問這種地方之事，領兵守衛邊關才是本將職責所在，你如果想說白蓮教之事，應該找山西巡撫才對。」

天狼笑著搖搖頭：「大將軍，明人不說暗話，**我們的陸總指揮早已知道你和**

白蓮教之間的關係，今天派下官來，是想和大將軍做個交易。」

仇鸞臉色一變，扭頭對時義使了個眼色，時義心領神會，走到門口，把幾個衛兵趕得遠遠的，堂外很快響起急促的士兵走動聲，伴隨著甲葉碰撞的聲音，顯然在調兵遣將了。

天狼平靜地道：「仇大將軍，你這是準備把下官拿下嗎？」

仇鸞哼了聲：「耿僉事，我敬你是錦衣衛，處處對你以禮相待，你卻在我這大將軍府的公堂上胡說八道，侮蔑朝廷命官，你說我跟白蓮教有什麼關係？可能拿出什麼證據？」

天狼哈哈一笑：「仇大將軍，您應該很清楚三天前我們突襲了白蓮教的除夕大會，抓獲了一些重量級的人物，三天時間，足以讓我們知道我們想知道的一切，至於證據嘛，自然會呈給皇上。當然，我相信您會跟我們好好合作的。」

仇鸞臉上肌肉跳了跳：「你這是在威脅本將軍嗎？哼，這種把戲，本將見得多了，拿不出證據，卻在這裡大話恫嚇，你們手上不過是幾個堂主香主，他們又能知道什麼！皇上面前，一切自有公論。」

「那麼剛才從大將軍這裡出去的白蓮教副教主李自馨呢？他算不算是小蝦米？如果我們拿下了他，證詞會不會更有分量一點？要是再加上趙全手中這些年來和大將軍你的書信與錢財來往的憑證，那皇上看了又會作何想法?!」

仇鸞沒有說話，暗自想著該如何應對。

天狼繼續道：「大將軍，還有塞外和俺答汗的談判，無論是蒙古人還是護衛的日月教徒，找來證人都不是太難的事，皇上現在對你恩寵有加，是因為以為你是帶兵勤王的大忠臣，如果他得知了這些事，您覺得他會怎麼做？」

仇鸞突然吼了起來：「夠了，姓耿的，你來我這裡，就是為了威脅本將嗎？」

天狼臉上閃過一個狡黠的微笑：「如果真想對大將軍不利的話，我也不用專程來此了，我們陸總指揮想和你做個交易，想看看大將軍的誠意。」

仇鸞沉吟了一下，斥退下人：「你們都退下，本將軍和耿僉事有要事相商。」

侯榮和時義只好退了出去，大堂內空空蕩蕩地只剩下兩人。

仇鸞冷冷說道：「耿僉事，你看我的誠意如何？」

天狼笑道：「大將軍，誠意是相互的，我來這裡就是表現了我們錦衣衛的誠意，您看看這個！」他從懷裡掏出陸炳給的那塊金牌，手腕一抖，金牌在空中緩緩地飛了過去，平穩地落在仇鸞的面前。

仇鸞很少見到如此高深的武功，臉色微微一變，接過金牌，看了看，點點頭道：「原來是陸總指揮派來的使者，他有何指教？」

天狼抬起手，一抓一吸，桌上的金牌又穩穩地回到了他的手中，放回懷中，道：「陸總指揮知道您對嚴嵩不滿，所以想和您做個交易。」

仇鸞質疑道：「耿僉事，陸總指揮可是嚴嵩的兒女親家啊，他既然知道我和嚴嵩現在的關係，還跟我做什麼交易？難道他是幫嚴閣老傳話來的？」

天狼搖搖頭：「陸總指揮雖然和嚴嵩名義上結親，但是對嚴嵩父子的不少做法一直大為不滿，你應該知道，陸總指揮只忠於皇上，而皇上是不願意看到嚴嵩一家獨大，把持朝政的。這次蒙古入侵，事態非常明顯，嚴嵩父子的所作所為嚴重危害了國家安全，甚至連皇上親自下令派軍追擊俺答，他也可以陽奉陰違，這樣下去，皇權遲早會給嚴嵩父子架空，所以皇上特別授意陸總指揮，想尋找忠誠可靠、能力出色的人來制衡嚴嵩父子，陸總指揮認定這個人就是你！」

仇鸞一臉不信：「陸總指揮真的這麼認為嗎？耿僉事，本將軍可不是小孩子，**你們既然知道本將和白蓮教，和蒙古人都有聯繫，還會舉薦本將？再說了，朝廷重臣的人事安排，什麼時候輪到錦衣衛說話了？**」

天狼嘴角勾了勾：「總指揮大人認為，大將軍的手段雖然頗具爭議，但也是老成謀國之舉，對白蓮教這種在民間根基極深的組織，將軍用的招安手段未嘗不可。而且蒙古入侵，將軍的宣府鎮堅如磐石，又率先帶兵勤王，足見將軍的忠君報國之心！」

仇鸞得意地說道：「難為陸總指揮能看出本將的打算，其實本將上任以來，一直雄心勃勃，想要有所作為，奈何這白蓮教在山西根深蒂固，已經成勢，而且暗中勾結韃虜，本將欲將之剷除之際，發現尾大不掉，眼看內有白蓮教作亂，外有強虜即將入侵，為保一方黎民平安，不得已忍辱負重，假意與白蓮教叛賊接觸，虛與委蛇，好通過他們接觸蒙古俺答汗，伺機將之攻殺。

「你所說的談判一事，其實就是本將精心策劃的，目標就是蒙古俺答汗，只要能生擒或是殺死俺答汗，那蒙古各部將不戰自亂，再也無法入侵我大明，本來都快成功了，奈何俺答汗狡猾，沒有親臨現場，而是率大軍從大同攻入，本將得知詳情後，星夜率軍馳援京師，人不解甲，馬不卸鞍，這都是皇上所知道的。」

天狼心中冷笑，這套說詞想必仇鸞也是花了不少腦筋才想出來的，反正死無對證，就是趙全檢舉他，他也可以堂而皇之的抵賴，陸炳說得不錯，現在他聖眷正隆，無憑無據的，根本無法置他於死地。

天狼面上掛起一絲微笑：「大將軍，我們家總指揮早就知道你的忠心了，吩咐下官，嚴嵩父子這次的表現他也看在眼裡，所以有意助您一臂之力，一起對抗嚴嵩。」

「陸總指揮真是抬愛本將了，只是剛才本將說過，錦衣衛只是負責偵破謀逆大案的機構，朝中的人事舉薦，好像不是陸總指揮的分內之事吧。」仇鸞滑頭地道。

天狼搖了搖頭，「大將軍，舉薦您的不是陸總指揮，而是吏部尚書，內閣次輔徐階徐大人。」

仇鸞訝異地道：「徐大人？我和他素無深交，他為什麼會舉薦我？」

徐階是夏言的門生，自己害死曾銑和夏言，早已成為天下清流大臣的公敵，徐階這個清流首領又怎麼可能幫助自己這個殺師仇人？

「大將軍有所不知，徐閣老雖然因為夏閣老的死，曾經對您有些成見，但是這次看到大將軍率先領軍勤王，也明白了您是個大大的忠臣良將，所謂板蕩識忠貞，日久見人心，大將軍危難時的忠勇表現，就是徐閣老也是讚不絕口呢。」天狼把仇鸞的表情看在眼裡，極盡所能地稱讚道。

「曾銑好大喜功，為求功名，擅開邊釁，夏閣老受他蠱惑，一時糊塗，為其建言，本將軍當時只是想舉報曾銑，沒想到皇上居然發雷霆之怒，連夏閣老也牽連了，世人只知我投靠嚴嵩，陷害忠良，卻不知這背後的隱情，唉，看來我這罵名要背一輩子了。」說著，仇鸞還假惺惺地一臉無奈之樣。

天狼附和道：「所以徐閣老知道大將軍現在深孚聖望，願意保舉大將軍入閣議政，聯手對付嚴嵩。實不相瞞，其實前陣子徐閣老已經有意聯名幾位重臣保舉大將軍入閣了，只是那嚴嵩卻說邊關重地暫時離不開將軍，所以才把將軍又調回了山西。」

仇鸞一聽這事，就氣憤得大罵道：「老賊嚴嵩，本將軍和你勢不兩立！」

天狼上前一步，神秘兮兮地說：「大將軍，您要想離開這宣大前線入朝為官，其實也很容易，只是您**需要一場漂亮的勝仗，來向皇上證明你的能力，也好堵住嚴嵩一黨的嘴！**」

仇鸞一愣，轉而怒道：「本將鎮守宣府，未讓一個蒙古兵打進來，這次勤王驅逐韃虜也是居功至偉，難道皇上還不相信我的能力嗎？」

天狼慎重其事地道：「大將軍，不是皇上不相信你的能力，而是皇上需要扎扎實實的成績來讓你名正言順地入朝為官！嚴嵩把你外放到這裡的藉口，是需要重將鎮守邊關，如果大將軍可以主動出擊，跟韃虜大戰一場，取得勝利，那自然可以向皇上證明韃虜已經大敗，不足為慮，徐閣老他們到時候也好趁機上奏摺，讓你回朝啦。」

仇鸞眉頭皺了起來，猶豫地說：「這個嘛，非是本將不願意出擊，只是韃虜剛剛打破大同，攻到北京城下，這時候氣焰正盛，我軍新敗，士氣難免低落，依托堅城防守尚可，要是主動出擊，只怕勝算不大啊。」

「這一點大將軍勿慮，我們搗毀了白蓮教的年度大會，殺死四百多名妖賊，陸總指揮說了，這些首級都可以送給大將軍，而且俺答汗剛剛搶夠了回草原，兵法所言，擊其惰歸，這時候如果大將軍能選精兵出擊，一定能打他們一個措手不及，即使戰況不利，有這些白蓮教眾的首級在此，也可以向皇上有個交代，足以讓嚴嵩無法再阻攔將軍入朝。」天狼猛敲邊鼓道。

仇鸞高興地說：「耿僉事，陸總指揮替我想的還真周到啊！只是本將軍還想跟耿僉事討個方便，如果能幫我一把的話，這出兵之事當可無虞。」

天狼有些意外，但仍然平靜地問道：「仇將軍想要如何？」

仇鸞眼中寒芒一閃：「蒙古各部逐水草而居，戰時為兵，平時為民，這是他們最讓我大明頭疼的地方，千里草原，茫茫大漠，找不到他們的居所，自然也無法清剿，所以我大明一代多次出擊大漠，往往無功而返，甚至被熟悉地形的蒙古人設伏痛擊。」

天狼聞言道：「不錯，蒙古人只要把蒙古包一收就可以跑，不像我漢人的房產田地無法移動，可是這件事上，我們錦衣衛幫不上忙啊，若是要打入蒙古，提供情報，只怕倉促間也來不及。」

仇鸞擺擺手：「耿僉事，你誤會我的意思了，**現成的嚮導不就是你們抓回的那幾個白蓮教俘虜嗎？**」

天狼臉色微微一變，明白了仇鸞的打算，**他是以此為藉口，用這幾個俘虜換回跟趙全、李自馨的合作**，雖然他嘴上說不怕趙全舉報自己，但是多年來的通敵鐵證都在人家手上，真要拿出來也夠他喝一壺的。

但天狼深知，**與讓仇鸞進京跟嚴嵩互鬥相比，白蓮教的威脅暫時退居其次**，只要有仇鸞這種裡通外國，壓榨邊民的奸賊待在宣大總兵任上，那就算滅了白蓮教，還會冒出紅蓮教、青蓮教出來，為了穩定大明的邊關，得儘快把這傢伙從這個位置上挪開，不然蒙古入侵的慘劇還會一而再，再而三的上演。

權衡利害得失後，天狼笑了笑：「沒有問題，我們總指揮說過，要表示出錦衣衛的誠意，無論是首級還是俘虜，都是予取予求。」

仇鸞拍掌讚道：「痛快，陸總指揮果然是爽快之人，耿僉事，咱們就一言為定，來人！」他拍了兩下手，侯榮趕忙奔了進來。

仇鸞拿起一枚令箭，遞給侯榮：「侯副將，著你速速隨耿僉事把白蓮教妖賊們提來，記住，一定不要忘了叛賊的首級！」又轉頭對天狼道：「耿僉事，你就等我們大獲全勝的好消息吧！」

兩個月後，京師正是春暖花開的季節，處處鳥語花香，和煦的春光曬得人渾身暖洋洋的，經歷了半年前的蒙古入侵後，京師很快又恢復了往日的繁華，來往的行人與沿街叫賣的商鋪，更是把這幅春景襯托得無比美妙。

錦衣衛總部裡那處幽靜別院裡，卻是半點沒有院外街市上的熱鬧，陸炳和天狼相對而坐，陸炳眉頭緊鎖，聽著同樣神情嚴肅的天狼的彙報。

天狼緩緩說道：「那天我跟仇鸞作了約定後，回去後就找了達副總指揮，向他提取白蓮教的俘虜和屍體，達副總指揮並不是太情願，還質問我的用意，直到我出示了你給我的金牌，他才勉強放行。」

陸炳道：「克林身為錦衣衛副總指揮，官職上是錦衣衛指揮同知，從三品，要高過你這個正四品的指揮僉事，而且你幾乎是平空出世的，也難怪他對你不服氣。這一年多來，你得到我的重用，已經引起克林的嫉妒，這次又出了一個得到我金牌的耿紹南，難免不讓他有別的想法。好了，此事你不用操心，我自會處理，你說說後來的事。」

「是，我把俘虜和屍體帶回後，暗中跟隨仇鸞的手下，他把俘虜給了李自馨，那些屍體全被仇鸞斬下首級，作冒功之用，當時仇鸞和李自馨為了這個交易也來回扯皮了好幾次，最後白蓮教把歷年來跟仇鸞聯繫的書信和其他證據全都交了出來，仇鸞才放回了閻浩等人。」

陸炳冷笑道：「這才符合仇鸞的作派，他是不會把把柄留在別人手上的，這個機會又怎麼可能放過，不過奇怪的是，李自馨為什麼要為了這十幾個俘虜而送出如此大禮？」

天狼道：「這一點當時我也不理解，後來找機會回了趟羊房堡，向劉平一與李平陽問及之後，他們才說白蓮教的傳教都是靠這些堂主和香主招兵買馬，一旦這些人損失了，白蓮教也就失去了和底層的聯繫，基本上名存實亡了。」

陸炳嘆了口氣：「可惜了，這回為了讓仇鸞上鉤，放棄了這麼好的一個滅掉白蓮教的機會，天狼，你覺得遺憾嗎？」

天狼道：「開始很遺憾，後來想明白了，要是仇鸞一直待在山西，會不斷製造出新的白蓮教來，**這些心懷不軌，邪惡殘忍的賊人，才是這個黑暗世道的產物，光靠剿是剿不滅的，所以只有先收拾了仇鸞，才能談其他。**」

陸炳讚道：「你的見識比以前有了提高，沒那麼偏激了。仇鸞的那些罪證，他當場銷毀了嗎？」

天狼點點頭：「不錯，當時接頭的時候，帶隊的是他的親信副將侯榮，他的親衛隊長時義也帶了數百名親兵在一邊埋伏，那天我去見仇鸞時，李自馨剛剛從他那裡離開，侯榮和時義二人是在場的，所以我想這兩人也知道仇鸞的秘密，以後對仇鸞下手的時候，可以把他們作為人證。」

「那就按計劃行事，等仇鸞入京後，我上報皇上，請他下旨把這兩人提拔進錦衣衛，這是超拔，仇鸞絕不可能阻止這兩個手下的前程。」陸炳的眉頭舒緩了一些：「那仇鸞在關外與蒙古大戰的事，真相又是如何？難道真的是打了勝仗？」

天狼「呸」了一聲：「勝個屁仗，大敗虧輸！仇鸞跟白蓮教交易的時候，曾經要趙全為他提供蒙古的情報，可趙全這廝卻將計就計，提供的是假情報，故意引仇鸞的大軍進入蒙古軍的埋伏之中，結果仇鸞大敗，三萬精騎損失過半，殺傷蒙古軍不到二千，仇鸞自己也中了一箭，若不是我護著他殺開一條血路回來，只怕他這條命已經丟在塞外了。」

陸炳好奇道：「你這麼恨仇鸞，怎麼會救他？」

「兵凶戰危，在戰場上，他畢竟是主將，如果真的死在蒙古人的手裡，那全軍的士氣都要崩潰，我雖然恨不得借機殺了他，但不能看著幾萬將士跟著他陪葬，所以還是救了他。反正等他入了京後，有的是機會除掉這個奸賊。」天狼理智地道。

陸炳欣慰地說：「你能分得清事情大小，很好，有進步了。可是為什麼戰功上報的是大勝呢？」

「這回跟著大軍打了一仗，我算是明白了，那數千斬首，一來是五百多個白蓮教眾的腦袋，再一個就是仇鸞出塞時，碰到普通的蒙古牧民和小部落，便是不問青紅皂白地上前大開殺戮，斬得的首級讓他的親信先帶回來。總指揮，不管怎麼說，這都算是不宣而戰，更何況殺的人都是些老弱病殘，仇鸞手段之卑鄙令我髮指。」天狼忿忿不平地道。

陸炳嘆道：「大明的邊軍歷來都有殺良冒功的習慣，這回仇鸞好歹殺的還是蒙古人，那隨軍的御史跟著大軍出征了嗎？」

天狼搖搖頭：「沒有，那傢伙是個文官，不敢出塞，躲在關內，後來仇鸞敗回宣府後，諱敗為勝，還重賄那御史，反正有首級為證，自然是他說什麼，御史就寫什麼，我終於知道什麼叫一手遮天了。」

「皇上反正以為仇鸞打了一個大勝仗，昨天還特地下旨，封仇鸞為咸寧侯，讓他交接宣大的軍務後入朝參政呢。天狼，現在山西的防務有困難嗎？這場敗仗之後，會不會讓蒙古人趁虛而入？」陸炳憂心地問。

天狼想了想，道：「我認為暫時不用擔心，蒙古軍雖然設伏重擊了仇鸞，但是跟以往那種千里追殺的狠勁相比，這次出手算是留有餘地，似乎戰意不是太高，打退仇鸞後也就收兵回去了，並沒有進一步的舉動。」

陸炳冷笑道：「那是因為他們上次搶得太多，消化不了，這次只需要嚇阻仇鸞一番，讓我大明再不敢出兵塞外就算達到目的了。而且蒙古人作戰完全靠馬，秋後馬膘肥壯，可以久戰，而剛過冬天的馬很瘦，則不耐久戰，所以就是有心追殺也是力有不及。」

天狼恍然大悟：「原來如此，那山西的宣府和大同應該暫且能保平安了，雖然這次戰敗，兩地的可戰之兵仍不下十萬，加上城防還在，蒙古人又無白蓮教作內應，固守應該問題不大。」

陸炳點點頭：「仇鸞回朝後，一定會和嚴嵩有番激烈的較量，天狼，你要密切注意雙方的動向，尤其是他們為了搜集對方的把柄，一定會動用江湖的勢力，這點你需要格外注意，仇鸞的手下可有什麼武林高手嗎？」

天狼道：「高手麼，時義和侯榮這兩人可以算一流的，時義原來是甘肅一帶的綠林大盜，侯榮則是少年時加入過魔教，都非弱者，我跟蹤試探過他們，武功不在闔浩等人之下，所以仇鸞平時的人身安全和一些接頭行動，都是靠這兩人來執行。」

陸炳撫鬚道：「只有闔浩的實力？那是無法跟嚴嵩鬥的。嚴世蕃就不用說了，嚴府的護院高手中，有他們實力的都不下三十人，更不要說還有魔教和巫山派這兩個強援呢，如果嚴嵩想要查仇鸞的把柄，讓這些江湖人士四處打探，從仇鸞和他身邊的人下手，是很容易的事。」

「我也是這樣認為，仇鸞的見識太差，人又狂妄自大，即使進了京，也很難鬥得過嚴嵩，除非我們在暗中相助。」

陸炳擺擺手：「不行，現在我們還不能公開和嚴嵩翻臉，仇鸞和嚴嵩無論誰勝誰敗，對我們都不是壞事，只是不能讓仇鸞輸得這麼容易。天狼，你有沒有什麼好辦法，既讓我們不出面，又能讓仇鸞和嚴嵩鬥下去？」

天狼眉頭緊鎖思索著，突然雙眼一亮，道：「總指揮，我有一計，可以讓屈彩鳳的巫山派助仇鸞一臂之力！」

陸炳「哦」了一聲，拿起桌上的茶喝了一口，不緊不慢地問道：「巫山派不是和嚴嵩合作多年嗎？就算屈彩鳳因為上回劫營之事跟嚴世蕃起了衝突，也不代表整個巫山派會背叛嚴嵩吧。」

「巫山派門下盡是南七省的綠林豪傑，其實一向對與官府合作不感興趣，只是因為不想被伏魔盟剿滅，才暫時選擇了和官府還有我們錦衣衛合作，其中的原因，總指揮應該比我更清楚。」

陸炳突然放下手中的茶杯，神情嚴厲地道：「天狼，當著明人不說暗話，我等你主動向我說出實情已經很久了，**難道事到如今，你還不肯向我坦白嗎？**」

天狼心中一凜：「坦白什麼？」

陸炳重重地「哼」了一聲：「行了，你真當我是老糊塗了嗎？屈彩鳳是什麼樣的人，我跟她打了十年的交道，最清楚不過，就算是徐林宗，也不可能讓她置全派十幾萬人於不顧，在這時候選擇背叛嚴嵩和我。**你對太祖錦囊的事究竟知道多少，何時才肯說出來？**」

天狼知道此事再不可能瞞過陸炳了，咬咬牙道：「總指揮，你既然知道這太祖錦囊事關巫山派全派上下的性命，為何又要強行奪回？你也知道此物就是巫山派的護身符，一旦沒了，就會被官府剿滅，你就忍心看這麼多人死嗎？」

陸炳冷笑道：「他們是匪，聚眾對抗朝廷難道不該死嗎？當年林鳳仙參與了寧王之叛，漏網後不思悔改，反而潛入宮中盜取太祖錦囊，還與當年的一些權臣勾結，趁機把巫山派發展壯大，現在巫山派有十幾萬人，控制了幾乎南方整個綠林，儼然已經有登高一呼，聚眾叛亂的實力，我作為錦衣衛總指揮，難道還能聽之任之？

「天狼，你自己也見識過白蓮教，這樣勢力龐大的組織，永遠都是朝廷的心腹大患，朝廷可以容忍幾百人上千人的山寨存在，但是這些山寨如果結成聯盟，形成氣候，那就有了起兵叛亂的能力，你的身分是錦衣衛，要記得從國家的角度上來考慮問題！」

天狼辯白道：「屈姑娘是忠義之人，俠肝義膽，她劫富濟貧，不是像白蓮教那樣用恐怖手段屠滅別的山寨來發展自己，而是收留那些被官府欺壓，無家可歸的孤兒寡母，給這些人一個安身之所，和白蓮教不一樣！」

「天狼，你想得太天真了，**白蓮教最初又何嘗不是這樣呢？這些民間的宗教、門派，打的就是這種替天行道的旗子，收攏人心，你又如何知道他們有了實力之後會不會造反？**」陸炳反問道。

天狼一時語塞，無法回答。

陸炳看著天狼，語重心長地道：「天下這麼大，我朝又是這樣的制度，所謂山高皇帝遠，出些貪官汙吏是再正常不過的事了，人間總是有不平的事情，只因為出幾個貪官就要推翻整個朝廷，你可知戰亂一起，多少生靈塗炭？又會製造出多少孤兒寡母？」

天狼搖著頭，堅持自己的想法：「不會的，巫山派只是劫富濟貧罷了，如果按你這樣說，少林、武當這些名門正派不也是做同樣的事情嗎？難道也要像巫山派那樣加以剿滅？」

陸炳厲聲道：「不一樣！少林、武當是歷朝皇帝冊封過的，而且這些武林門派受著朝廷的嚴格監控，不可能發展得太囟，千年下來，少林也不過是現在的規模，至於武當，到現在三百多年了，有像巫山派這樣，幾乎壟斷了整個南方七省的綠林嗎？

「現在商隊走山過嶺都要向巫山派繳交大量的過路費，他們收的錢比朝廷的稅還要多，天狼，**你說這天下到底是大明的還是她巫山派的？**白蓮教在山西經營了百餘年，也只能依靠蒙古才能成事，可這巫山派只要一聲令下，就能拉出幾萬精兵，一個月內就能聚集起十萬之眾，你還說他們沒有威脅？」

天狼為屈彩鳳抱不平道：「屈姑娘只想保護幼小，並沒有爭霸之心，你很清楚不過！」

陸炳冷笑道：「就算屈彩鳳沒有，其他人呢？白蓮教難道是一開始就想著改朝換代的嗎？當年還不是一幫窮苦人給元朝欺壓，活不下去了才聚集起來的，助我朝奪取了天下後，又不願意解甲歸田，還想繼續保持自己的勢力，這才被太祖下令剿滅。林鳳仙本人就參加過叛亂，**屈彩鳳就算自己沒這野心，等她退位後，下代掌門呢，下下代呢？**我們錦衣衛不能等他們羽翼豐滿了後才動手，那就是我們的失職，明白嗎？」

天狼咽了口口水，保證道：「不會的，屈姑娘和林鳳仙這麼多年手握太祖錦囊也沒有起事作亂，你不能因為人家手握錦囊就先出手屠滅巫山派，她們的發展壯大也不是靠了太祖錦囊啊！」

陸炳目光如電，直刺天狼：「天狼，你還說你不知道太祖錦囊的事？哼，我就知道，你跟屈彩鳳在大漠裡一待兩天，她能放下對你的仇恨，甚至主動攻擊蒙古軍和嚴世蕃，**一定是你給她洗了腦，她肯定也把太祖錦囊一事全部告訴你了。**嘿嘿，李滄行，你小子真是豔福不淺啊，屈彩鳳果然對你移情別戀了，連這個事關巫山派上下身家性命的東西也跟你說！」

天狼怒道：「陸炳，你不要血口噴人，我跟屈彩鳳清清白白，她只是怕自己死在大漠裡，這個秘密無人知道，嚴嵩會趁機剿滅巫山派，才在危急之時把此事相告的！」

陸炳哈哈一笑：「你跟她同陷大漠，為什麼她有生命危險，甚至要把這個秘密告訴你這個中了毒還要喝她血才能活下去的仇人？天狼，你能解釋一下嗎？」

天狼突然意識到，**陸炳今天步步為營，就是在套自己的話**，自己一時不慎，承認了自己知道太祖錦囊之事，接下來屈彩鳳練天狼刀法走火入魔的事，可無論如何不能再透露給陸炳了。

於是天狼不動聲色地道：「陸總指揮，女人總是比較脆弱，在那種陷入大漠地穴的情況下，由於前面我已經取信於她了，而且又中途折返回去救她，所以她對我完全的信任，就這麼簡單。」

陸炳眼中閃過一絲懷疑：**「當真不是因為她喜歡你，想做你的女人，才把秘密相告的？」**

第五章

廟堂江湖

天狼道：「如果朝廷腐敗，民眾自然會起來造反，
無論起事的人會不會得到天下，往往會改朝換代。
寧王起兵之所以這麼短的時間能集起十幾萬大軍，
你以為只是靠江湖的力量？
白蓮教比官府得人心，也只是靠陰謀詭計？」

天狼不悅地道：「如果照你說的，那徐林宗早就知道這個秘密了，難不成你覺得只要做了屈彩鳳的男人，就能得到太祖錦囊的秘密？」

陸炳的眉頭舒展開來，反倒嘆了口氣：「其實我倒寧可你跟她能有些什麼，這樣你若是能執掌巫山派，我就不用擔心他們會起事造反了。」

天狼譏諷地說：「怎麼，我如果成了巫山派的幫主，你就不擔心我有了實力也會生出不臣之心了？男人一般比女人更有野心吧。」

陸炳哈哈一笑：「不，你不是那種人，而且，如果你肯聽我話，解散巫山派，那自然是對大家都好的結果。」

天狼臉色一變：「你要我做的就是這個？陸炳，解散了巫山派，那些孤兒寡母誰來養活？」

陸炳隨口道：「這就不是我們錦衣衛該管的事了，我們只負責把有可能威脅朝廷的組織給消滅掉，你既然不肯出兵剿滅，那只好朝自行解散的方法來辦，精壯的男子招募從軍報國，以解我大明軍力不足，再給那些孤兒寡母一筆錢，以後由官府來安置，這是最好的結果了吧。」

天狼突然大笑起來，笑得前前仰後合。

陸炳盯著天狼，見他笑個不停，不高興地說道：「天狼，很好笑嗎？」

天狼歪著頭看著陸炳，手捂著肚子，上氣不接下氣地說道：「陸炳，你真是太有意思了，跟那些蒙古韃子一樣，管殺不管埋啊，就你這樣還要巫山派解散？」

陸炳沉聲道：「怎麼就管殺不管埋了？」

天狼直起身，表情變得嚴肅起來：「巫山派屬下的各寨，有多少是那種真正的亡命之徒或者居心叵測之輩？所謂官逼民反，這些人若不是受了冤屈活不下去，怎麼會放棄自己的家業，上山為寇？你發筆錢就把他們遣散，男的發派去當兵，女人孩子回了家，繼續被那些惡霸欺負？就是招安也不興這樣的吧。」

陸炳被說得臉微微一紅，辯稱道：「至少他們保了條命，這些年來殺人放火的罪行也不跟他們細算了，難道還不夠嗎？」

天狼冷笑一聲：「如果你真的這麼做，那只會逼得屈彩鳳真的造反了，至少在屈彩鳳的治下，還沒有什麼山高皇帝遠的說法，那些真正殘忍狠毒、禍害百姓的山寨，她都去剿滅了，不會容忍他們為禍一方，這才會有越來越多的人加入。」

陸炳猛的一拍桌子，吼道：「天狼，你這是一個錦衣衛該說的話嗎？你究竟是朝廷的人還是反賊土匪啊？」

天狼絲毫不讓地說：「古聖先賢都知道民為重，社稷次之，君為輕，**朝廷如果不能為民辦事，造福天下，那能去怪民眾反抗自保嗎**？當年太祖皇帝不就是因為元朝暴虐，民不聊生，這才揭竿而起的？如果按你的邏輯，當年太祖起事也是反賊囉？」

陸炳斥責道：「這怎麼能一樣，太祖那是驅逐韃虜，恢復我漢家河山，跟叛賊又豈能混為一談？」

天狼道：「自古以來，如果朝廷腐敗，苛政猛於虎，人民無以為生，自然會起來造反，最後無論最早起事的人會不會得到天下，但往往會改朝換代。**寧王起兵之所以這麼短的時間能集起十幾萬大軍，你以為只是靠江湖的力量**？**白蓮教比官府得人心，也只是靠陰謀詭計**？陸總指揮，我覺得你顛倒本末，**如果朝廷還是這麼黑暗的話，你就是滅了巫山派，還會有別的組織出現，你滅得過來嗎**？」

陸炳頭上冷汗直冒，臉上的肌肉跳動著：「你我身為錦衣衛又能怎麼樣，貪官我也抓，亂黨就能放著不管嗎？天狼，不要忘了，你拿著的是朝廷的俸祿，是朝廷的官員！」

天狼熱血澎湃地說：「我進錦衣衛是為了能保國安民，那些以國家名義欺壓良民，中飽私囊的貪官汙吏，還有那個讓皇室宗親、官員豪強們可以名正言順地兼併土地，讓平民百姓流離失所的祖制，才是我朝最大的敵人！太祖當年為了照顧功臣，穩定朱氏子孫才推出的這個政策，你以為他不會想到兩百年後這個政策會變成惡政？如果不是因為如此，他又何必多此一舉弄什麼太祖錦囊！」

陸炳瞳孔猛的一縮：「太祖錦囊的事，你還知道什麼？」

天狼正色道：「陸總指揮，我知道你世受國恩，代代都是世襲軍戶高官，自然要維護這個朝廷，可是你想過沒有，當年給你祖先這個世襲罔替的軍戶職務的，正是太祖皇帝，你們陸家早在本朝之前就是代代為官，到你祖先的時候跟隨太祖起事才被封了這個官職，如果按你的說法，當年他們不也是元朝的叛賊嗎？是不是也要剿滅?!」

陸炳默然無語，這是他第一次被天狼以理說服，無可辯駁。

天狼繼續說道：「你的祖先識時務，知道暴政就應該推翻，像元朝那種人分等級的法律，就是惡法，這樣的朝廷，就是吸民血吮民膏的人間惡魔，不推翻這樣的暴政，那才叫沒天理！當年太祖起兵建明，他的子孫宗室沒有這麼多，官員也沒有這麼多，為了招引天下英才治國，給子孫後代一個衣食不憂的生活，這才制訂了那種皇田和士大夫之田不上稅的祖制，可現在呢？

「兩百年下來，皇室和官員之田占了天下土地的一半以上，百姓只剩下不到一半的田地，如何活得下去？當年的善法成了今之惡法，如果不加更改，民間的反抗之心只會如燎原烈火，你撲滅一處，還會燃起十處，最後朱家天下不保，你陸家也只能跟著陪葬，這豈是忠臣良將所應為？」

陸炳反問：「那以你之見又能如何？難道放任巫山派坐大嗎？他們沒有田地，不事生產，只會打家劫舍，你以為他們就能拯救這個世道嗎？」

天狼搖搖頭：「巫山派由於身分地位所限，自然看不了長遠，屈彩鳳一介女流，也只能用手中的劍來懲治人間的邪惡，這些人的存在，是對貪官汙吏的震懾，不應該妄加剿滅。」

陸炳冷笑道：「朝廷的法度都約束不了貪官汙吏，你指望江湖規矩就能約束住綠林土匪？天狼，別太天真了，白蓮教不也是對貪官汙吏的震懾嗎？」

「**江湖事自有江湖的規矩**，我可以勸屈寨主到時候如果和伏魔盟講和之後，不要維持那麼大的規模，不要形成對朝廷的威脅，但我不能直接把他們解散！而且這個決定，只有巫山派自己的人能作主，我不能把自己的意志強加於他們頭上，**如果你想透過我打入巫山派，逼他們招安解散，那我萬萬不能從命！**」天狼十分堅定地表態道。

陸炳不禁嘆了口氣：「你剛才說的也有幾分道理，但是你也知道，巫山派的實力過於強大，已經對朝廷構成了威脅，屈彩鳳就算沒有造反的心思，但是一旦她的繼任者起了這個念頭，加上太祖錦囊幾乎是一個合法政變的工具，要是有哪個大明宗室像寧王那樣起了反心，靠著巫山派的實力，就可以發動叛亂，到時候戰亂一開，就會步歷代天下大亂的後塵，北邊的蒙古、東邊的倭寇也會趁亂入侵，最後神州淪陷，這是你想看到的？」

天狼肯定地說：「**那種事情我保證不會發生**，屈寨主不是那種會隨便把宗派託付給別人的人，也不會選擇一個野心勃勃的人繼任，我就算不是錦衣衛，為天下蒼生著想，也不會坐視居心叵測之人借著太祖錦囊為禍天下，這點你可以放心。但你若是想騙取錦囊後出兵剿滅或者強行解散巫山派，那恕我要和屈彩鳳站到一起，與你為敵了！」

陸炳凝視著天狼道：「天狼，**你是一隻永遠無法馴服的狼**，我真的不知道應該如何處置你好，哎！也罷，這可是你向我保證的，**我的底線就是不能看到有人用這太祖錦囊禍亂國家**，流毒天下，如果我認為巫山派無論是屈彩鳳還是她的繼任者有這個企圖，我一定會先發制人加以解決，到那時，即使是你，也不能阻止我，明白嗎？」

天狼點點頭：「放心，我也會做同樣的事，**屈彩鳳如果真的起了爭奪天下之**

心，我是不會放過她的。總指揮，嚴嵩父子一直在通過魔教冷天雄打這太祖錦囊的主意，我覺得這個值得關注。」

陸炳「哼」了聲：「這早在我意料之中，你既然已經知道了太祖錦囊的來歷，應該也知道當年首輔楊廷和為了自保，對抗皇上，而縱容林鳳仙盜取太祖錦囊之事。嚴嵩父子可未必只是想自保，尤其是嚴世蕃，不排除他奪取太祖錦囊後自立為君的可能，你能保證太祖錦囊不落入他們父子之手嗎？」

天狼哈哈一笑：「屈彩鳳為人極為聰明，武功又高，即使是冷天雄，這些年來，以聯盟之名也沒有探得太祖錦囊的下落，就是陸總指揮你，不也是做了同樣的事情嗎？結果最後還不是要靠我來打聽太祖錦囊？」

陸炳的臉上有些掛不住，乾咳一聲，換了個話題：「屈彩鳳上次被你救了一命，但只因為這救命之恩，她就會助你對抗嚴嵩？即使她手上有太祖錦囊，我想她也沒有這個膽子吧？再說了，仇鸞也不是什麼好東西，你又如何能說服她？」

天狼道：「等我先去一趟明月峽再說吧，我會想辦法說服她的，但如果她不肯幫我，那我就以別的身分助仇鸞一臂之力，在我眼裡，仇鸞不足為慮，嚴嵩父子才是大敵，如果能借著仇鸞鬥倒老賊，國家大局可定！」

陸炳滿意地說：「你的判斷不錯，這事就全權讓你去辦了。切記，此事只能隱秘進行，而且不能用上錦衣衛的名義。還有，你的十三太保橫練現在練得如何了？」

天狼微微一笑，解開上衣，露出了鋼鐵般的肌肉，身上的皮膚如同石化一般，都變成了暗紅色，陸炳看著道：「不錯不錯，已經到第五層啦，你的進展比我想像的要快一點，即使沒有藥酒的輔助，進度也不亞於前一陣。」

天狼點點頭：「這次我跟著仇鸞出征，一度陷在陣中，那種千軍萬馬，箭矢橫飛的場面，任你有再高的武功也無法發揮，若不是靠了鐵甲的防護和這橫練的外功，只怕我早就交代在那裡了。」

天狼把肩頭露出來，立時可見有幾處箭孔，他指著箭孔說道：「蒙古人的弓箭果然厲害，我穿了重甲，裡面還裹了絲綢內衣，饒是這樣，還是中了幾十箭。」

陸炳臉色微變：「蒙古騎兵當真有這麼強？」

天狼表情凝重道：「交手之後我才知道，蒙古兵個個可以在駿馬上馳射，成千上萬支弓箭齊射，足以遮雲蔽日，而我大明官兵勝在甲兵犀利，正面對戰的話，蒙古兵絕非對手，所以他們從不和我們正面作戰，而是邊打邊撤，邊跑邊射，拉開距離，等到我軍追得精疲力盡之後，才會四面伏兵齊出，先是箭雨攻擊，待我軍大亂後再鐵騎衝殺，此等戰術確實厲害。」

陸炳感嘆頭：「連你都這樣說，那看來是錯不了啦，想不到我無意中教你這十三太保橫練，還救了你一命。」

天狼豪爽地說：「與韃虜作戰，死了其實也沒什麼，只是我還有不少事要做，能留一命自然是好事，看來這功夫是好東西，以後我會常練不懈，陸總指揮，還麻煩你把後四層的心法口訣相授，我好隨時練習。」

陸炳眼中閃過一絲深意：「自當如此。」

武當山上。

凜冽的山風呼嘯而過，滿山遍開的梅花映得鬱鬱蔥蔥的山林裡一片奼紫嫣紅，後山的思過崖上，一個風華絕代，宛如仙子般的年輕道姑，正看著遠處武當真武大殿前一大群練武的低階弟子。

山風吹起她額前的秀髮，一身深藍色的道袍把她白皙的皮膚襯托得如羊脂白玉一般，然而她清秀的容顏上，卻是秀眉微蹙，透著一絲淡淡的憂傷。

一個三十上下，面如冠玉，戴著紫金道冠，眉間點了一顆朱砂的道士，走到這道姑的身邊，勸慰道：「師妹，這次又讓你失望了，大師兄並不在京師，不然以他的個性，碰到這種外敵入侵的事，不可能不出現的。」

這一對玉人般的道士與道姑，正是武當掌門徐林宗，與身為戒律長老的「七星仙子」沐蘭湘。

沐蘭湘幽幽地嘆了口氣，美麗的大眼睛盯著遠處的習武弟子們道：「徐師兄，當年我們就像他們那樣一起練武，一起長大，你，我，還有大師兄，看著現在的他們，就像看到當年的我們。」

「造化弄人，大師兄多年不聞音信，你這些年來總是一個人在這裡獨處，每次下山也都是尋他的下落，師妹，雖然我一直不願意提，怕你傷心，可你就沒有想過，如果他真的還在這世上，為什麼那次他不來？為什麼你這樣找他，他卻始終避而不見？」徐林宗忍不住說道。

沐蘭湘身子微微一顫，扭過頭，激動地說道：「不，徐師兄，我的感覺不會有錯，大師兄一定還活著，他一定還在人世，就像……就像當年我一直覺得你沒死，不會有錯的。」

徐林宗搖搖頭：「師妹，你又何必如此執著？大師兄失蹤這麼多年，若是還在人間，上次你我大婚的時候就會出現了，可是連那次他都沒來，顯然已經不在人世。師妹，現在武當需要我們齊心協力維護，這些兒女私情還是放下吧。」

沐蘭湘眼中隱隱現出一絲淚光：「徐師兄，我想公告江湖，當初我們的婚禮是個騙局，是想引來屈彩鳳和大師兄的，也許這樣大師兄就會現身了。好嗎？」

徐林宗臉色一變：「師妹，萬萬不可！那場假結婚不止是為了大師兄，也是為了斷了屈彩鳳的念想，我也好不容易用那種方式與她斷情絕愛，這是為了整個武當，你我都做出了犧牲，為何現在要放棄呢？」

沐蘭湘淚水盈滿了眼睛：「為什麼，為什麼要把武當的責任放在我們兩個人身上？為什麼上天要這麼殘忍？」

徐林宗也是淚光閃閃，無奈地道：「師妹，**面對愛情和道義，我們只有選擇道義，這就是我們作為武當弟子的宿命！**」

話畢，一轉身，兩個起落，身形便沒入思過崖後面的山道之中。

沐蘭湘的淚水終於流了下來，在這裡，她可以盡情地發洩自己的感情，而不是板著臉做武當的戒律長老，那個冷若冰霜，不苟言笑的七星仙子。

她從懷中摸出一個黑糊糊的麵團，正是當年李滄行丟在山道的月餅。她把月餅貼在自己的臉上，喃喃地說道：「大師兄，我知道是我不好，害你傷心，害你誤會，**如果能換你回來，我願意付出一切！可是你現在究竟人在何方？**風兒啊，你能幫我給大師兄帶個話嗎？無論他人在何方，師妹都在武當等他。」

山風呼嘯，樹影搖曳，配合著沐蘭湘的低語彷彿也在嗚咽，女兒家的心事盡在風中。

月圓之夜。巫山派總舵。

一身大紅紗衣，一頭如霜雪般白髮的屈彩鳳，正坐在自己房間的榻上，香爐裡飄緲的檀香本可助人心靜，但她的額頭上卻是沁出了細密的汗珠，以她的修為，是件非常反常的事，而她不斷抽搐的臉部肌肉，顯示了她此刻內心的掙扎與不安。

窗外輕輕響起一個低沉渾厚的聲音，充滿了磁性，正在吟著幾句心法口訣，屈彩鳳沒有睜眼，跟著這心法口訣念了起來。

她的呼吸隨著朱脣的輕啟慢慢平靜下來，高聳的胸部也不像剛才那樣劇烈起伏，那道在她身上不停遊走的氣團則漸漸地消失不見。

三遍清心訣念完，屈彩鳳嘴邊泛起一陣笑意，睜開了眼：「你來了？」

窗外跳進一個全身黑衣勁裝的魁梧漢子，黑布罩頭，只留下兩隻炯炯有神的眼睛在外面，他提醒道：「看來你這裡的防備得加強了，剛才如果不是我，而是冷天雄或者是陸炳，再要麼是赫連霸，甚至是嚴世蕃的話，只怕你這會兒已經沒命了。」

屈彩鳳撅起嘴道：「就是要等你來，我才刻意放鬆警衛，今天是月圓之夜，正是我最脆弱的時候，換了平時，你說的那些人想進來害我，可沒那麼容易。」

天狼道：「這裡不是談話之地，有沒有什麼隱秘可以說話的地方？」

屈彩鳳美目一閃，長長的睫毛跳了跳：「跟我來！」接著，大紅的身影飛窗而出，輕飄飄地沒有一點動靜。天狼身形一動，緊緊地跟在她後面穿過了窗子，兩扇窗戶在他飛出的身形後關上。

一紅一黑兩道身影如閃電一般，又如劃過夜空的流星，在巫山派後山的密林與山影中來回跳躍，兩人始終保持著七八丈的距離，沒有半點縮小或者拉大，巫山派內的人絲毫不覺。

過了一會兒，紅色的倩影一閃而沒，洞口處的枯藤樹蔓一陣搖晃。

天狼緩緩走進山洞，耳邊盡是潺潺的流水聲，屈彩鳳背對著他，呆呆地看著對面的一道水簾，一言不發。

天狼看她這個樣子，猜道：「想必這裡就是你和徐師弟相會之所吧。」

屈彩鳳幽幽地說道：「此洞名叫鳳凰水洞，原來是一個狼窩，當年師父就是在這裡撿到我的。師父傳我天狼刀法也是在這裡，林宗與我初次相會，就是他在探查我們巫山派時，無意在這個水洞裡見到我練功。」

天狼默然片刻，輕聲道：「這次你在蒙古大營裡見到了徐師弟，後來如何了？」

屈彩鳳身軀微微一震：「還能如何？他跟你的小師妹出雙入對，李滄行，你覺得我能如何？」

天狼趕忙轉換話題道：「不說這個了，說了你我都不好受。這裡確實很安全，你練天狼刀法走火入魔，月圓之夜是不是發作得特別厲害？」

屈彩鳳拭去淚邊的兩道淚痕，又恢復了平時的鎮定與堅強，轉過頭來，笑道：「怎麼，李滄行，到了這裡，還不想以真面目示人嗎？我不喜歡你戴著面具和我說話的感覺。」

天狼一把揭掉面巾，又取下一層面具，露出一張稜角分明，鬍子拉碴的臉來。

「**我又何嘗不想取下面具，以本來面目過活呢？**老實說，我自己都快要忘了自己本來長成啥樣了。」天狼話中透出一絲落寞。

屈彩鳳鳳目流轉，看著天狼，秀眉微微一蹙：「其實你很英俊，現在弄得這樣，快變成我們寨裡的兄弟了，有空還是好好刮刮鬍子，弄得乾淨點吧。」

天狼笑了：「又不是女人，每天要花幾個時辰打扮，屈姑娘，看來你雖然是巾幗英雄，女中男兒，在這方面也一點不差啊。」

屈彩鳳很是注重容貌，這也是她為何變成白髮後，出去公開場合時不是蒙面就是戴面具的原因，當年看上徐林宗，也是一眼就喜歡上了這個氣質儒雅，翩翩公子般的美少年，聽到天狼這話後，有些不高興地說：「鳥兒尚且愛惜羽毛，我可不像你可以成天易容改扮，花點時間在自己的臉上又有何不可？」

天狼知道這女子性格很是要強，所以剛才在跟隨屈彩鳳時，也是刻意地收了一成功力，保持跟她的距離，讓她不至於不高興，於是示好道：「謝謝你的配合，這一陣子跟伏魔盟處於停戰狀態。」

屈彩鳳道：「這是我們約定過的事，我也不只是為了你，而是因為這樣對我們巫山派有好處。你今天來我這兒，應該不是為了跟我說謝謝吧。李滄行，有什麼事盡可直言，我不喜歡你變得像陸炳一樣，跟我說話也拐彎抹角的。」

天狼點點頭，正色道：「兩件事情，第一，陸炳已經知道我和你的盟友關係，他本想讓我騙取你的太祖錦囊，然後強行解散你們巫山派，被我拒絕了。」

屈彩鳳臉色一變：「你怎麼把太祖錦囊的事告訴陸炳了？」

「陸炳何等精明，那天你我在大漠兩天，他知道我們一定會提及太祖錦囊之事，只是屈姑娘你放心，我只說我知道太祖錦囊的秘密，其他的，一個字也沒有向他透露。」天狼拍拍胸脯道。

屈彩鳳怒道：「有區別嗎？太祖錦囊的秘密陸炳早就知道了，他只是想從你身上打聽出太祖錦囊的下落。李滄行，枉我這麼信任你，你卻背叛了我！」

天狼正色道：「屈姑娘，**不管我承不承認，陸炳都曉得這件事了，我所能做的，只有阻止他進一步對你們巫山派不利**，他也開始懷疑你練天狼刀法走火入魔了。」

屈彩鳳咬了咬牙：「哼，他知道了又如何，我的武功本就不如他。李滄行，你就是想跟我說這件事嗎？」

「不，太祖錦囊的事，你自己留意就行，我不會幫著陸炳對你巫山派不利的，我只是想提醒你，巫山派勢力發展太快，會引起朝廷的注意，畢竟朝廷有寧王之亂的前車之鑑，不會再坐視有人能強大到挑戰整個國家。今天我來，是想和你商量一件別的事。」天狼盯著屈彩鳳道。

屈彩鳳勾了勾嘴角：「說吧，什麼事？」

「**我想請你幫忙，幫仇鸞對付嚴嵩父子**。」天狼正色道。

屈彩鳳杏眼圓睜，幾乎要翻臉道：「李滄行，你什麼意思，那天在關外跟我說了一通精忠報國的道理，怎麼這會兒又要我幫這個奸賊？難道你那天跟我都是在演戲嗎？」

天狼分析道：「屈姑娘，**兩害相權取其輕**，仇鸞雖然可惡，但和嚴嵩父子相比要差了許多，**如果能讓他把嚴嵩鬥倒，那對我們才有利。**」

屈彩鳳質疑道：「既然如此，你為什麼自己不去助那仇鸞？非要跑來找我？我武功不如你，權勢也不如你們錦衣衛，能幫到你什麼？」

天狼解釋道：「屈寨主，我們錦衣衛現在不能直接和嚴嵩起衝突，清流大臣們自從夏閣老死後，也無法與嚴嵩父子正面對抗，只有暫時借助仇鸞的力量。這回仇鸞率軍第一個勤王，雖然我們都知道他是在演戲，但皇帝卻以為他忠心，升他當大將軍，可謂權勢沖天，連嚴嵩也要讓他三分，所以暗中使壞把他趕去邊關，就是不想讓他入朝，以免對自己的地位產生威脅。」

屈彩鳳恨恨地說道：「昏君奸臣，通通該死！」說著一道氣勁出手，炸得水潭中一道水柱突起，點點水花濺得兩人滿身都是。

天狼無奈地道：「這個世道就是如此，所以只能徐徐圖之，先用仇鸞來對付嚴嵩，仇鸞這回在邊關諱敗為勝，皇帝一高興，已經下旨讓他入朝了，我估計他一入朝就會想方設法尋找嚴嵩和其黨羽的罪證，可是仇鸞的手下沒有嚴嵩那麼多高手，白蓮教完蛋以後，現在也沒有江湖勢力幫他搜集這些罪證。」

屈彩鳳有些聽明白了，接著道：「所以你想讓我來做這件事？為什麼不讓伏魔盟的人去做？他們支持那些什麼清流大臣，不是嚴嵩的死敵嗎？你讓我公然和嚴嵩作對，豈不是要逼嚴嵩提前對我動手嗎？」

說到這裡，她突然激動起來：「李滄行，我們巫山派的情況你不是不知道，你一向自詡俠義，難道你的俠義之心就是把我們頂在最前面，讓我們直接和嚴嵩與日月神教正面衝突？」

天狼搖頭：「屈姑娘，我不會讓你們陷入不利境地的，我有兩個提議，第一，就是讓巫山派上下出動，不僅收集嚴黨官員的罪證，也搜集那些清流派官員的貪汙證據提供給仇鸞，讓他兩邊一起舉報，如此一來，嚴嵩便不會以為你轉投伏魔盟，只會以為這是你向官府宣戰的洩憤之舉。」

屈彩鳳臉色稍微舒緩了些，嗔道：「什麼綠林豪傑，你分明是想說我是個做事不經過大腦的笨女人，由著自己的性子亂來，對不對？」

天狼哈哈一笑：「屈姑娘，我可從來沒這麼認為，你雖然看起來粗獷豪爽，但做事極有城府，這不只是我一個人的感覺，冷天雄、嚴嵩、陸炳都吃過你不少苦頭，絕不敢低估你。你在脫離嚴嵩後來這麼一手，可以看成是洩憤，也可以看成是打擊貪官汙吏、收拾人心之舉，畢竟你們是綠林，只要打擊了那些欺壓百姓的貪官們，就會有更多人加入。」

屈彩鳳點點頭：「這樣倒是可以解釋，但你剛才也說過，朝廷不是一直很警惕我們的勢力進一步擴大嗎？還說陸炳想解散我們巫山派，我這時候再大張旗鼓地對付朝廷的官員，那不是自投羅網？到時候即使陸炳肯放過我們，只怕嚴嵩甚至那些清流大臣，都會提議出兵剿滅我們的。」

天狼眼中精光一閃：「不會的，你有太祖錦囊，有這東西，巫山派就不用擔心來自朝廷的壓力，即使是陸炳，也只是想讓我騙走太祖錦囊後才動手，不過，你如果不願意的話，我還有另外一個辦法。」

屈彩鳳低頭想了想，開口道：「先說你的另一個辦法好了。」

天狼道：「那就是**我以江湖人士的身分暗中查探嚴黨重要官員的罪證**，只是我一個人勢單力孤，不可能借用錦衣衛的幫助，所以希望你能助我行事。」

屈彩鳳笑了起來：「助你行事？李滄行，你有一身蓋世的武功，還需要幫手嗎？」

天狼笑道：「當然需要，因為如果碰到高手的話，我不能用天狼刀法，以防暴露身分，只能使出武當的兩儀劍法，所以思前想後，只有找你了，這樣萬一敗露，也可以讓他們認為是武當的徐師弟和……我師妹出的手，這樣便不會懷疑到你們巫山派了。這是其一。

「至於第二，找到罪證後，需要把消息儘快送給仇鸞，如果能借助巫山派的力量傳遞，我便能同時進行下一步行動。」

屈彩鳳聽了道：「李滄行，想不到你粗獷的外表下，心思竟然如此縝密，權謀甚至要強過林宗。只是你為何不直接找你的武當師弟師妹出手，你這樣做，萬一暴露，等於是把武當置於嚴黨的對立面，難道你不考慮他們了嗎？」

天狼道：「伏魔盟和那些清流大臣們一樣，眼光只限於自保，缺乏與嚴黨放手一搏的勇氣，這些年來也只是和魔教爭鬥，卻不敢直接打擊嚴黨官員，說服他們出手很難，尤其是我現在這身分，又如何去跟我的師弟師妹相認？所以請將不如激將，求他們不如逼他們。」

屈彩鳳聞言：「只是有一件事，不知道你考慮過沒有，兩儀劍法除了林宗和沐蘭湘以外，只有你我二人會使，如果我們真的用了兩儀劍法，不是就宣告了你還在人世？」

天狼神情落寞地說：「知道我在人世又能如何？上次在蒙古大營，你我聯手使出兩儀劍法，應該就有人猜到了，只不過這幾個月我一直沒有現身江湖，這些人無從追查而已；再說，李滄行已經消失多年，他還在不在人世，會有人在乎嗎？」

屈彩鳳笑了笑：「至少，你的那個小師妹還會在乎，我聽說這些年她待在武當的日子每年不會超過兩個月，其他時間一直在江湖上遊蕩，逢人就打聽你的下落。」

天狼厲聲道：「不要說了，她要怎麼做那是她的事，如果她心裡真的有我，就不會傷我傷得那麼深。她明知道我臥底之事，卻為了保住她父女在武當的地位而跟我斷絕，就算現在到處找我又能如何？不過是彌補她良心上的不安罷了。」

天狼越說越激動，雙掌對著水潭連連發功，打得水中爆炸不斷，水柱沖到洞頂，化為傾盆大雨漫天灑下，淋得兩人滿身都濕透了。

屈彩鳳默默地看著天狼的發洩，冰冷的水使她那件大紅紗衣緊緊地貼在身上，襯托出曼妙的曲線，她的睫毛上掛著晶瑩的水珠子，兩條水線順著鬢角流到腮幫子，再緩緩地流下。

屈彩鳳幽幽地道：「**其實你心裡還是有沐蘭湘的，因為在乎，才會這麼心痛，對不對？**」

天狼一陣發洩之後，癱倒在地上，雙眼通紅，喘著粗氣，聽到屈彩鳳的話，大聲道：「不，我不在乎她，要不是你今天提起她，我不會這樣！」

說著，他站起身，閉上眼，平復一下情緒後，長出一口氣，睜開眼睛道：「屈姑娘，武當也好，沐蘭湘也罷，跟我都已經沒有關係了，現在在我眼裡，他們只是伏魔盟的一個門派，一個成員而已，我的最終目的是清除嚴黨，讓伏魔盟力保的清流大臣上臺，這樣至少不會像嚴嵩父子那樣禍國殃民，別的事，我管不了太多，也不想管。」

屈彩鳳心中一陣難過，不知為何，看到這個男人歇斯底里地發洩時，她突然生出一陣心疼之感，儘管她知道這個男人心中的女人不是自己。

屈彩鳳冷冷說道：「那好，你這兩個方案，我選擇後面一個，這樣我們巫山派不會受什麼牽連，只是你可得考慮清楚了，萬一碰到不得不使出兩儀劍法的時候，是會連累到武當派的，如果嚴嵩因此對武當不利，你可別後悔。」

天狼咬牙道：「如果武當有什麼危險，我會逼陸炳對付嚴嵩的，再說，那只是萬一，除非碰到冷天雄和東方亮帶隊的大批魔教高手，不然即使我們只用劍，也不會有什麼人是我們的對手。」

屈彩鳳秀眉微蹙：「我要提醒你，與我們為敵的恐怕不止是魔教，如果你要連清流派官員的罪證也一起搜集的話，包括武當在內的其他正派，甚至中立的幾個大派，丐幫、洞庭幫和無相寺等，都有可能成為我們的敵人，尤其是洞庭幫。」

天狼眉頭一皺，想起自己初出錦衣衛時遇到的那個洞庭幫的「奪命書生」萬震，據說他的武功是幫主楚天舒親傳的，徒弟有如此高的武功，那師父的功力更是高深莫測了。當時他大敗金不換，劍鬥司馬鴻，回京後，緊接著就被派往山西查辦白蓮教之事，沒有來得及回訪萬震與神農幫的端木延，前幾天再去時，早已人去樓空，自己也引為憾事。

天狼意識到巫山派和洞庭幫惡戰多年，相互間應該是知根知底，屈彩鳳剛才的話格外重視洞庭幫，甚至把他們視為是超過魔教的第一大敵，這有些出乎他的意料，借著這個機會，正好可以從屈彩鳳的嘴裡套套洞庭幫的底細，於是問道：

「屈姑娘，以你對洞庭幫的瞭解，他們究竟是什麼來頭？是簡單的江湖勢力，還是背後也有官府或者是哪方勢力的影子？為什麼你說要特別留意洞庭幫呢？」

提到洞庭幫，屈彩鳳神情變得嚴肅起來，「洞庭幫絕不是普通的江湖門派，依我看來，他們當年突襲我們巫山派的洞庭分舵時，那套打法完全就像是軍隊作戰，而不是一般門派的仇殺，無論是用的武器還是戰術，都像極了錦衣衛。」

天狼立刻否認道：「我可以保證他們不是錦衣衛，這個問題我也問過陸炳，他沒必要向我撒謊和隱瞞，而且他扶持洞庭幫跟你作對，對他沒有任何好處。」

屈彩鳳微微一笑：「不錯，我也排除了是錦衣衛的可能，後來我想到的第二個懷疑對象就是來自東瀛的倭寇，但他們的武功詭絕怪異，那楚天舒和我交過幾次手，他的功夫走的是一種邪惡迅速的劍法，東洋武士多用倭刀，鋒利霸道，和他的路子完全不一樣，這麼說吧，這些人給我的感覺，很像是日月教的鬼宮門下，但是武功卻又要比鬼聖之流高出了許多。

「另外，倭寇的勢力主要是在東南沿海一帶，洞庭身處內地，對他們目前的發展來說沒有任何的利益與好處，倭寇攻擊沿海的城鎮都是挑富庶的地方下手，那些貧窮落後的村鎮，他們連打劫的興趣都沒有，如此趨利之徒，又怎麼會跑到內地，花這麼大的代價，冒著被全武林圍攻的風險建幫立派呢？」

天狼心中一凜，他突然想到了嚴世蕃那張邪惡的獨眼胖臉，猜測道：「會不會是嚴世蕃的人？嚴世蕃的武功我們都見識過，嚴嵩府中應該也網羅了大批高手。」

屈彩鳳搖搖頭：「從蒙古大營回來的時候，我也考慮過這個可能，但是想想還是不對，當時嚴世蕃是和我們合作的，他手下的日月教跟我們關係也還不錯，雖然我知道他們是衝著太祖錦囊來，但畢竟幫著我們防守總壇，又助我們奪下了洞庭，上次洞庭失陷，日月教也損失慘重，我想嚴世蕃就算對我們有二心，但對日月教和冷天雄是不至於下這種死手的。」

天狼想了想，同意道：「確實，這樣做他無異於自斷一臂，太不上算。既然倭寇、嚴世蕃和錦衣衛都不是洞庭幫的幕後黑手，那會是誰呢？」

屈彩鳳又道：「最奇怪的是，**這洞庭幫正邪雙方的帳都不買，他們占了洞庭以後，唯一的目的就是不斷地收取過路客商的渡船費**，以前大江幫控制洞庭時，一條船只收三兩銀子，他們卻漲到了六兩，有了這錢後，楚天舒就不斷地招納各派的高手和江湖上的散人，雖然他與我們和日月教有血仇，但是出身綠林和神教的人亦是照單全收，這種不顧一切擴張勢力的做法，像極了英雄門。」

天狼聞言，心中一動：「當年寧王的叛亂是怎麼起來的？」

屈彩鳳鳳目一亮：「你的意思是，他們可能是寧王之後？」

天狼趕忙澄清道：「不，我不是這個意思，寧王叛亂最後自己被處死，他的子孫也被斬盡殺絕，寧王一系自此絕後，但是除了寧王之外，大明多的是太祖的子孫，這些宗室都可能有勃勃的野心，寧王之叛後，太祖錦囊只剩下最後一次的使用機會了，不排除有知道這個秘密的人鋌而走險。

「歷朝歷代的造反者，往往需要掌握兵權，可是我朝對親王宗室的兵權卻是抓得極嚴，現在的藩王宗室，基本上除了些王府護衛外，手中已經沒有兵了，當年寧王起事，靠的是重金收買江湖人物，加上平時在江西收買人心，所以一朝扯旗造反，就能拉出十幾萬大軍，我覺得洞庭幫的所作所為和寧王非常像。」

屈彩鳳聽得連連點頭：「你這樣一說，倒是有這個可能，寧王之亂後，朝廷對於宗室也抓得更緊了，要想像寧王那樣禮賢下士，親自以王爺之尊來豢養江湖人士作為門客是不可能了，所以若是哪個藩王派出得力親信，出來組建江湖門派，以此為自己起事時的勢力，倒是一步高招。」

天狼又道：「寧王起兵之際，傳說中的建文帝後人再次出現，還把那第二道密旨相贈，只有太祖錦囊和密旨同時在手，又是身為朱明子孫，才有登高一呼的能力。屈姑娘，令師曾經參與過寧王起兵的全過程，那個神秘的建文帝後人是何來路？他又為何要為他人做嫁衣呢？」

屈彩鳳秀眉一蹙，想了想道：「師父對當年起兵的事一直諱莫如深，畢竟她失敗了，所以從來不提，我作為弟子也不好多問。直到她把錦囊相授之時，我曾問過那個建文帝後人的事，又如何能確保以後我們起兵的時候也會出現，她這才透露，說當年送來密旨的，並不是建文帝後人，而是他的親信護衛。

「建文帝在靖難之役中從密道中逃走後，為了躲避朱棣的追殺，一直隱姓埋名，護衛他的忠誠侍衛，也是太祖皇帝當年留下的最忠誠的高手，世代都守護著建文帝後人，大明自從靖難之後，整體是很穩定的，只有英宗的土木堡之變，皇帝成了蒙古人的俘虜，大明因而有亡國之虞，為了保衛京師，兵部尚書于謙下令四方募兵勤王，本是建文帝後人一次恢復王位的好機會。

「那次建文帝後人曾經找過于謙，要他代表朝臣向自己效忠，可于謙聲稱國難當頭，不宜再起奪位之爭，答應如果建文帝後人不在此時起兵的話，三年後會把太祖錦囊奉上，並向其效忠，最終說服建文帝後人放棄了那次機會，結果英宗回朝後沒兩年就發動政變，殺了于謙，再次奪回王位，機會也就此消逝。

「又過了幾十年，總算等到正德皇帝這個只知道玩樂的昏君，可是這一回，建文帝後人好像年齡非常幼小，根本不能自己起兵，而寧王已經為此謀劃多年，又聽到正德皇帝對他圖謀不軌之事有所察覺的傳聞，所以只能提前發動，但他手中只有錦囊，沒有密旨，這會大大降低他造反的成功性，所以寧王在起兵前也是猶豫不決。

「結果在這個時候，建文帝後人的護衛來到南昌，與寧王密商，約定以密旨相贈，條件是寧王要立下字據，當上皇帝以後，駕崩時把皇位還給建文帝後人，由於寧王急著要這東西，所以就咬牙答應了。」

天狼提出疑問道：「你的意思是，因為建文帝後人當時年齡太小，所以才把這個當皇帝的機會讓給了寧王？可是我有點奇怪，建文帝逃跑後，子孫也應該繁衍生息，怎麼會只有一個後人呢？」

屈彩鳳嘆道：「聽說這就是建文帝的獨特之處了，他逃得一命後，認定像太祖那樣多子多孫，只會引得手足叔侄相殘，為了不讓自己的悲劇重演，立下規矩，以後世世代代只能單傳。」

天狼問道：「那萬一這孩子夭折呢？豈不是絕了後？」

屈彩鳳解釋：「單傳不是只生一個，每代的建文帝後人都會生下幾個兒子，但只留下嫡長子一人，其他的孩子在未成年時就會被送給別的普通百姓，**如果嫡長子出了什麼事，護衛就會把放在別人家的孩子接回一個，以繼承建文帝的香火。**」

天狼咋舌不已：「居然還有這樣的繼承制度，這些僕人也真是夠忠心的，怎麼會有這樣世代甘願護主的人？」

「因為**那些護衛其實就是前幾代送出去的其他孩子！**」屈彩鳳一語道破玄機。

天狼驚得睜大了眼睛：「怎麼會這樣？不是都送走了嗎？」

屈彩鳳補充道：「雖然能走帝王之路的只有一個，但其他人也是建文帝的子孫，**建文帝遺訓，非嫡長子的，在三代以後就加入武林門派，學得一身武藝來保護嫡長子**，所以那天來和寧王接頭的，就是這樣一個非建文帝嫡長子的子孫護衛，相當於大明的宗室了。」

天狼仍是覺得不可思議，搖搖頭道：「此人既然也是建文帝的子孫，為何不乾脆自己趁機代而自立呢？就是朱棣，還不是奪了建文帝的江山嗎？」

屈彩鳳聳了聳肩：「這個就不得而知了，也許是建文帝有鑑於當年的慘劇，做了什麼別的安排吧。聽你這麼一說，我倒覺得那個洞庭幫很有可能就是建文帝的後人所創了，既然其他的大明宗室不能指望，那不如自己來，占了作為南北交通要道的洞庭湖，可以收取大量的過路費，然後以此招兵買馬，網羅大批高手。」

「但如果是建文帝後人所創的話，應該跟你們搞好關係才是，畢竟他只有密旨，沒有太祖錦囊，就是想起兵也只是作亂，而非名正言順地復位。可洞庭幫建立以來，跟你們巫山派結的仇最深，這又是為何呢？」天狼想到其中不合理之處。

屈彩鳳兩手一攤：「這些都只是我們的分析罷了，事實的真相還要靠我們挖掘，只是洞庭幫這兩年護著不少南方官員的財產過境，跟一些官員建立了保護的關係，平時也派人在這些官員的家裡護院，你要找嚴黨的罪證，很有可能會和洞庭幫起正面衝突，這是我最擔心的。」

天狼灑脫地說：「是福不是禍，是禍躲不過，這件事必須要做，不要說是洞庭幫幫助這些官員，就算是伏魔盟，我們也得闖上一闖。這樣也才會顯得更逼真。」

屈彩鳳正待開口，突然臉色大變，兩手緊緊捂住心口，眼中也開始碧光閃閃。

天狼看到屈彩鳳這樣，急忙問道：「屈姑娘，怎麼了，你又要走火入魔了嗎？」

屈彩鳳吃力地道：「快，快離開這裡，我若是控制不住，會失去意識亂殺人的，一會兒可能我就認不出你了，快走！」說著，縱身一躍，跳進那個碧綠的寒潭，水面上很快冒起一串氣泡。

天狼二話不說，脫掉鞋子，也跳進了寒潭。

第六章

吐露真情

此刻，他的眼中只有小師妹的倩影，只聽他深情說道：
「師妹，這些年來，我沒有一天晚上不夢到你，
我的心裡也沒有一天不在想你，你終於來找我了，
這回我什麼也不管了，什麼江湖、武林、天下，
我都不要，我只要你。」

這裡的水是地下水，冰冷刺骨，十分像峨嵋後山的那個洞中寒泉，天狼一入水就明白了為何屈彩鳳會在月圓之夜來這個山洞，這種徹骨的嚴寒可以讓人意志清醒，把人從狂亂的邊緣拉回來，對於沒有學過清心咒、冰心訣的屈彩鳳來說，最是合適不過。

那個美麗的紅色倩影正坐在潭底，抱元守一，抑制著臉上時隱時現的青氣，天狼在她的對面坐下，正要把手搭上她的素手，屈彩鳳突然一睜眼，凶芒大盛，五指箕張，在天狼的手背上抓出了五道長長的血痕。

手上的疼痛在冰水的刺激下，考驗著天狼的神經，若不是自己學得了十三太保橫練的功夫，剛才給屈彩鳳這樣一抓，只怕這隻手就廢了。

屈彩鳳一如上次在大漠時，內息混亂，真氣亂竄，像個小饅頭似的氣團正順著她的周身到處遊走，天狼出手如風，連點屈彩鳳十餘處要穴，阻止她繼續運功，同時捉住屈彩鳳的手，兩人掌心相對，陰極的天狼勁順著她的掌心進入。

屈彩鳳再次睜開了眼睛，這回她眼中的綠色光芒已經消退，天狼手上那五道血痕，在他內力的催動下，如噴泉似地向外冒著血，原本碧綠的潭水變得一片殷紅。

屈彩鳳眼中泛起點點淚光，用傳音之術急道：「李滄行，快停下！我自己可以控制，你先止血！」

天狼閉著眼，搖搖頭：「屈姑娘，不要說話，無論如何，運過這個周天的功再說。」

屈彩鳳心疼地看了眼天狼那血如泉湧的手背，滿心都是歉意：「都是我的錯，實在對不起。」說完，她也閉上眼，默念起冰心訣。

天狼的氣勁在屈彩鳳的體內緩緩地運行，一路平復著屈彩鳳體內的野火，漸漸地，他感覺到屈彩鳳掌心的溫度開始下降，剛才還滾燙的手降到了冰點的溫度，自己則隱隱感到有些頭暈腦脹，他知道這是失血過多的原故。

眼見屈彩鳳慢慢平復，他深吸一口氣，左手連點，解開屈彩鳳的穴道，右手攬著她的腰，雙腳一點潭底的石頭，向上浮出水面。

等他看到一汪碧泉腥紅一片，全是自己傷口流出的血液時，自己也嚇了一跳。

剛才他來不及點自己的穴道止血，而運功時又會加速血液的流動，這下子估計體內四分之一的血都流掉了，怪不得身上覺得寒冷徹骨，這是他練成天狼刀法以來從沒有過的事情，甚至自從習慣了泡峨嵋山洞的溫泉後，很少會有感到寒冷的時候。

天狼瞬間一陣暈眩，手臂無力，懷中的屈彩鳳掉了下來，屈彩鳳站定後，趕緊急點天狼手臂的穴道，止住血再流失下去。

天狼臉色慘白，雙眼無神，勉力說了聲：「謝謝。」便兩眼一黑暈了過去。

一陣沁人的幽香鑽進天狼的鼻子裡，他只覺得外面光影幢幢，卻看不清楚形狀，自己的身子似乎在一個溫暖的港灣裡，那是一種從沒有過的感覺，也許嬰兒躺在母親的懷抱裡就是如此吧。

天狼吃力地睜開眼，只見自己的頭正枕在屈彩鳳的臂彎裡，她的白髮覆蓋著自己的半邊臉，感覺酥酥麻麻的，她飽滿高聳的胸部則緊緊地貼著自己的胸膛，只覺一陣陣的暖流進入體內，想必是屈彩鳳正將內力輸入他的身體。

天狼這一下大驚，即使是和沐蘭湘，也從沒有過如此親密的接觸，現在他卻和屈彩鳳如此貼近，他吃力地扭動著身子，想要從屈彩鳳的懷中掙脫開來，卻聽屈彩鳳沉聲道：「李滄行，不要動！如果你不想死或者不想成為廢人的話，就別動！」

天狼略一運力，發現自己的丹田裡空空蕩蕩，竟然提不起半點力，心中駭道：「怎麼會這樣！」他明明用了很大的力氣說話，聲音輕得卻像是蚊子哼一樣，這時他才發現連張嘴都是件很困難的事。

屈彩鳳沒有說話，改用腹語術道：「李滄行，你失血過多，又中了劇毒，現在你有生命危險，我只能一邊這樣給你取暖，一邊給你輸入真氣，你若是亂動，不僅我有走火入魔之險，你更有性命之危！」

天狼開不了口，只能鼓動胸膜，也用腹語說道：「屈姑娘，我怎麼會中毒了？這池水有毒嗎？」

屈彩鳳的酥胸隨著說話的震動不斷地起伏，讓天狼的心跳一陣加速，那陣幽香，正是屈彩鳳的味道，讓天狼渾身發熱，那種刺骨的嚴寒方才感到消散了些。

屈彩鳳搖搖頭，白髮在天狼的臉上一陣輕拂：

「記得我上次和你說過，當年我和林宗回武當後，被紫光真人趕下了山，路上碰到金不換夫婦，被他們聯手所擒，他們逼我寫下天狼刀法，我寧死不從，他們就讓我吃寒心丹，企圖用毒藥來控制我，**寒心丹是天下至邪的毒藥，一旦服下，毒素深入臟腑之中無法排除**，而我練的天狼刀法本就有走火入魔的徵兆，在寒心丹的催動下，每到月圓之夜就會狂性大發，不受控制地殺戮一切。」

天狼心中一動：「這麼說來，你這頭白髮是不是也是這毒的原因？」

屈彩鳳幽幽地道：「我也不知道，事後我想了許多辦法來解毒都無濟於事，這一年多來，我體內的毒越來越厲害，自己也越來越難控制體內的真氣，原來只是月圓之夜時會發作，現在連平時只要稍微岔了氣，或者運功過度就會發作，那天在沙漠中就是如此。」

天狼心中突然對屈彩鳳生出無邊的憐意，這個看似強悍的女中英雄，背後卻有如此多不為人知的辛酸，被愛人拋棄，守護著這麼多人，負著這麼重的責任，自己卻身中劇毒，走火入魔，如何不讓人心生同情呢？

天狼這會兒的感覺要稍微好了點，不禁問道：「屈姑娘，你不是從小遍嘗諸毒，百毒不侵了嗎？怎麼還會中這寒心丹的毒？」

屈彩鳳說道：「寒心丹是天下至陰至邪的毒，是由幾十種毒物混合而成，最要命的是可以隱藏在人的臟腑中定時發作，我的百毒不侵，是指針對尋常的毒藥，而這種寒心丹，只怕非世間靈藥萬不可解。剛才我走火入魔，體內寒心丹毒大作，深入我的指甲中，所以抓傷你的同時也讓你中了毒，所幸你不是直接吞食寒心丹，又一直在流血，現在只要你的內力恢復就可無事。」

天狼感覺自己的身子變暖，丹田處漸漸能提起氣來了，反而屈彩鳳的身子卻在慢慢變冷，連溫暖的胸口也有一絲冰涼的感覺，天狼連忙道：「屈姑娘，我可以運氣了，你剛剛走火入魔，又為了救我損耗了太多功力，先休息一下。」

屈彩鳳知道天狼所言非虛，點點頭，鬆開貼在天狼背心命門穴上的手，天狼坐了起來，兩人都有些不太好意思，互相背過身，各自運功調息。

功功行三個周天後，天狼長出一口氣，睜開眼，只覺神清氣爽，幽暗隱秘的山洞裡，也透出了幾線明媚的春光，一轉頭，發現屈彩鳳坐在洞中的一處石臺上，若有所思的樣子。

天狼站起身，對屈彩鳳行了個禮，道：「屈姑娘，多謝相救，無以為報。」

屈彩鳳揮揮手：「不用客氣，你救過我兩次，這次又是我傷你在先，救你也是應該，只是我發狂的時候，是會全力攻擊的，可為什麼我抓了你，你手上只有幾道淺淺的血痕呢？即使你功力卓絕，那一下至少深可見骨。」

天狼笑道：「實不相瞞，前陣子陸炳傳授我錦衣衛十三太保橫練的功夫，我算是有所小成，所以剛才你那一下只是輕傷而已，換了半年前，估計這手就不能用了，你看，現在都癒合了。」他說著伸出了手，那五道血痕已經結痂了。

屈彩鳳不敢置信地說道：「十三太保橫練？那不是只傳錦衣衛總指揮使的嗎？陸炳有意讓你以後接他的班？」

天狼點點頭：「他是有這個意思，不過我沒有答應，因為我怕我到了他那個位置，也會變得和他一樣貪圖權勢，因為顧及家人而犧牲自己的原則和底線，甚至做違背自己良心的事。」

屈彩鳳臉上閃過一絲不易察覺的喜色，幽幽地道：「這個位置不知道多少人夢寐以求呢，陸炳主動示好，你居然還不買帳，我真不知道你是怎麼想的。」

天狼哈哈一笑：「屈姑娘，金錢權勢對我來說，不過是過眼雲煙，我入錦衣衛，也只是繼承我師父的遺志，想要造福天下，惠及蒼生而已。陸炳不是壞人，但他在這個位置上，必須要為自己的家人，為家族的名聲榮譽著想，所以很多時候他只能違背自己的良心辦事，與魔鬼做交易，這是我不希望的，如果真到了那一天，我寧可離開錦衣衛，所以我沒有答應陸炳以後會接他的班。」

屈彩鳳聽了道：「其實剛才你說這事的時候，我挺擔心的，將來你若是真的成了錦衣衛總指揮，不知道我們還如何相處，你是官，我是匪，也許你會和陸炳一樣，把我們剿滅。」

天狼正色道：「屈姑娘，不會的，巫山派的情況我很清楚，只要不對朝廷構成威脅，錦衣衛也不會隨便動手的，再說你有太祖錦囊這個護身符，當可自保無虞。」

屈彩鳳甩了下頭髮，道：「那我回寨安排一下，到時候在這裡碰頭吧。」

天狼突然想到一件事，開口道：「屈姑娘，我在想，你的這個走火入魔，只怕多數是因為寒心丹的原因，對嗎？」

屈彩鳳微微一愣：「為什麼這樣說？」

天狼道：「你以前也有走火入魔的時候，但沒這麼嚴重，而且可以自己控制，對不對？」

屈彩鳳秀目一閃：「不錯，是這樣的。」

天狼若有所思地道：「這就是了，我記得你原來的天狼刀法是停留在第七層破刀上，還到了第八層破劍，是服了寒心丹之毒後才生出陰極勁，衝破玄關，達到破劍的境界，對不對？」

屈彩鳳臉微微一紅：「你的意思是，我天賦不足，所以靠自己的力量練不到第八層破劍，反而要靠這寒心丹的助力，是嗎？」

天狼搖頭道：「我不是這個意思，我是說，這寒心丹是至陰至邪的毒藥，在讓你毒發的同時，也讓你體內生出陰極的天狼勁出來，提前讓你練到第八層天狼刀法；也就是說，**這是一個刺激性的東西，助你功力大增的同時，也讓你走火入魔，毒性大發。**」

屈彩鳳想了想道：「好像確實如此。我的力量也隨著毒性的進一步擴散而變得越來越強。」

天狼笑道：「這就是啦，看來你這一頭白髮不是像伍子胥那樣急白的或者是氣白的，而是毒發的原因，**只要去掉體內的寒心丹之毒，就可以讓你回復本來面目了。**」

屈彩鳳激動地抓住天狼的雙手，「真的嗎？解了寒心丹毒後，真的就可以讓我回復以前的模樣了？」

天狼道：「起碼這是一個可以嘗試的方向，你這樣子，非一般尋常醫生、普通藥物所能解，寒心丹既然是金不換一家的東西，那只要找到金不換，就可以逼他們拿出解藥了。」

屈彩鳳質疑道：「金不換身為東廠提督，一家三口武功高強，又怎麼會輕易讓你抓住，取得解藥？」

天狼回想道：「屈姑娘忘了嗎？上次在京城南郊，我曾經大戰金不換一家，當時制住了公冶長空，逼得他們一家三口離開，下次如果我碰到他們，就逼他們交出解藥，然後拿來給你解毒，只是我怕你毒一解，功力也會有所衰退，屈姑娘，你不介意吧。」

屈彩鳳高興地說：「不介意，不介意，只要能回復以前的樣子，哪怕武功沒了都行，再說，功夫可以慢慢練，不急的，倒是寒心丹毒性越來越重，就是武功蓋世，也不知道還能活多久啊。」

天狼順口道：「其實你那天跟我說出太祖錦囊的事，也是怕自己哪天突然毒發身亡，太祖錦囊的秘密無人知曉，對吧？」

屈彩鳳點點頭：「不錯，我確定了你是可以託付的人，自然不必隱瞞。」

天狼問：「難道明月峽上下，就沒有人可以信任了嗎？」

屈彩鳳一嘆，眼神變得落寞起來：「和我年齡相仿的幾個姐妹，武功智謀都有所不足，年輕一代中，也沒發現足夠優秀的傳人，我只怕我的身體撐不到那個時候。李滄行，其實我曾經想過邀請你來巫山派，在我不在的時候接掌這裡，守護這裡，你能答應我嗎？」

天狼臉色微微一變：「我只是一個外人，這怎麼可以呢？」

「你也身具天狼刀法，不管是怎麼來的，都可以算我的師兄，而且……而且**我嫁給你的話，你就可以名正言順地接掌巫山派了。**」屈彩鳳面色微紅地道。

天狼沒有想到屈彩鳳會提出這樣的建議，一時不知所措，愣在原地。

屈彩鳳看著天狼，認真地說：「李滄行，我很清楚，你心裡只有沐蘭湘，我的心裡也只有徐林宗，你我雖然可以託付性命，但那不是愛，至少，你不愛我。所以，**我所說的嫁給你，只是一時權宜之計**，我只能用這個方法讓你入主巫山派，這也許也是保全巫山派唯一的辦法了。」

天狼忙道：「屈姑娘，不至於此吧，我會想辦法助你保護巫山派，但這樣做太委屈你了。」

屈彩鳳正色道：「這件事我是認真考慮過的，絕非一時心血來潮，陸炳對你極為看重，如果你入主巫山派的話，他便會打消顧慮，這樣巫山派上下十幾萬人都有活路，如果他派其他錦衣衛的官員來接管巫山派，或者如你說的，強行將巫山派解散，那我就是死，也不會瞑目的。」

天狼半晌無語，久久才道：「我沒有你想的這麼重要，而且如果嚴嵩一倒，換了清流派的大臣執政，未必會急著對巫山派下手，到時候如果世道太平，百姓安居樂業，那麼即使不用我們解散，大家也會下山自尋生路的，所以當務之急還是打掉為禍國家的嚴嵩一黨，還一個清平世界出來。」

屈彩鳳失望地說：「你不肯答應此事，是你心裡有沐蘭湘，所以不願意娶我，哪怕只是名義上的，對不對？」

天狼心裡如同打翻了五味瓶一般，百般滋味雜陳，長嘆道：「我也不知道，雖然我盡力地不去想小師妹，可是到了生死關頭，眼前總是浮現她的影子，屈姑娘，你說得對，我還是在乎她，但我和她今生已經不可能了，所以我的愛情也隨著她一起埋葬。如果讓我去娶並不愛的你，那對你不公平，屈姑娘。」

「這樁婚事與愛情無關，這樣吧，如果以後事有轉機，我們巫山派沒有這麼大的生存壓力的話，這事就此不提。但若是陸炳堅持要滅我巫山派，我希望你能答應我。」屈彩鳳慎重其事地說。

天狼思索許久，最後還是堅定地搖了搖頭：「屈姑娘，感情的事，我不想拿來作為交易，如果兩個並不相愛的人在一起，只會是種折磨的。」

屈彩鳳咬了咬牙：「跟我來！」話音未落，身形一動，一朵紅雲飛快地射出洞外，轉眼即沒，天狼跟著追了出去。

今天的天氣很好，日光充足，即使在這片密林中，陽光也透過樹林的縫隙灑在地上，充滿了各種野花香氣的林子裡，到處是一塊塊的日斑，天狼回頭看了眼那個山洞，洞口被藤蔓蓋得嚴嚴實實，加上又處在一個背光之處，要不是有屈彩鳳帶路，很難發現還有這麼一處洞天別地。

天狼跟著屈彩鳳跑了十餘里路，出了林子後，上了一處山崖。

屈彩鳳奔到崖頂，一襲紅衣在山風的吹拂下，與她那一頭霜雪般的白髮交相輝映，形成一幅絕色美景。

屈彩鳳素手一指山下：「你看，這就是我們巫山派真正的樣子。」

天狼順著屈彩鳳手指的方向看去，只見山谷中到處是高高低低的田地，類似於西北的那種梯田，一些高地的四周也都開墾出來，種著莊稼，農人們趕著牛在田間來回耕作，村舍廣場中，小孩子正在蹦蹦跳跳地追逐嬉戲。天狼還看到婦人們在屋中紡布織衣，臉上洋溢著幸福快樂的笑容。

天狼看了半天，突然發現這個山谷裡幾乎沒有青年男丁，多數是老弱婦孺，耕田的也多是些老頭，不然就是些四肢不全的殘疾之人，天狼明白過來，對屈彩鳳道：「這些就是你要保護的那些老弱婦孺嗎？我看數量足有上萬人，你從哪裡找到這麼多孤兒寡母的？」

屈彩鳳點點頭：「不錯，李滄行，你現在看到的，才是我們真正的巫山派，世人皆以為我們巫山派手中有雄兵數萬，勢力強大，甚至對朝廷都構成威脅，其實我真正想要守護的，不過是這些在戰亂和饑荒，或者是在這個黑暗世道中失去家人，無以為生的可憐婦孺罷了。前幾年江南大水災，數十萬災民流離失所，朝廷調撥的賑災錢糧又被貪官汙吏們層層盤剝，多少人倒斃路邊，李滄行，那種慘狀你見過嗎？」

天狼想到這次在山西見到的那種人間地獄般的災後慘象，心中亦是淒淒然，道：「我見過，幸虧有你們救濟這些災民，不然這些婦孺老弱是活不下來的。」

屈彩鳳嘆了口氣：「他們往往是全家來投，青壯男子學習武藝，加入山寨衛隊來守護總舵，這些孤兒寡母們，則是在後山的秘密山谷裡種田織布，李滄行，你總說我們是山寨土匪，只會打家劫舍，不事生產，你現在看到了，應該明白我們並非不勞而獲之徒了吧。」

天狼眉毛一動：「既然如此，你們又為何要向在江南七省行商的商隊收如此高的保護費呢？」

屈彩鳳笑道：「那是我師父出的主意，她當年就收留了許多在戰亂和災禍中無以為家的人，其實單靠這些人種田織布也能過活，但是這樣一來，朝廷會覺得流失了大量人口，這些人在我們巫山派是不用向朝廷繳納稅賦的，所以朝廷若是追查下來，就會發現我們的秘密，**他們可以容忍打家劫舍的強盜，但不能容忍幾十萬脫離自己統治的普通百姓，因為這些人是最好欺壓的，不像山賊強盜那樣難以馴服，自古以來，官府都是這樣欺軟怕硬，李滄行，你同意嗎？」**

天狼聞言道：「所以你們這樣收過路費，官府便不會懷疑你們收入的來源，這些在巫山派藏匿起來的人就安全了。只是紙包不住火，**你們收的難民如此多，難道朝廷就一點也不會發覺嗎？」**

屈彩鳳莫可奈何地道：「是福不是禍，是禍躲不過，我們只能盡力做就是了，在巫山總舵的老弱婦孺有三四萬，除了這裡，還有兩處山谷，入口處都有我們的暗樁防守，一旦受到攻擊，總舵會迅速地派人接應。當年司馬鴻攻擊我們巫山派總舵時，先是派人佯攻這後山秘谷，調走我們不少守谷的衛隊，你說他們這些名門正派，為了求勝，照樣不擇手段，和我們比起來，誰是正，誰是邪呢？」

天狼一時說不出話來，他回想著當年跟著司馬鴻和林瑤仙等人一起攻擊巫山派的往事，光陰似箭，一晃眼已經過去六七年了，卻彷彿在昨天似的。

他辯道：「那時黑燈瞎火的，我們也不知道這裡全是婦孺，以為是你們的其他基地呢。」

屈彩鳳盯著天狼，眼裡光波流動：「李滄行，現在你知道我們巫山派的真實情況了，你說如果陸炳逼我們解散，或者剿滅我們，到時候這些老弱婦孺們，還能像現在這樣生活嗎？一旦讓他們到了官府的治下，你覺得他們會不受欺負嗎？」

天狼回答不了這個問題，只能一聲長嘆道：「為了保護這些人，自然應該支持你們巫山派，只是，非要你我結婚嗎？屈姑娘，且不說你我沒有感情，就算陸炳，會只因為我一個人就放棄對這裡的攻擊嗎？」

屈彩鳳道：「你我若是結婚，陸炳至少不會懷疑你會靠巫山派的力量發動叛亂，事情就可以慢慢拖下來，等到你以後接掌錦衣衛了，那就可以更好地保護這裡，說實在的，我能活多久，自己也不知道，唯一能指望的也只有你了。」

天狼看著山下這個寧靜的村落，突然說道：「屈姑娘，當年徐師弟也是看到了這番場景，才相信你是個好人，寧可違背師命也要力挺你的吧。」

屈彩鳳眼中閃過一絲憂傷，扭頭看向別處：「你說得不錯，但不是我告訴他的，而是他在探查巫山派的時候自己找到了這裡，如果是我帶他來，他可能會覺得我是刻意安排出來的假象，只有自己看到的才最真實。李滄行，你說是不是？」

天狼想了半天，開口道：「屈姑娘，我能瞭解你的心意了，請你放心，我會儘量找一個兩全其美的辦法，無論如何，我會和你一起保護這些人的。」

屈彩鳳感激地點了點頭，突然說道：「其實我一直在想，林宗和你師妹成親，**是不是也跟我一樣，不惜犧牲自己的愛情來守護武當呢？**」

天狼心中一動，想到那天晚上在思過崖上沐蘭湘對自己說過的話，情緒變得異常低落：「當時武當是多事之秋，紫光師伯突然身亡，凶手不明，徐師弟臨危受命，因為你和徐師弟的關係，內部有許多反對的聲音，不久就傳出他與小師妹的婚事，我不相信，在大婚前夜上武當找師妹，想要問個清楚，結果她哭著求我離開武當，永遠不要再回來找她，所以我才會徹底絕望。」

屈彩鳳秀眉微蹙：「我總覺得這事有些不對勁，當我聽到林宗和你師妹成親的消息後，一路急趕著到了武當，就見婚禮上，徐林宗把一身大紅的新郎服換成了白色喪服，在場的所有武當弟子也全都瞬間紅衣變白袍，就連你的小師妹也是，而且大紅的喜字也變成了奠字，紅燭改為紫光道長的牌位。**那不是婚禮，是個精心設下的局，一個引我前去，好將我誅殺，為紫光道長報仇的圈套！**」

天狼沒想到會是這種情形，他一早就離開了婚禮現場，一下子呆住了：「怎麼會這樣？」

屈彩鳳想到那天的事，仍是恨得咬牙切齒：「是徐林宗不念舊情，他明知我對他的深情，卻又利用這一點跟沐蘭湘成親，引我上勾，就是想當眾殺了我，好穩固他武當掌門的位置，哼！寡情薄倖之徒！不得好死！」

屈彩鳳恨到深處，一掌擊出，把身邊一塊石頭打得粉碎，碎屑連同野草向崖下落去。

天狼不禁懷疑，難道這真的是一個圈套嗎？難道小師妹只是配合徐師弟在演戲？

但他又想到那天在蒙古大營裡看到的沐蘭湘，那套婦人的打扮，一下子又從喜悅的頂峰落入了痛苦的深淵，在那一晚，沐蘭湘明明對自己說得清清楚楚，讓自己永遠不要在她面前出現，若是為了設局殺屈彩鳳，為何連自己也要欺騙？

天狼的情緒一下子變得無比低落，道：「屈姑娘，我不這麼想，那天你本來已經陷入了重圍，徐林宗若不是手下留情的話，你又怎麼可能全身而退？還有，我在草叢裡好像看到你和一個男子在說話，他又是誰？」

屈彩鳳恨恨說道：「那是陸炳，李滄行，你還記得我在婚禮上被刺了一劍的事嗎？那就是徐林宗這個無情無義的男人做的好事，那一劍，也刺碎了我的心。」

天狼記得當時見到屈彩鳳整個肩膀都給刺穿了，整個左肩一片血紅，只是一聽到屈彩鳳說到陸炳的事，忍不住問道：**「陸炳那天為何會來？你傷得如此之重，他怎麼會把你一個人扔下？他和你分手後，又怎麼會去而復返？」**

屈彩鳳回道：「陸炳早就在婚禮現場潛伏了，他說以他和武當的關係，不便公開出面，所以藏在梁頂暗中觀察，當徐林宗傷了我之後，他趁機出手把我救走，到了山下，我清醒過來，堅持不要他管我，就把他趕走了，我想，他大概是放心不下我的傷勢，才會在後面跟著吧，沒想到碰到了你，這也是他的意外之喜。李滄行，說起來，你進錦衣衛，還得感謝我才是！」

天狼心頭立時騰起一陣疑雲，按屈彩鳳所說，陸炳似乎早就知道當天的婚禮上會出事，不然以陸炳的身分地位，完全可以堂而皇之地正式參禮，用不著那樣偷偷摸摸地當一回梁上君子，除非他早就知道當天的婚禮是個圈套，就是要對付屈彩鳳的。

「屈姑娘，我覺得這其中大有問題，陸炳應該不知道我的存在，他又如何能認定婚禮會出事，隱身躲在一邊呢？如果他是為了救你，那也應該在武當外面就把你攔住，而不是等你被徐林宗傷了之後再出手。」

屈彩鳳怔怔地盯著天狼，那天的事讓她心太痛，以至於不願意多回想，以她的絕頂聰明，給天狼這樣稍一點撥，也覺得有些不太對勁了，鳳目一亮：「你的意思是？」

天狼眉頭深鎖，閉上眼睛，仔細地思考起來。

這裡清涼的山風讓他的思維變得異常敏捷，他睜開眼，盯著屈彩鳳道：「在我看來，**陸炳應該是早就知道了武當派的計畫，那天到場的賓客則不知道武當是要設局抓你，但我覺得，他的目標可能不是你，而是我。**」

屈彩鳳聽了連連點頭：「不錯，徐林宗刺中我的時候，我的生死真的只在他的一念之間，如果他的劍再向下兩寸，就刺進我的心臟了，陸炳在那時候沒有出手，卻在徐林宗抽出劍時才現身相救，顯然第一目標不是我。我也認為他等的是你，而你一直沒有出現，他覺得你不會來了，所以才轉而救我的。」

天狼又道：「回到剛才的那個問題，如果武當的目的是為了設局殺你，那我小師妹為何要狠心不告訴我事實的真相？而且還對我說那樣絕情的話。就算他們設局是為了殺你，然後扶徐師弟坐穩掌門之位，可這跟我有什麼關係？他們事後可以公告江湖，要我回武當；如果我知道她只是為了報仇而設局的話，一定會毫不猶豫地回去的，可是這些年有過這種江湖傳聞嗎？」

天狼神情盡是滄桑，雖然話語平靜，但屈彩鳳能聽出他哀莫大於心死的感覺：「屈姑娘，我們不用自欺欺人了，也許武當派當年確實是設了個局，但徐師弟一時心軟，手下留情，放過你一條性命，他的本意應該也是希望和你斷情絕愛，叫你不要再去找他，這樣對你對他都有好處。

「至於我，那就更不用說了，小師妹本就喜歡徐師弟，我那些年一廂情願地為她臥底各派，把她一個人扔在武當，想必她早已對我沒有感情了，加上徐師弟回山，需要她父女的大力支持，才能助武當度過難關，於情於理，她嫁給徐師弟是再正常不過的事，不管怎麼說，假戲已經真做，我就是再想著她，又能如何？」

屈彩鳳勸解道：「事情也許沒有到不可收拾的地步，就算他們暫時為了武當而結合，但如果沐蘭湘心裡真的有你，只要你出現在她的面前，我相信她也會跟你走的，難道你真的在乎她嫁給別人這件事嗎？」

天狼木然地搖搖頭：「屈姑娘，不用多說了，我們這只是在欺騙自己而已，世人皆知小師妹嫁給了徐師弟，就是我有意，她也不會跟我走的，我不是沒有出現在她面前過，可她卻狠心地趕我走，所以不要跟我提她了，好嗎？」

屈彩鳳眼裡閃過一絲複雜的神色，動情地道：「李滄行，我還是希望你這輩子能找到自己真正的幸福。」

天狼甩甩頭，又恢復原本爽朗的神情道：「人又不是只有愛情才能活著，能做的事情很多，何必把自己吊死在一棵樹上呢，屈姑娘，我覺得咱們應該好好商量接下來的行動才是。」

屈彩鳳見狀，便也不再提令人傷心的往事，說道：「你今天臉色很不好，失了這麼多的血，我們還是休息兩天再出發吧，如何？」

天狼試著運了一下功，只覺內息遲滯，全然沒有往日的流暢，看來失血過多對自己的功力也造成了很大的影響，沉吟了一下，點點頭道：「也好，你這次要離開一段時間，山寨裡的事也要好好安排一下，我有點餓了，能幫我找點吃的嗎？」

屈彩鳳笑了起來，天狼不好意思地說道：「你想笑我是臭要飯的就隨便笑吧，反正我在丐幫也待過一段時間，要飯就要飯好了。」

屈彩鳳好氣又好笑地說：「你一個大男人，還跟女孩子要吃的，羞也不羞。說吧，你想吃什麼？」

天狼脫口而出：「有肉包子嗎？我最喜歡吃那個。」

屈彩鳳微微一愣：「肉包子就行了？你進了錦衣衛，錦衣玉食，還吃得慣這東西呀？」

天狼想到以前跟沐蘭湘一起吃肉包子的情景，心中又是一陣淒涼，趕緊搖搖頭揮去記憶，道：「自小我就喜歡吃肉包子，這麼多年一直沒有改變，進錦衣衛我也不是當官，而是走南闖北地執行任務，可沒覺得吃得比以前好到哪裡去。」

屈彩鳳笑了笑：「看你這身板，一頓得吃上十個八個吧，這樣吧，你回鳳凰水洞等我，我回去給你弄飯，再去處理事情。」

天狼依言回到鳳凰水洞，昨天夜裡在洞中，他沒有細細觀察，這會兒一人獨處，倒是把洞裡看了個仔細，洞中除了一處大水潭外，別無長物，只有一塊狀若床笫的巨石，立於洞中一側，昨天屈彩鳳給自己取暖時，就是在這塊巨石上。

天狼走到巨石上坐了下來，手不經意地撫著這塊石頭，覺得它與一般洞中石頭的陰涼冰冷、長滿青苔不同，這塊石床卻是溫潤如玉，觸手柔滑，甚至還有一股淡淡的幽香，頗似屈彩鳳身上的味道。

天狼立時反應過來，這石床一定是屈彩鳳平時打坐練功的地方，她與徐林宗的幽會之所，也一定是在這裡，這張石床上一定記錄了她與徐林宗許多纏綿悱惻的回憶，自己卻冒失地坐在這裡，實在是對佳人的一種褻瀆。

天狼連忙站起身，找了一處背風安靜的地方，開始打坐運功，耳邊只聞那道水瀑的聲音，腦中思慮著下一步的行動，漸漸地，腦袋變得一片空明，進入物我兩忘的狀態。

不知道過了多久，天狼的鼻子裡突然飄進一陣肉香，不用睜眼，他的嘴角微微勾起一絲笑意，一定是屈彩鳳回來了，他笑道：「屈姑娘，怎麼這麼快就回來了？」

睜開眼，只見屈彩鳳換了一身杏黃色的羅衫，手裡提著一個足有半個蒸屜大的紅木食盒，正淺笑盈盈地站在自己面前，她晃了晃手中的食盒，笑道：「香噴噴的大肉包子，剛剛出爐的，喜歡嗎？」

天狼正待說話，便聽到肚子很響的「咕嚕」了一聲。

屈彩鳳嘴邊酒窩一現，打趣道：「你這人怎麼饞得跟個三歲小孩子似的，一看到有吃的，肚子就叫起來了，跟餓死鬼投胎似的。」一邊說一邊打開食盒，拿出一大盤包子，足有十幾個，肉香混合著白麵的味道，瀰漫了整個洞中。

天狼摸摸頭，哈哈一笑：「血都流完了，再不吃點東西，估計連肚子叫的勁都不會有啦。」

說著，便抓起一個包子就往嘴裡塞，三兩下就下了肚，他確實餓極了，也顧不得在屈彩鳳面前保持形象，狼吞虎嚥般地三個包子立馬進了肚子，這才感覺沒那麼饑餓了。

屈彩鳳「撲嗤」一笑，從食盒裡又拿出一小瓶酒，兩盤小菜，笑道：「這些菜可以補血，你多吃點。還有，我不知道你喜歡喝什麼酒，就把我平時最喜歡喝的女兒紅拿來了。」

天狼看了眼那兩盤小菜，一盤是黑木耳炒豬肝，另一盤是莧菜燒鴨血，尤其是後面那盤，湯汁都是紅紅的，看起來像極了人的血，天狼行走江湖多年，知道這兩樣菜的食材都是補血的好東西，看來是屈彩鳳特意讓人為自己做的，心中一陣感動，停下嘴裡的咀嚼，說道：「多謝屈姑娘。」

屈彩鳳擺擺手道：「你昨天那樣救我，我給你做兩樣小菜也是應該的，這也是我平時補血時所吃的，感覺效果不錯，希望對你有幫助。」

天狼沒想到屈彩鳳還會親自下廚做菜，愣道：「這是你做的？」

屈彩鳳點點頭：「在我們巫山派，都是兄弟姐妹，沒有高低貴賤之分，大家都要自食其力，我師父從小就教我這個道理，所以自小我就是自己做飯縫衣，就連這身衣服，也是我自己做的呢。」

天狼吃驚地道：「你花這麼多時間做飯縫衣，還有多少時間練功呢？在武當，衣服都是發的，自己最多只是縫補一下罷了。」

屈彩鳳笑道：「所以在練功上，我得比別人花的時間更多才行。李滄行，我聽徐林宗說過，在武當，你是練得最賣力的一個，但我每天練功的時間比你還要多一個半時辰呢，所以你我第一次見面時，我的武功要比你高一些。」

天狼本想說那是因為武當不傳我兩儀劍法這樣的頂尖武功，但話到嘴邊，又想到屈彩鳳親自下廚給自己做飯，還要跟她頂嘴實在是不太好，於是淡然笑道：

「是啊，我天分不如你，用功也不如屈姑娘，只是機緣巧合，靠了不知道是哪一世的記憶才學到了天狼刀法而已，若論實打實練功的本事，屈姑娘才應該是天下第一。」

屈彩鳳不高興地抿了抿嘴：「你什麼時候也學得油嘴滑舌，會哄女孩子開心了？哼，我又不是傻子，純論天賦的話，你比我和林宗都要強，只是因為紫光掌門不傳你頂尖武功罷了。而且除了天狼刀法以外，你那種閃著金光的刀法也非常厲害，光憑那個就不比我的天狼刀法差了，以前我從沒見過這種武功，只感覺和丐幫公孫幫主的屠龍十八式有點像，是你在丐幫學到的武功嗎？」

天狼道：「的確是丐幫的屠龍十八掌，我是在機緣巧合下，偶然於別處找到了丐幫失傳的屠龍刀法的原譜加以練習，這門武功雖然不像天狼刀法那樣霸道凶殘，但也是至剛至陽的頂尖武功，我就是因為學這功夫，才耽誤了一年多的時間，再出江湖時已經物是人非了。」

屈彩鳳吃驚地說：「竟然還有這種事，丐幫的屠龍十八式失傳多年，在公孫豪手中只剩下了十招，沒想到你居然能找到原譜，公孫豪這一年多來武功更上一層樓，那天對戰嚴世蕃亦是不落下風，看來是你把那失傳刀譜給了他的原因吧。」

天狼笑了笑：「這本就是丐幫的武功，在下找到了，自然要物歸原主，我淪落江湖的時候，受公孫幫主的照顧極大，他還傳我屠龍十八掌這樣的頂尖武功，投桃報李，回贈刀譜也是應該的。」

屈彩鳳眨了眨眼睛：「公孫豪如果連屠龍十八掌都傳給你了，那應該是把你當成下任幫主來培養，你跟他還不是師徒嗎？為什麼我聽著像是朋友的樣子？」

天狼說明道：「和在峨嵋、三清觀一樣，我進丐幫也是想查錦衣衛的內鬼，公孫幫主考慮到這一點，才沒有正式收我為徒，嚴格來說，他是我的忘年之交，有師徒之實，但無師徒之名。」

屈彩鳳秀眉一揚：「看你成天這副不修邊幅的樣子，進丐幫還真是合適不過呢。只是以前你身上總是臭烘烘的，為什麼現在總是一股藥酒的味道？」

天狼自我解嘲道：「我跟徐師弟不同，他是富家公子出身，從小就重儀表，而我自幼是個武癡，不喜歡像他一樣，弄得一身香噴噴的脂粉氣，大概正是因為這個，才不得女人緣吧。」

屈彩鳳不以為然地說道：「為什麼我覺得你很得女人緣呢，就是到了峨嵋，喜歡你的臭尼姑也不少吧。」

天狼的臉微微一紅，連忙岔開這個話題：「你說我身上一股藥酒味，那可能是因為我現在在練十三太保橫練的原因吧，練那功夫需要經常泡藥酒，我泡了三四個月，身上原本的味道也變了。」

說起味道的事，他又想到以前小師妹鼻子最靈，隔了八丈遠都能嗅出自己來，可是那天在蒙古大營裡，她與自己近在咫尺卻沒有認出來，看來以後再跟她相遇，只怕也是形同陌路，永難相認了，一想到這裡，天狼又是默然無語。

對面的屈彩鳳倒是聽得興致十足：「久聞十三太保橫練是天下數一數二的防禦外功，你這身板本就壯得跟牛一樣，學了這功夫，只怕連刀劍都砍不動了吧。」

天狼勉強笑了笑，繼續吃起肉包子來，只覺心中悲痛難平，忍不住拿起酒猛灌，烈酒入喉，讓他的肚腹如同火燒，腦子也變得混沌起來。

屈彩鳳冰雪聰明，雖然不知道天狼心裡在想什麼，也能看出他有心事，暗忖門派武功是各派的私密，自己一時口快，問了太多別派隱密之事，也許惹得他不高興了，於是也不再說話，拿起兩個肉包也開始吃了起來。

食盒中另有一壺酒，她也餓了一天，一邊吃著包子，一邊像男人似地抱著酒壺往嘴裡灌，美人鯨飲，倒是別有一番風韻。

天狼看屈彩鳳如此豪放，不禁問道：「屈姑娘這麼能喝？」

屈彩鳳用袖子擦了擦嘴邊的酒漬，笑道：「怎麼，沒見過女人喝酒嗎？」

天狼猛的想到小師妹每次跟自己和徐林宗，還有小師弟辛培華偷酒喝的時候，總是拿著一個小杯子斟滿了酒，然後雙手捧著，小心翼翼地先舔一口，再慢慢地喝下去，不用兩杯，那張清秀可人的臉就會變得通紅無比，然後看著自己，大著舌頭說：「大，大師兄，不，不許這樣看……看人家。」

那副迷人的風情，自己這輩子都忘不了。眼前屈彩鳳的影子突然變得模糊，隱約間，赫然是沐蘭湘在盯著自己，滿眼都是淚水，聲嘶力竭地道：「我這輩子再也不想見到你！」

天狼再也控制不住自己，壓抑許久的感情隨著淚水一起噴發出來，他緊緊抱住眼前的女人，大聲說道：「不，師妹，這次我再也不離開你！」

屈彩鳳突然被天狼一把擁進懷裡，先是大吃一驚，本能地想要推開他，手伸出去一半，卻聽到天狼聲淚俱下地叫著師妹，心中微微一酸，手僵在半空，不由自主地環住了天狼的後背。

天狼將頭靠在屈彩鳳的肩頭，臉上已是淚水橫流，深情地撫著屈彩鳳那頭雪般的白髮，此刻，他的眼中只有小師妹的倩影，只聽他深情說道：

「師妹，你知道嗎，這些年來，我沒有一天晚上不夢到你，即使你狠心趕我走，我的心裡也沒有一天不在想你，你終於回來找我了，這回我什麼也不管了，**什麼江湖，武林，天下，我都不要，我只要你！**我說過會帶你走，給你一輩子的幸福，你相信我，我一定會做到的。」

屈彩鳳聽了天狼這番告白，亦是感動地淚流滿面，心痛得如刀絞一般，看著李滄行像個孩子似地在自己的懷裡囈語，不禁生出了無限憐愛，甚至開始強烈地嫉妒起沐蘭湘來，這種嫉妒的感覺，連徐林宗娶她的時候都不曾有過。

天狼喃喃低語道：「師妹，你知道嗎，我第一眼看到你，就喜歡上了你，看著你怯生生地躲在你爹的身後，我就知道，這輩子我活下去的動力和意義就是保護你，我們一起練劍，一起長大，只要你快樂，我做什麼都願意，你喜歡看徐師弟贏，我就讓著他。

「師妹，你知道嗎，在峨嵋的時候，你來看我，雖然我嘴上衝你發脾氣，但你知道我心裡有多高興嗎？後來我看到你腰上繫著徐師弟做的竹笛，一下子暴怒衝你發火，對不起，是我的錯，我那是太在乎你了，我不能讓你的心裡還有別人一絲一毫的位置。

「你知道嗎，從離開你的那一瞬間，我每天都在後悔，我自責不該逞英雄，不該把你一個人扔下。其實，我回過武當三次，不為別的，就為了把那個一氣之下丟掉的月餅撿回來，如果撿回月餅就能讓你回頭看我一眼，我情願這一生一世都在武當一直找它。」

屈彩鳳心頭一顫，手一抖，抓著的酒壺一下子掉到地上，「啪」地一聲，摔了個粉碎。

天狼被這聲響動從自己的獨語中驚醒，映入他眼簾的首先是一頭白髮，如同天山的冰蠶絲一般，光滑得像是最好的錦緞，他突然意識到，這不是小師妹那烏雲般的秀髮，而是屈彩鳳的秀髮。

天狼發覺自己的胸膛緊緊地貼著屈彩鳳那豐滿的胸部，她的心跳得如小鹿一般，如同被火燙到似的，他趕緊抽出身，狠狠地打了自己一個耳光：「對不起，屈姑娘，我喝多了，把你，把你當成了……」

屈彩鳳搖搖頭：「李滄行，不用多說了，我都明白，我真的好羨慕沐蘭湘，若是林宗對我也像你這樣，能扔下一切，那我一定會不顧一切地跟他走。」

她目光中充滿了幽怨之色：「看著你抱著我，心裡卻是想著另一個女人，我非但不恨你，反而對你只有無盡的憐惜。李滄行，你太可憐了，把自己折磨得也太狠，為什麼你不去武當不顧一切地把沐蘭湘帶走呢？如果是我，我一定會這麼做的！」

天狼狠下心來：「強扭的瓜不甜，我不能這麼自私，再說，現在她過得應該很幸福，我又何必去打擾她的生活呢。屈姑娘，酒對我來說，真的不是好東西，每每一喝我就會失控，以後還請你不要再讓我喝酒了。」

說著，他走到潭邊，把腦袋埋進水裡，清冽刺骨的寒意讓他暈沉的頭腦再次變得清醒而冷靜。

當他抬起頭的時候，屈彩鳳已經不在了，只留下一張字條，上面寫道：滄行，你好好休養，今天的事不要放在心上，天氣還沒轉暖，你這些天睡那張石床吧，我會給你帶來被褥的。

天狼苦笑著自言自語道：「屈姑娘，對不起。」

第七章

門生黨羽

天狼道：「回到剛才所說的約定門生，
朝中重臣需要一個集團來支撐自己，
在朝時可以黨同伐異，致仕後也可保自己子孫家業，
所以這些內閣重臣就會利用職權之便，
在科舉時招收自己的門生，以為黨羽。」

武昌，座落於長江邊上，這裡最早有城的歷史，還要追溯到三國時期，當時吳主孫權在此地江夏山東北築土石城，取名夏口，只是一個方圓僅兩三里的軍事堡壘，幾百年過去，這裡一次次地見證著歷史的滄桑與人世的變幻，古夏口城幾易其址，直到唐朝，武昌軍節度使牛僧孺在現在這塊武昌城址建起了一座大城，從此武昌城正式得名。

直到明朝開國時期的洪武四年，時任江夏侯的周德興大規模地擴建了武昌城，城牆增至周圍二十餘里，高度也增加到兩丈有餘，里巷阡陌，衙署叢集，府學、貢院、文廟等建築遍布，文人學士薈聚，儼然是一座政治中心的城市景觀，為南方的重要城市，而大明湖廣省布政使司的駐地，就在這武昌城中。

十天後，武昌城外一座破敗的山神廟裡，打扮成一個四十多歲，紫面中年文士的天狼，一襲青衫，手裡搖著一把摺扇，神態瀟灑，站在廟門口，聽著一個三十多歲的黑衣精壯漢子向穿著一身黑色斗篷，戴著面具的屈彩鳳彙報著武昌城中的情況。

那名精壯漢子是巫山派武昌分舵的舵主劉雲起，此人是個孤兒，被林鳳仙救下，在巫山派裡養大，跟屈彩鳳算是有師兄妹之誼，因為武功了得，人又幹練精明，二十歲剛藝成出師的時候，就被林鳳仙派往武昌經營起一家客棧，暗地裡卻是湖廣省中各綠林分寨與巫山派總舵聯繫的中轉站。

屈彩鳳笑道：「劉師兄，多年不見，你這身子可是越發健壯了，一切還好嗎？」

劉雲起哈哈一笑：「托師妹的福，一切安好。這些年幫裡出了這麼多的事，你一個人勉力維持，實在是太不容易了，我這做師兄的沒有別的本事，只能把湖廣這裡的山寨給安撫好，無論如何不能斷了對總舵的供應。」

屈彩鳳點點頭：「總舵能維持下來，全是靠各省分舵的兄弟們不遺餘力的支持，這些年在湖廣一帶與武當派和洞庭幫作戰，你的壓力很大，如果需要幫忙的話，隨時跟我說。」

劉雲起搖搖頭：「要幫忙的話，師妹還是幫幫四川和南直隸這些分舵吧，我們湖廣畢竟離總舵很近，當年師父留下的底子也厚，而且自從半年前師妹下令儘量減少與伏魔盟的衝突後，我們和武當的戰事基本上也平息了，只有和洞庭幫仍然是打個不停，好在他們現在主要是對日月神教作戰，而且前兩年新占的地方還要消化，新進的弟子也要訓練，一時半會還不至於對我們發動大規模的攻擊。」

屈彩鳳又道：「我三天前請師兄打聽的湖廣布政使劉東林，按察使何書全這二人的情況，師兄掌握得如何了？」

劉雲起恨恨地說道：「這兩個狗官，來湖廣不到三年，就把這裡弄得民不聊生，那個劉東林號稱劉剝皮，三年下來就搜刮了六七十萬兩的白銀，前陣子嚴嵩過壽誕時，他直接運了十萬兩銀子到嚴嵩的老家江西分宜縣去作賀禮，去年湖廣水災，他卻一毛不拔，連賑災糧都不發放，若不是我們跟嚴閣老現在是合作的關係，我都想把這一票銀子給劫了。」

屈彩鳳微微笑道：「不瞞劉師兄，這回我來這武昌城，就是要打探這些貪官汙吏的虛實，然後去舉報他們的。上次我們在洞庭劫了那姓商的貪官一趟，就讓他丟了官，這回咱們好好查清劉東林和何書全的帳本，向上一呈，就能治他們的罪了。」

劉雲起不滿地勾了勾嘴角：「師妹，要是依我說啊，這些狗官一個個都是死有餘辜，跟他們客氣做什麼，咱們綠林好漢，要的就是白刀子進紅刀子出的爽快，一刀一個宰了，不就一了百了了嘛，要知道官官相護，這些人都是嚴嵩的黨羽，就算我們有他們的罪證，又能交給誰呢？」

屈彩鳳看了眼遠處的天狼：「不瞞劉師兄，這位兄弟是皇上派來的密使，專門來查貪官的，正在微服巡訪，只要查到證據，這位兄弟一定可以幫我們把這些貪官給繩之以法的。」

劉雲起懷疑地看著天狼，眼中閃過一絲警覺，壓低聲音道：「這也是個官兒，可靠嗎？」

屈彩鳳正色道：「劉師兄，如果不是絕對可靠的人，我也不會帶到這裡，這位大人是特地來暗訪的，不像那些官官相護的官員那樣，只是走個過場，劉東林和何書全的罪證如果確實的話，他一定會轉交給皇帝，讓他按國法處理這兩個狗官的，只是我需要他們詳細索賄受賄的帳本才行。」

劉雲起臉上現出一絲難色：「這個嘛，有些棘手，據我打探的情況，這兩個狗官的確把這幾年搜刮的民脂民膏都做成了帳冊，但這帳冊跟上次那個商巡撫不一樣，商巡撫是個人保管帳本，所以我們很容易就能查到，這兩個狗官卻找了高手護衛，所以事情變得很麻煩。」

屈彩鳳眼中殺機一現：「什麼高手？」

劉雲起小聲道：「是日月教的高手，這兩個傢伙還有兩個月就要卸任回京了，所以日月教派了左右兩大護法上官武與司徒嬌，還有冷教主的兩個親傳徒弟林振翼和傅見智，他們帶了三十多名日月教的高手，天天在劉雲起的院子裡看著，就是守著那本帳冊。」

屈彩鳳聽了道：「劉師兄，我知道了，謝謝你的幫助，這件事我會自己想辦法的。」

劉雲起問：「師妹，需要我調集人手幫忙嗎？」

屈彩鳳搖搖頭：「不，現在我們跟日月教不能正面起衝突，此事只可智取，不能力敵，我會想別的辦法，如果要用到你的時候，我會通知你的。」

劉雲起報告完，回頭看了天狼一眼，便匆匆而去，他的輕功很好，走路悄無聲息，一陣風似地就沒了身影。

天狼沉吟道：「看來事情比我們想的要麻煩些，想不到魔教竟然出動兩大護法加上兩大弟子來守著這兩個貪官。」

屈彩鳳道：「可能是上次嚴世蕃在蒙古大營裡露了面，他知道陸炳不會原諒他的賣國，會暗中找他麻煩，於是密令各處的黨羽小心看守各自的贓款贓物，免得落下什麼把柄。」

「不錯，我曾聽陸炳有說過，嚴黨成員都會留一份在各自任上行賄受賄的帳冊，交給嚴氏父子，嚴黨對手下成員的控制很厲害，要清楚他們在任上撈了多少，又向自己孝敬了多少，而且有這東西，就可以控制手下黨羽，使其不至於叛離。現在嚴嵩父子有點失勢了，這種情況下，他們開始更緊地抓住手下的黨徒們，上次嚴嵩殺了丁汝夔，這個舉動會讓手下不少人心生退意，若是不抓住他們的把柄，就會有樹倒猢猻散的風險。」

屈彩鳳對廟堂之事知之不多，問道：「既然如此，何不讓這些人現在就把帳冊上交？」

天狼搖搖頭道：「那樣就是把面皮給撕破了，**廟堂畢竟不是江湖門派**，能做得那麼赤裸裸，靠著給屬下餵小藥丸或者控制屬下的家人來換取忠心，**他們更像一個利益共同體，靠著門生制度來維持一個黨團。**」

屈彩鳳奇道：「什麼叫門生制度？」

天狼解釋道：「做官都要通過科舉，科舉這中間的門道可就大了去啦。屈姑娘，你聽說過門生和約定門生的說法嗎？」

屈彩鳳茫然地搖搖頭道：「科舉我知道，不是天下的官都是通過這個產生的嗎？三年考一次是吧，還有什麼縣試，鄉試什麼的。只有在鄉試裡中了舉人的，才能進京考試，中了以後就是進士，會派出去當官，對嗎？」

天狼道：「不錯，科舉乃是隋唐以來天下士子做官的最大途徑，我朝更是絕大多數官員都要通過科舉考試做官，再一個就是一品大員的子弟可以通過進國子監讀書，畢業後直接給個官，比如嚴世蕃就是這樣當官的，但這畢竟是極少數，多數人還是走正規的科舉任官，每三年進京趕考，中了兩榜進士的，都有官做，一般會外放為七品縣令，要麼就是京中當個翰林院編修之類的。

「等到一到兩任的縣官任滿，政績考核合格後，這些縣官就會給調回京中，進入六部任職，這時候就是關鍵了，需要結交權貴，有人提攜，不然就準備一輩子在六部裡當小官吧。」

屈彩鳳點頭道：「我知道這些貪官汙吏們做官都是為了撈錢，從縣丞到捕頭這些吏員，往往是縣裡的大戶人家們一代代傳下來的，所以這些官到了任上是變著方兒的大撈特撈，只有孝敬打點好上官，自己才有可能升官。」

天狼道：「這就回到剛才所說的那個約定門生了，一般朝中重臣也需要一個集團來支撐自己，在朝時可以黨同伐異，致仕後也可保自己的子孫家業，所以這些內閣重臣級別的大官就會利用職權之便，在科舉時便開始招收自己的門生，以為黨羽。」

屈彩鳳眉頭一皺：「不是說科舉是極難做手腳的嗎？抓了也會殺頭的，若是科舉也能做手腳，那還用寒窗苦讀幾十年做什麼？」

天狼笑道：「考試作弊這種事情，自然是不能做，但是每三年一次到京科舉的青年俊秀裡，誰的本事大，誰的名頭響，這些還是那些京城大員們提前就打聽到了的，一般很厲害的人物，上榜都問題不大，區別就在於是不是能進前三甲，進入殿試了。這就跟我們學武之人，天底下有哪些有數的高手都知道，只是生死之搏時誰能勝出，往往就看臨場發揮。但你屈姑娘就是再怎麼身體不適，打敗八脈未通的武者都是沒有問題的。」

屈彩鳳抿嘴一笑：「看來這些文人也跟我們武林一樣，對天下的才子都得瞭若指掌，可是我們武林人士要是功夫高一點，就能置人於死地，可是他們文人不至於這樣吧，不是一直說文無第一，武無第二嗎？」

天狼點了點頭：「不錯，正是如此，所以一般這些大臣，都想提拔自己看中的才子，而這些人往往在中榜後，就要找這些重臣們拜師，以為門生，我剛才說的那種約定門生，是比這種中榜前的門生更厲害的一種方式，他們往往是天下聞名的才子，看中的也是前三名殿試之位，這些人往往會在考試之前就和當朝重臣建立聯繫，約為師生。」

屈彩鳳神色微微一變：「也就是說，這些重臣會提前把考題洩露給這樣的門生了？這不還是搞鬼嘛。」

天狼搖搖頭：「不，不必給他們試題，但這些人往往是名滿天下的才子，寫的文章都有自己的獨特風格，打個比方，你我用的是天狼刀法，和武當的兩儀劍法就明顯不是一個路子，武學大家一看就能看出來。科舉無非就是看文章的水準，這些人的文章一眼就能看出來，加之本身就是才華橫溢，重臣們如果是自己當主考官，一眼就能挑出這樣的卷子，推到三甲之位。」

屈彩鳳長出一口氣：「想不到這科舉制度竟跟比武一樣，多的是搞鬼的辦法，你說的那個約定門生什麼的，就是結黨營私的最好辦法，怪不得嚴嵩能有這麼大的勢力，想必那些黨羽在考進士的時候就成了他的門生了。」

天狼道：「嚴嵩已經七十多歲了，一般內閣大學士也都是五六十歲就要告老還鄉，而他卻能在廟堂上一待就是三四十年，中間做過幾任主考官，門生弟子滿天下，那個湖廣布政使劉東林，按察使何書全，都是考上進士後再投入他門下的，算不得核心成員，但跟他也有師徒名分，大概嚴嵩覺得這裡靠近巫山派，怕你會找這兩個人的麻煩，所以才特地找魔教的人加強防護，唯恐這些人為官幾年向他行賄的證據落在我們的手上。」

屈彩鳳恨恨說道：「這些人既然是他的門生，被他大力提攜，撈到的好處也少不了的，剛才劉師兄說過，那個劉東林還把貪得的十萬兩銀子直接送往了嚴嵩的老家，想必就是為此。」

天狼道：「這就是我們來這裡要做的事，當年仇鸞投靠嚴嵩，認老賊當乾爹的時候，曾經見過劉東林和何書全二人從老賊那裡出來，所為何事不言自明，所以他第一個就要我們查到這二人的底細，有了一個嚴嵩舉薦提拔的官員在下面違法亂紀的證據，仇鸞就有了在廟堂上死掐嚴嵩的武器了。」

屈彩鳳眉頭一皺：「要是這麼容易的話，這些年來其他的那些清流派大臣為何不做？卻要仇鸞這個壞蛋幹這事？再說，仇鸞自己不也是個大貪官嗎，還勾結蒙古人呢，嚴嵩如果想找他的麻煩，只怕更容易吧。」

天狼哈哈一笑，道：「屈姑娘，我以前跟你說過，仇鸞也是嚴嵩舉薦過的，現在嚴嵩還不好撕破臉去跟他做對，不然也會牽連到自己，但仇鸞的野心大得很，他看上了嚴嵩的那個位子，不打倒嚴嵩，自己也坐不上去，清流派的大臣自從夏言死後，暫時都不敢和嚴嵩正面對抗，有仇鸞和嚴嵩互掐，他們高興得很呢，不管誰勝誰敗，嚴黨都會有不少官員落馬，到時候這些空出的位子都會給他們得了去。」

屈彩鳳勾了勾嘴角：「一個個都是老奸巨滑，自私自利的傢伙，跟他們所支持的那些伏魔盟偽君子們一樣。」

天狼乾咳了一下：「好了，不談伏魔盟，現在只說劉東林的事，到時候你我分頭行事，我來拖住正面的魔教眾高手，你則趁機潛入放帳冊的地方，偷出帳冊後就撤退。」

屈彩鳳否決道：「不行，這樣你太危險了，即使你有斬龍刀，全力施為只怕也架不住他們人多，光是上官武和司徒嬌兩大高手就足以纏住你了，更不用說其他人。」

天狼微微一笑：「放心吧，我自有脫身之法，倒是你，得想辦法先打聽清楚這兩個貪官的帳冊所在。」

屈彩鳳眼睛一亮：「我看這樣，我派劉師兄去主動帶一些幫眾上門援助，最近日月教和嚴嵩幾次三番地派人來巫山派找我，我都是避而不見，用這種方式讓劉師兄主動示好，一來可以讓他們放鬆警惕，二來也能摸清楚那本帳冊的所在。」

天狼質疑道：「這樣，萬一帳冊出了問題，他們不是立刻就會懷疑劉舵主嗎？畢竟他人一來就丟東西，會不會太巧了點？」

屈彩鳳咬牙道：「實在沒辦法，也只好讓劉師兄吃點苦了，到時候故意傷他一下，這樣魔教的人也沒話說，只要不是他本人守護帳冊，應該就不會有事。」

天狼點了點頭：「好吧，既然你這樣說，那就聽你的，到時候查清楚了帳冊的位置之後，你我分頭行事。」

五天之後，武昌城夜幕降臨之時，城中布政使司的後院裡卻是燈火通明，兩個穿著大紅官袍的中年官員，正在一處密室裡坐立不安。

一個黃臉長鬚的官員坐在一張官帽椅上，看著另一個在室內來回踱步，片刻不得歇的黑臉同伴，嘆了口氣：「老何，你這麼急做什麼？」

那個黑臉官員正是湖廣按察使何書全，他停下腳步，不安地道：「老劉，明天就要啟程進京了，你今天晚上還能這麼鎮定自若？」

劉東林不以為然地道：「也就最後一晚了，明天接我們回京的親兵衛隊就到了，到時候把這帳冊交給恩相派來的人，我們就可以萬事大吉，榮歸故里了。這麼多天都沒出事，今天你擔心什麼？」

何書全跺了跺腳：「我不知道你是怎麼想的，放著按察使司的軍士們不用，卻把這護衛之責完全交給這些江湖人士，你以為他們就這麼可靠嗎？」

劉東林嘆道：「這些江湖人物都可以飛簷走壁，本事大了去，你我這些天又不是沒見識過，再說，這可是小閣老的意思，你敢違背？」

何書全一聽到小閣老三個字，臉色微微一變，仍是不免抱怨道：「那也不必把我按察使衙門的兵士全給排除在外吧，我那裡也有些抓獲過江洋大盜的捕頭和親兵，本事不差的。」

門外突然傳來一個陰冷的聲音：「何大人，恕我無禮，你的那些捕頭，在我眼裡也就是些螻蟻而已，要是靠了他們來守衛，只怕這帳冊早就丟了。」

何書全臉色大變，轉向門口，只見一襲黑袍，鬚髮如刺蝟般的上官武，背上插著一把斬馬巨刀，抱著臂，緩緩地踱進了密室。

何書全一向對上官武沒什麼好感，冷冷地說道：「上官義士，你們是小閣老介紹來的，說是身具異能的江湖豪傑，這些天，本官也給足了你們面子，可你也不能把我們朝廷的公門捕快都說成是酒囊飯袋吧。我看這些天你們守在這裡，也沒什麼事情發生，風涼話誰不會說！」

上官武哈哈一笑：「何大人，你恐怕還不知道，這兩天一直有夜行人來訪，只怕早已把這裡的虛實打聽得一清二楚，若不是我們嚴加防範，這帳冊也許前兩天就丟了。」

劉東林正在喝茶，聽到這話，驚得茶杯差點從手中滑出，杯中的水潑得滿手都是，緊張得聲音都有些發抖說：「上官大俠，這可開不得玩笑，既然如此，為何昨天不通報我們？」

上官武冷冷說道：「告訴二位大人又有何用，徒增你們的煩惱罷了，這些天我們已經加強了守備，這裡由我親自看守，哦，對了，還有個事要知會你們一聲，四天前，巫山派的劉舵主親自帶領二十名舵中高手幫忙助守，我安排他們在外面作第一道防線，小閣老明天午時會親自來接你們回京。」

劉東林激動地說道：「什麼？小閣老自己要來？」

上官武點點頭，從袖中拿出一張字條，遞給何書全：「這是兩個時辰前剛接到的消息，他這次秘密出京，就是為了確保帳冊的事萬無一失。」

劉東林接過字條，興奮地搓著手，嘴裡連聲道：「太好了，小閣老要是肯來，那一切就萬無一失啦。」

他現在只想著過了今天，把帳冊往嚴世蕃的手上一交，自己就算平安無事了，不然這一路上還得提心吊膽。

何書全一開始是笑容滿面，但回頭一想，覺得有些不對勁，開口道：「小閣老身為工部侍郎，怎麼能輕易離京呢？」

劉東林道：「老何，你要知道，現在嚴閣老的情況不是太好，小閣老也被皇上斥責，命他在家閉門思過，反正不用上朝，正好可以出來轉轉，順便看一下各地的同僚們。閣老家多的是武藝高強的異能之士，有他們護衛帳冊，當可高枕無憂。」

何書全點點頭，對上官武道：「那些夜行人可曾查到虛實了？」

上官武搖頭道：「他們的武功很高，而且不止一個，前天我親自追蹤過一個，還是被他給甩掉了，如果他們動手的話，應該就是在今天晚上，過了今晚，他們應該就不會再打這帳冊的主意啦。」

劉東林聽了，一下子又緊張起來：「上官義士，那些清流派的官員一向就是少林武當這些門派的後臺，聽說這些門派多的是高手，這次來的該不會是他們吧。」

上官武不屑地道：「這些個名門正派只會滿嘴大道理，跟我們神教打了這麼多年，早被我們殺得屁滾尿流，劉大人，你不用擔心，有我們在，絕對萬無一失的！」

正說話間，外面傳來一陣急促的叫聲，有人厲聲叫道：「什麼人！」緊接著就是一陣兵刃相交的聲音，慘叫聲此起彼伏。

上官武臉色一變，一個箭步閃出了門口，對著外面喝道：「來者多少，戰況如何？」

一個嬌媚的女聲陰惻惻地響了起來：「點子好像只有一兩個，但是武功極高，振翼和見智已經帶人過去了，似乎正向這個院子衝來。」

上官武眉毛一動：「只有一兩個人？吃了熊心豹子膽不成！司徒，你我暫時不要動，以免中了敵人的調虎離山之計。」

外面的司徒嬌格格嬌笑起來：「上官，我還真想看看來人的斤兩呢，聽聲音，他用的應該是劍，如此獨來獨往，我以為是司馬鴻，可是仔細聽，又不太像是霸天神劍，也不知道是哪個不長眼的敢夜闖這裡。」

正說話間，外面又響起一陣爆豆般的兵刃相擊之聲，長槍揮舞的聲音如同滔滔大江奔騰不休。

司徒嬌聽音報告道：「振翼和來人交上手了，這是他絕情槍的聲音，有他出手，加上見智在一邊輔助，來人就是三頭六臂只怕也難闖進來啦。」

上官武豎著耳朵聽了聽，表情變得嚴肅起來：「司徒，我覺得情況不太妙，剛才來人一路殺進來時，劍法大開大合，氣勢十足，可是這會兒跟振翼交手時，卻是悄無聲息，聽不到什麼動靜，振翼畢竟年輕，經驗不足，我怕他會中了來人的暗算。」

司徒嬌正待開口，外面卻傳來一聲悶哼，剛才如暴風驟雨般的槍嘯聲為之一滯，一陣驚呼聲同時響起，司徒嬌臉色一變：「不好，振翼吃了虧，上官，這裡你看守一下，我去會會來人！」

上官武面沉如水：「一切當心！」

外面衣袂破空之聲一閃而沒，司徒嬌顯然已經奔出，上官武則走出地下秘室，站在大門口，取下了背上的斬馬大刀，深吸一口氣，刀柄上的玄鐵鍊子纏在肌肉虬突的右臂上，他閉上眼，渾身的青色氣息慢慢地騰起，那把如一泓秋水般明亮的大刀，也騰起了一陣青光。

院外司徒嬌的鞭擊聲陣陣響起，配合著她的嬌叱聲，顯然已經與來人交上了手，林振翼的絕情槍聲經過了短暫的沉默後，也聲勢復振，與司徒嬌的鞭擊聲相得益彰，來人的劍嘯聲則漸漸地高了起來，看來被逼得不像剛才對付林振翼時那樣應付自如。

上官武一顆懸著的心漸漸地放下，來人畢竟是人不是神，面對司徒嬌和林振翼兩大高手的夾擊有些難以為繼。

又戰了片刻，只聽一聲悶哼，伴隨著皮鞭擊中身體的脆響聲，緊接著是一個煙霧彈丟到地上的聲音，以及司徒嬌和林振翼雙雙的厲聲清嘯：「哪裡走！」

連續幾聲衣袂破空的聲音響起，上官武抬頭望去，只見遠處房頂上隱約有幾個身影在前後追逐。

上官武的心算是定了，大聲喝道：「見智在嗎？速來回報外面的情況！」

一陣匆匆的腳步聲響起，滿頭大汗的傅見智跑了過來，倒提著一對鴛鴦刀，說道：「來敵只有一人，但武功高得不可思議，我和二師兄聯手對戰，仍然著了賊人的道，幸虧師叔殺到，才扭轉了局勢！」

上官武滿意地點了點頭，周身的青氣稍稍一洩，沉聲道：「現在還不可大意，敵人可能去而復返，你趕緊回去守著前院，順便照顧一下受傷的兄弟。對了，我方傷亡情況如何？」

傅見智說道：「三個重傷，十七個輕傷，來人用的是武當和峨嵋的劍法，武功很雜，但我看他真正精通的還是兩儀劍法，內功也是正宗的武當功夫，很有可能是徐林宗親至。」

上官武向地上啐了一口：「我就知道是這傢伙，這次是把他一舉拿下的好機會，徐林宗一除，武當就可以趁勢一戰而破。」

傅見智臉上現出一陣喜色：「全賴師叔的英明神武，姓徐的結結實實中了司徒師叔的一鞭，我看他走的時候，身形有些滯澀，師叔和三師兄追了去，應該過一會兒就能將他擒下。」

上官武突然想到了什麼，問道：「你二師兄是不是受傷了，情況如何？」

傅見智臉上閃過一絲複雜的神情，道：「剛才那賊人的劍法突然變得很詭異，二師兄攻得太凶，一時大意，被他的劍在胳膊上劃了個小傷口，好在二師兄功力精深，影響不大，後來司徒師叔一來，還有再戰之力。」

上官武順口問傅見智：「剛才強敵來襲，你在做什麼？」

傅見智嘴角微微抽了兩下，回道：「一開始我和二師兄聯手對敵，後來二師兄殺得興起，您也知道，他的絕情槍法需要的是大開大合，要有充分的施展空間，我在一邊只會礙他的事，於是就閃過一邊，替他掠陣。」

上官武眼中寒芒一閃：「見智，我勸你以後不要總是耍這種小聰明，碰到強敵總是讓別人擋在前面，搶功的時候倒是十分積極，我們神教的漢子應該個個光明磊落，你的那點小聰明，師叔在這裡都一清二楚，不用說在場的其他人了，你師父也為此責備過你許多次了，可你就是不改。」

傅見智滿臉通紅，低下頭道：「師叔教訓得是。」

上官武擺擺手：「罷了，這次的事我不會向你師父說的，接下來對手還有可能進一步突襲，你守好外院，巫山派的人也可以叫到外院裡防守，只要過了今夜，一切便都安全了。」

傅見智如蒙大赦，頭也不回地奔了出去。上官武看著他的背影，不禁搖了搖頭。

一個嬌小的身影從遠處的屋頂上奔了過來，手中的軟鞭就像有生命的靈蛇一般，毒蛇吐信似的從手中一閃而沒，勾上了屋簷房角，人則像是森林中的猿猴一樣，幾個起落就盪到了面前，輕輕地落到地上，沒有一點聲息，一副苗疆女子的打扮，粉嫩的小腿肚裸在外面，腳踝上的兩隻銅環碰得叮噹作響，**可不正是司徒嬌！**

上官武有些意外，問道：「怎麼你一個人回來了？」

司徒嬌的胸口劇烈地起伏著，臉色也微微發白，驚魂未定地說：「果然是徐林宗，好一番惡鬥才把他擒下，這會兒振翼正看著他，我怕振翼會著了他的道兒，你能不能去幫忙看一下？」

上官武盯著司徒嬌：「你傷到哪裡了？嚴重嗎？」

司徒嬌亮出了右臂，雪白如蓮藕般的玉臂上多了三道深達半寸的血痕，咬牙切齒地說道：「徐林宗困獸猶鬥，臨倒下前還攻了我三劍，若不是有振翼在旁掩護，只怕我這條右臂已經不保，我還中了他一掌，這會兒氣息混亂，先回來治療一下，你去城西五里處的小樹林，振翼在那裡等你。」

上官武有些猶豫地道：「可是你受了傷，這裡萬一出事怎麼辦？」

司徒嬌搖搖頭：「徐林宗都折了，他們難不成還有別的高手嗎？如果能逼徐林宗出太極劍譜或者是兩儀劍法，以後我們神教一定會實力大增的！你不用擔心。」

上官武聽了便道：「好，那你一切當心！」說著身形一動，一身黑袍如同劃過夜空的蝙蝠，轉眼就上了房梁，幾個起落就消失在茫茫夜色之中。

司徒嬌臉上閃過一絲得意的微笑，轉過身，滿頭青絲中的一縷白髮一閃而沒，走進那間地下密室，緩緩地帶上了門。

上官武一路狂奔，小半個時辰就出了城，他的身形剛剛越過城牆，卻看到兩個黑影正向著城牆接近，其中一個嬌小的影子長鞭連揮，一出手就搭上了城牆的垛子，然後凌空而起，輕飄飄地躍上了足有三丈高的城樓，用的分明是司徒嬌的毒龍鞭法中「玉龍飛渡」這一招。

上官武不敢相信自己的眼睛，也顧不得多想，飛快地向著兩個黑影奔去，離兩人還有十餘丈遠，只見嬌小的身影周身紫氣一閃，毒龍鞭回頭就是一擊，一道金光緊接著跟著鞭影襲來，**正是司徒嬌的金蛇劍！**

上官武退後兩步，抽出背上的斬馬巨刀，一招「斬空烈」擊出，青色的刀氣與金紫兩道氣勁撞了個正著，一聲巨響，震得邊上的城門樓上一陣灰塵灑落，兩人各退出去三大步，同時驚道：「怎麼是你！」

上官武急道：「徐林宗人呢？你怎麼會在這裡？」

司徒嬌怒斥道：「上官，我們去追擊敵人，你不好好地守著大院，跑這裡來做什麼？立功心切也不能誤了正事吧！」

上官武氣得一跺腳：「不好，**中計了**，有人扮成你的樣子回來，說是已經拿住了徐林宗，要我來幫忙！」

司徒嬌和林振翼聞言，臉色大變：「完蛋了，快回去！」

三人心急如焚，腳下如飛，輕功身法運到了十成，小半炷香的功夫就奔回了布政使司，只見外面的大院裡，傅見智正帶著幾十名黑衣蒙面高手，打著火把，雙目炯炯有神地守在院中，巫山派的劉雲起胳膊上纏著厚厚的繃帶，正在十幾個巫山派弟子的守護下坐在地上運功打坐。

三人一落地，眾人紛紛看了過來，傅見智更是一臉喜色地走上前來：「師叔，拿住徐林宗了？」

上官武啐了一口道：「拿住個屁，裡面的情況如何？」

傅見智一臉喜色道：「剛才司徒師叔從裡面出來，說是已經沒事了，還要我們小心防守，還說今天捉到了徐林宗，是我日月教百年來的第一大勝利，回去後要給我們所有人請功呢。」

他的眼光落在上官武身後的司徒嬌身上，怪道：「司徒師叔，你怎麼這麼早就回來了？」

上官武顧不得和他多囉嗦，直接奔進內院，秘室的大門掩著，裡面沒有一絲動靜。

上官武衝進地下密室，腦子裡「轟」地一聲，一句話也說不出來，只見何書全和劉東林兩人如泥雕木塑一般，呆呆地坐在椅子上，一看就是給人點了穴道，而原本放在桌上的帳冊已是不翼而飛。

司徒嬌長鞭一揮，解開兩人的穴道，沒等開口相問，何書全就破口大罵道：「好你個賊婆娘，快點還我們的帳冊來！」

劉東林急道：「司徒女俠，這事可不好開玩笑的，請快把帳冊還來吧。」

上官武扼腕道：「**這回只怕我們都中了奸人的毒計啦！**」

兩個時辰後，武昌城外一個山神廟裡，換回了本來面目的天狼和屈彩鳳正相對而坐，笑顏逐開。

天狼拿著那本帳冊，長出一口氣：「屈姑娘，辛苦你了，老實說，讓你扮成司徒嬌的樣子去騙上官武，我真的是捏了一把汗呢，好在你以前跟這些魔教中人打過許多次交道，對他們還算熟悉，不然真的穿幫就麻煩啦。」

屈彩鳳得意地將一頭帶著墨香的黑髮甩了甩：「上官武和司徒嬌曾經在我們巫山派駐守過一段時間，尤其是司徒嬌，同為女人，常會接近我，目的也是想套出太祖錦囊的下落，所以我對他們很熟悉，上官武為人性格急躁，功名心又強，一定不會放過擒獲武當掌門的大功。」

說到這裡，關心地問：「你中了司徒嬌一鞭，礙事嗎？」

天狼看了看自己的右胸口，黑色的夜行衣被鞭子抽出了一條長約六寸，寬有二寸的口子，一道白色的鞭印在他古銅色的皮膚上顯得格外顯眼。

「幸虧有十三太保橫練，那一鞭又被我出掌震得偏了些，卸了六七成的來勢，不過司徒嬌的功力比以前還是有長進，這一下當時著實傷得我不輕，幾乎一條右臂無法動彈，我抽身而退倒不全是做戲。」天狼說著，一邊活動了一下右臂，骨骼一陣劈哩啪啦作響，那道白色的鞭痕也現出一絲紫色的淤青。

屈彩鳳關心之情溢於言表，道：「黑夜裡看不清楚你中了鞭，不然，我寧可不要那本帳冊，也要出來救你，下次別這麼逞強了，命是自己的，帳冊還可以慢慢來。」

天狼微微一笑，拿起帳冊翻了幾頁：「這兩個狗官做這些賄賂帳冊，可比他們做正事時認真多了。看起來在他們心中，嚴嵩比起皇帝，比起百姓都要重要得多。」

屈彩鳳秀目流轉：「我聽劉東林說，明天嚴世蕃就會到，這裡出事的消息只怕很快就要傳遍官場了，接下來我們想要再搜集嚴黨受賄的證據只怕就難了，我們還得抓緊行動才是。」

天狼點點頭，道：「嗯，接下來我們要去的地方，是新任湖南巡撫李名梁那兒，此人也是嚴嵩舉薦，但在他的黨羽中算是關係比較遠的，根據劉雲起的情報，他找來護院的不是魔教中人，而是洞庭幫的人，我們這次行動的難度應該會小一點。」

屈彩鳳面色凝重地說：「天狼，不可大意，我和洞庭幫多次交手，他們有幾個是很強的，不比上官武和司徒嬌差，若是楚天舒親自坐鎮的話，只怕你我不出全力很難脫身，而且在武昌府內我們有劉師兄接應，長沙城裡可沒有我們的勢力，只能孤軍奮戰了。」

天狼故作輕鬆地說道：「車到山前必有路，其實我覺得有點奇怪，就算李名梁和嚴嵩父子的關係沒那麼好，可也是嚴嵩的正經門生，他不向嚴嵩求助，卻向魔教的死對頭洞庭幫求助，這不是有些不可思議？」

「那個李名梁情況有點特殊，當年前任湖南巡撫商震卸任回家的路上被我們打劫，查出了他在任上受賄之事後，這湖南巡撫就成了一個燙手的位子，遠不是什麼肥缺了，那幾年洞庭幫和我們一直在攻殺不斷，官兵根本不敢管，**嚴嵩派這個人來湖南，要麼是指望他力挽狂瀾，要麼是想坑他**，現在看來，後一種的可能性更大一些。」屈彩鳳分析道。

天狼想起關於李名梁的一些軼事，道：「仇鸞也說過，這個李名梁早年給嚴嵩送禮的時候，不懂規矩，送了幾個美貌的歌姬，嚴嵩的夫人歐陽氏生性好妒，為這個天天吵得嚴嵩不得安生，最後嚴嵩只能把那幾個歌姬另送他人，可能是在這件事上惹了嚴嵩不高興，所以一直不得升遷。

「後來這個人在禮部員外郎任上一做就是十幾年，最後不得已咬牙走了嚴世蕃的路子，才給了他這麼一個湖南巡撫的缺，沒料到沒過一年洞庭幫就崛起了，這人為了保境內的平安，乾脆和洞庭幫合作。聽你這樣一分析，可能前陣子嚴嵩害死丁汝夔的事讓他心生恐懼，擔心自己哪一天也會像丁汝夔那樣被拋出去當替罪羊，索性買了洞庭幫當保鏢。」

屈彩鳳問：「這回要和洞庭幫正面起衝突了，你打算怎麼辦？」

天狼想了想：「先去長沙，打聽清楚情況，摸準了再下手，至於這本帳冊，還得儘快送到京城仇鸞那邊才行。」

「需要我再麻煩劉師兄嗎？」

天狼擺擺手：「不可，這回帳本失竊，嚴世蕃到了以後肯定會仔細盤查，以他的精明，一定會懷疑到劉舵主的，所以現在不能和劉舵主有任何聯繫，以免害了他，這帳冊我會通過錦衣衛的人送回京城的。」

「你這次不是單獨行動嗎？又怎麼能和錦衣衛扯上關係？」屈彩鳳提出質疑道。

天狼笑了笑：「我總有自己的門道，不過我不能找武昌城中的錦衣衛，這樣太明顯了，而且現在是峰口浪尖，嚴世蕃一定會派人封鎖北上的道路，企圖把帳冊給截下來，我們就反其道而行，向南去長沙，在那裡找到當地的錦衣衛，然後讓他們走水路，沿江而下，到南京城再折返北上，這樣雖然要繞一圈，但可以避開嚴世蕃的搜索。」

屈彩鳳點點頭：「還是你想得周到，這件事我聽你的，只是你的傷，真的不妨事嗎？」

天狼運了下功，又活動了一下手臂，然後在小廟裡跑了兩圈，然後道：「無妨，這隻手只要這幾天不全力和人動手，應該就沒太大的事，對了，屈姑娘，我看到你進來的時候，頭髮沒有全部染黑，不會給人看出來吧。」

屈彩鳳笑道：「這是我刻意為之的，那司徒嬌雖然靠著採補之術，看起來是二八少婦的模樣，但年齡畢竟已在五旬以上，所以她的一頭烏髮中有些許白絲是正常的，如果我全染成黑的，反倒會讓上官武看出破綻。」

天狼聽了說：「這樣我就放心了，那我們即刻動身吧，三天內，爭取趕到長沙城！」

第八章

洞庭幫主

楚天舒摘下面具，露出一張冠玉般的臉來，
歲月的風霜在他的臉上留下了刀削斧劈般的印記，
可仍然能看出他年輕時的豐神絕代來。
此人正是與天狼有過一面之緣的華山派掌門：
「仁者劍」岳千愁！

長沙，這座城市最早建於春秋時期的楚國，是楚國黔中郡的一部分，座落於長江南岸，八百多年下來，經歷了春秋戰國，秦漢兩晉，見證了南北朝的滄桑與變遷，還依然靜靜地屹立於湘江邊上，嶽麓山下，山清水秀，人傑地靈，與戰亂頻仍的江南之地相比，實在算是塊世外桃源般的地方。

秦朝曾在長沙這裡治長沙郡，為天下三十六郡之一，漢朝以後，長沙便長期地劃歸於荊州，一直到東晉滅亡，劉裕建立南朝時，有鑒於荊州地大物博，兵強馬壯，對中央政府構成巨大威脅，因此把荊州在長江以南的十個郡畫出，設立湘州，長沙城是湘州的治所所在，從此便一直成為湖南行省的首府。

到了大明建立之後，兩湖合併成了湖廣省，治所武昌，但長沙府仍然是江南重鎮，朝廷專門設了湖南巡撫，由中央六部侍郎級的高官擔任，出鎮此地。

現在的長沙，北面不遠的岳陽一帶，就是洞庭湖，南邊幾乎同樣距離的衡山，原來是伏魔盟之一的衡山派所在，落月峽之戰後，衡山派滅亡，魔教本來趁勢進占此地，但隨著洞庭幫的崛起，奪取了洞庭總舵之後，又將魔教的勢力逐出衡山，在此開建分舵，整個湖南一帶，幾乎盡為洞庭幫所占據。

長沙城的湖南巡撫府裡，近日多了幾十名護院家丁，有別於平常巡撫的親衛，這些人一個個都是身手矯健的赳赳武夫，進府後，便分成三班，在不大的巡撫衙門後院裡輪班值守，原來看家護院的那些親兵們，則被打發到外院和前衙，半是站崗，半是放羊。

天狼打扮成一個乞丐，在巡撫衙門前無精打彩地乞討著，他這是第七天來這裡了。

據他這些天的觀察，這裡外鬆內緊，前天又有二十多名高手統一穿著黃衣進了府內，再沒有出來過，而以每天府中出來採辦的伙食數量來看，除去幾十個兵丁與衙役，以及李名梁一家七八口人外，裡面駐守的洞庭幫高手顯然有百名以上，看來洞庭幫是準備把整個湖南分舵都開設在這巡撫衙門裡了。

三天前，天狼秘密地找到了錦衣衛駐湖南的連絡人，向他出示了陸炳給的金牌，命他把那本用牛皮紙包好，封了火漆畫押的帳冊送回京師，路線也一如那天在山神廟中跟屈彩鳳所商定的那樣，繞一個大圈從南京北上。

當天狼看到李名梁府中的防備，加上那次萬震給他留下了深刻的印象，讓他不禁心生警覺。

天狼繼續有氣無力地叫著：「過路的大爺小姐，行行好吧，給兩個錢買個饅頭吧。」

街另一邊的幾個乞丐看著他，也開始扯著嗓子叫了起來。

天狼剛來這裡時，那幾個丐幫弟子向他試過好幾個切口，天狼都是一問三不知，也試過他的功夫，被天狼裝著不會武功騙了過去，而他在這裡每天都能要到不少錢，讓他天天來此蹲點顯得合情合理。

一頂轎子從府裡抬了出來，八個青衣小帽，僕役模樣的家丁抬著轎子出門，轎子的兩側，跟出了十幾名黃衣勁裝，勇健剽悍的護衛，個個手持刀劍，一看就是好手。

帶著這些人的，卻是一名年約二十六七，瓜子臉，面如桃花，清秀美麗的女子，一身藍衣小棉襖，腰間繫著兩片皮革護腰，顯得英姿颯爽，護腰上的百寶囊，以及她右手上戴著的鎢鋼指套，還有那對鳳目中一閃而沒的凌厲目光，顯示了這是一位頂尖的暗器高手。

這名女子的眼光向著大街上掃了一遍，一眼就落在大門口斜對面的天狼身上，精光一閃，刺得天狼連忙低下了頭，心中想起屈彩鳳跟自己說過的，那洞庭幫眾高手中，身為副幫主的**前大江幫主之女**，**「妙珠神算」謝婉君**。

當年巫山派與魔教聯合攻打大江幫，宇文邪等人大開殺戒，將大江幫幫主謝天豪等數百名幫眾盡數殺死，造成了轟動一時的血案。出身崑崙派的謝婉君僥倖逃得一命，但也就此和巫山派和魔教結下血仇。

在尋找崑崙派與武當派的力量復仇未果後，神秘的洞庭幫恰到好處的出現，楚天舒奪回原來位於洞庭湖的大江幫總舵後，謝婉君也加入了洞庭幫，以其武功和在大江幫眾中極高的號召力，一躍成為洞庭幫的副幫主，長沙以北的商旅航運之事，一概由其負責。

屈彩鳳提過，此女不僅暗器武功卓絕，一手滿天星雨的手法已至化境，而且劍術內力皆極為出色，巫山派之中，除了自己外，無人是其對手。

此女還與那奪命書生萬震日久生情，算得上是一對讓人羨慕的鴛鴦俠侶，謝婉君遭逢劇變後，性格變得狠辣果斷，出手之下幾無活口，這點倒是和那萬震，或者說和整個洞庭幫對待敵人的方式如出一轍。

天狼正思忖間，只覺一陣淡淡的梅花香氣飄過，兩隻繡花的厚底尖頭快鞋出現在自己的眼前，向上則是一雙修長的美腿裹在綠色的褲子裡，垂在腰間的，是兩隻纖若無骨的素手，可是**右手中指與食指上套著的兩隻鎢鋼指環卻明顯表示了來人的身分絕不是一個大家閨秀，而是一朵帶刺的玫瑰。**

天狼抬起頭，透過額前的亂髮，咧嘴一笑：「大小姐，行行好吧，給兩個錢，還沒吃早飯哪！」

謝婉君打量著天狼，與這些天離天狼五步遠就要掩鼻而走的那些婦人小姐們不一樣，她完全不在乎天狼身上發出的那種十天不洗澡的臭味，還有那些圍著天狼轉個不停的蒼蠅臭蟲，她的眼睛落在天狼的手腳上，尤其是天狼那雙生滿了老繭，長著又長又黑指甲的手。

天狼看謝婉君一直沒有動作，咽了泡口水說道：「這位大小姐，可憐可憐我吧，我可是一早晨沒吃飯了呀，全指望大爺小姐的施捨了，您就行行好……」

天狼話音未落，謝婉君突然眼中殺機一現，兩枚銅錢直接從素手中打出，勢如流星，直奔天狼的眉心要穴而去。

天狼不閃不避，臉上還掛著笑容，謝婉君身後的那些練家子們個個臉色一變，他們見過謝婉君出手多次，知道這位副幫主的暗器功夫，拿顆石子打中要穴都能致外家高手於死命，這兩枚銅錢打的是人體死穴之一的眉心，就算是鐵布衫練到了臉上，給她這樣一擊，也會小命不保。

只聽「砰」地一聲，銅錢擊中天狼的眉心穴，頓時腫起一個大包，天狼痛得眼淚鼻涕直流，嚷了起來：「你這女人什麼意思？有兩個臭錢就可以打人了嗎？哎喲！痛死我了，你賠我藥錢！」

天狼說著，要去拉謝婉君的褲腳，卻給她蓮步一移，撲了個空。

謝婉君冷冷說道：「你這叫化子，也不看看這是什麼地方，湖南巡撫衙門口，怎麼容得了你成天在這裡乞討！剛才我出手重了，對不起，這點算是給你的藥錢，明天別再讓我看到你在這裡。」說著，扔下一錠足有二兩重的銀子到天狼面前的破碗裡，天狼立刻破泣為笑，也不管額頭上給打出的那個鵝蛋大的包，連連在青石板路上磕起響頭來。

謝婉君轉過身，風風火火地走回到轎子邊，天狼在伏下撿銀子時，耳朵聽得清清楚楚，轎子裡有人開口說話：「謝姑娘，那是什麼人呀？為什麼挨了你的暗器還能沒事？」

謝婉君道：「李小姐，剛才我那是試探他的，這人在衙門前待了七天，一直不走，感覺像是丐幫的人來探我們虛實的，所以我得試試他的成色。剛才我的銅錢去勢雖急，但手上加了迴旋勁，觸體那一下就會減掉八九分力氣，若是他運功抵禦，自然一試就知，沒有人會給打到眉心都不反抗的，這人應該真是個乞丐。」

轎子裡的人微微一笑：「謝姑娘，那人身上真是太臭了，這麼遠都能聞到，我們還是快點到城隍廟燒香吧。」

轎子遠去，天狼的心裡飛速地盤算起來，轎中之人應該便是李名梁的千金李沉香，李名梁髮妻死得早，只有這麼一個寶貝女兒，一向奉若掌上明珠，聽起來今天這李沉香是要到城外的城隍廟裡燒香拜佛的，謝婉君則是帶著護衛們一路相隨。

這些天，天狼和屈彩鳳輪番在夜間踩點，但李名梁的後院顯然經過了高人的改造，除了守衛嚴密外，竟然還有陣法機關，李成梁的那個受賄帳冊也不知道藏在何處。

有兩次，天狼差點引起守衛的注意，幸虧他武功蓋世，機智過人，才堪堪躲過，可是十天下來，居然沒有任何那本帳冊的下落，著實讓他有些焦慮。不過今天看到這頂轎子，讓天狼想到了一個辦法，也許可以通過綁架李沉香，來逼李名梁就範，進行帳冊的交易。

若是只有謝婉君一人帶著十餘名高手護送李沉香去城隍廟，他自信可以應付，再說還有屈彩鳳在一旁掠陣，對付一個謝婉君，應該是手到擒來的事。

然而，天狼心中又有一絲猶豫，自己從來沒有做過這種綁架人質，逼人就範的事，更不用說綁架的是一個弱女子了，他的內心劇烈交戰著，連擹錢的速度也慢了下來。

另外幾個乞丐圍了過來，領頭一個三十多歲，黑臉大眼的高大乞丐，名喚武培通的，把手中的竹杖在天狼面前重重地頓了頓：「喂，新來的，見者有份，這錢你一個人獨占，不太好吧。」

天狼抬起頭，揉了揉眼睛裡流出的淚水，看著武培通，茫然道：「怎麼，我挨打得的藥錢，還要分你們一份？」

武培通沒有說話，邊上一個黃臉乞丐卻說道：「喂，小子，你要飯就得遵守我們丐幫的規矩，哥幾個這些天讓你在這裡討錢已經不錯了！你得了這份大禮，識相的就應該多交點銀子，不然以後咱們可就不讓你占著這風水寶地啦。」

天狼「嘿嘿」一笑：「你們要是回答我一個問題，那我分你們一半也沒關係，大家出來乞討都不容易，互相關照是應該的，只是這銀子麼，你們好好要我就給，若是要強搶，我就是扔了也不會給你們的。」

武培通馬上換了一副笑臉，跟幾個乞丐圍著天狼坐下：「小兄弟，我早就看出你這人最講義氣了，所以這些天你占了我們的位置，我也一直不跟你計較，你有什麼問題就問吧，哥哥我別的本事沒有，但在這長沙城中也待了十幾年啦，這城中之事沒有我不知道的。」

天狼看著遠去的那頂轎子，問道：「那轎中的人可是這個什麼啥官兒的女兒？」

武培通哈哈一笑：「小兄弟，你不會是看上了那姑娘吧，哥哥我勸你早點收了這份心思吧！咱們只是些臭要飯的，人家可是巡撫的女兒，一句話就能要了咱們的命，剛才那個女護衛，若是出手不留分寸，你這會兒已經是個死人啦。」

天狼嚷道：「就兩枚銅錢也能打死我？你們騙人，我可不信。不過那娘們兒手勁可真夠大的，我現在腦袋還疼呢，哎喲。」

武培通身邊那個黃臉乞丐說道：「小兄弟，你這就不懂了，那個女護衛可不是別人，是橫行湖廣的洞庭幫的副幫主，前任大江幫主的大小姐，可是從崑崙山下來的女俠呢。江湖上號稱『**妙珠神算**』，一手暗器功夫，不要說銅錢，就是用個小石子也能要你的命。」

天狼「啊」了一聲：「什麼洞庭幫大江幫的，我只聽說過天下的乞丐都是丐幫的，丐幫的勢力最大，武功最強！」

武培通臉上現出一絲自豪的喜悅，笑著拍了拍天狼的肩膀：「小兄弟真會說話，咱們丐幫嘛，自然是天下第一，只不過，咱們幫主和主要的長老們都在北方，江南之地來得比較少，所以在這長沙城裡，洞庭幫的實力要強一些，不過和我們丐幫一直是相安無事，井水不犯河水。」

天狼點點頭：「那我們丐幫的幫主也能用個小石子打死人？我可不太相信啊。」

武培通口沫橫飛地道：「咱們的公孫幫主啊，不要說用小石子，手只要那麼一抬，嘿嘿，隔了八丈遠的人都能給打得吐血！上次在岳陽，我看到他老人家跟東廠的高手交手，只一招就把那人震得從岳陽樓上飛了出去，身子直飛過了三條街呢。」

天狼想想好笑，這人應該是上回見到岳陽樓上公孫豪逼退金不換的那場惡鬥，只是當時公孫豪根本沒出手，金不換是自己走的，給這些人添油加醋地那麼一吹就成了這樣。

不過天狼的臉上卻現出一副羨慕之極的表情：「這麼厲害呀，那我也要加入丐幫，拜你們的那個什麼公孫幫主為師，學到這一身本事，就不必給那個女人拿銅錢打了。對了，你們剛才的意思，這女人打我還是手下留情了？」

武培通正色道：「不錯，以她的功夫，別說是你，就是我們這些學過功夫的，給銅錢打中了，不死也得殘廢！前年魔教和洞庭幫在這長沙城外大戰時，我可是親眼見過這姓謝的小妞，靠著飛蝗石子就廢了魔教十幾個高手呢，不是打瞎了眼睛就是打斷了胳膊，連碗口粗的樹都直接給打斷啦！」

天狼嚇得一吐舌頭：「乖乖隆里咚，這麼厲害呀，看來我剛才還真是撿了一條命！不過這姑娘出手倒是大方，一下子就是二兩銀子，夠我換身新衣服啦，幾位兄弟，你們看那轎子去的是哪裡呀？我好像聽到什麼城隍廟的。」

那武培通哈哈一笑：「小兄弟，今天難得的有廟會啊，城隍廟是人山人海，這陣子不知怎麼了，李巡撫基本上閉門不出，也不讓家人出門，本來在這裡護院的洞庭幫高手也就十幾個，這十多天一下子增加了百十來個，連謝副幫主都出動啦，我估摸著有什麼大事。這李小姐平時喜歡熱鬧，給關在家裡十多天了，估計也悶得慌，好不容易可以出來一趟了呢。」

黃臉乞丐插嘴道：「小武哥，我上個月看到有不少人抬著聘禮進了李巡府的府上，看樣子是來提親的，今天李小姐去城隍廟，只怕是問姻緣吧。」

幾個乞丐同時轟然大笑，惹得遠處的行人們一陣張望。

武培通收起笑臉，看著天狼道：「小兄弟，你也問了半天啦，咱兄弟們知道的事可都告訴你了，你若是想進我們丐幫，我姓武的可以幫你引見，只是你得先跟我說說你的出身來歷。」

天狼抹了抹鼻子道：「我是北方人，山西臨汾人，去年山西鬧大旱，實在沒法活了才出來逃難，後來又碰到蒙古人入侵，兵荒馬亂的，就一路向南乞討，來到這裡啦。你們說那個城隍廟是不是今天人很多？去那裡會不會多要到些錢啊？」

天狼丟下一兩銀子，與武培通等人分手後，徑直走向一處偏僻的小巷子，七拐八拐，到了一處無人的角落，停了下來，走到這個荒廢小院的一角，微微駝著的背直了起來，晃了晃自己的腦袋，肩頸處一陣骨節作響的聲音。

屈彩鳳身上的幽香從天狼身後順著風飄了過來，一道飄來的還有她的格格嬌笑聲：「李滄行，你就不怕那姓謝的丫頭真的要你的命嗎？到時候死了還不知道怎麼死的呢。」

天狼轉過身來：「據我對謝婉君的瞭解，她不是那種出手亂殺無辜的人，她出手時，手腕明顯收了一下，所以我很確定她不是要我的命。屈姑娘，這就是我不敢讓你易容改扮在巡撫衙門外的原因，你性格太要強，戒備心也重，今天若是換了你，只怕就會給試出來了。」

屈彩鳳沒有接話，走近天狼的眼前，仔細地看著李滄行眉間的那個大包，說道：「眉心畢竟是要穴，你又不運功相抗，給打了這一下，沒事吧。」

天狼搖搖頭：「老實說，剛給打中那一下，我的眼淚鼻涕全下來了，那可不是裝的，頭也一直嗡嗡響個不停。搞得我剛才和那幾個丐幫中人說話時，注意力都沒法完全集中呢。」

屈彩鳳從懷中摸出一個小藥瓶，遞給天狼：「這是治外傷的靈藥，你抹抹吧，應該對你有幫助。對了，我看你好像對那頂轎子很感興趣，怎麼，看上人家大小姐啦？」

天狼哈哈一笑：「你還真沒說錯，我是看上她了。」

屈彩鳳氣得叫道：「李滄行，你腦子是不是給銅錢砸壞啦？那女子雖然是官家大小姐，但你連見都沒見她一面就……」

天狼擺擺手：「好了，不開玩笑了，我是認真的，這些天我一直沒有打探到李名梁的秘密基地，所以我在想，如果李名梁和嚴嵩的關係沒有那麼親密的話，他不用長年累月地向老賊行賄，可能連帳本也不一定會有，那我們就算能混進去，也是一無所獲，只能另想辦法。」

屈彩鳳兩眼一亮，立即猜道：「**你是想綁架李小姐，逼李名梁交出自己的罪證嗎？**」

天狼點點頭：「正是如此，交帳冊不過最多是免官革職而已，可是李小姐如果在我們手上，出了事可就全沒了，現在她的身邊只有一個謝婉君而已，其他的護衛雖然也算高手，但不足為慮，你我合力，此事必成！」

屈彩鳳思索道：「可是城隍廟今天人山人海，你又怎麼能在人群中綁人、脫身呢？」

天狼沉吟了一下說：「屈姑娘，可能今天需要你露出本來面目了，那李家大小姐畢竟是巡撫之女，不可能和平民百姓擠在一起上香的。你如果能引開謝婉君的話，我就可以趁機下手。」

屈彩鳳犯難道：「只是這樣一來，便暴露這次劫帳冊的就是我們巫山派了，那嚴世蕃會不會聯想到在武昌的那一票也是我們做的？」

天狼研判道：「情況不一樣，李名梁找洞庭幫的人做護衛，就說明他和嚴嵩的關係沒那麼密切，而你們巫山派和洞庭幫是死敵，對他們下手再正常不過，尤其是你們和伏魔盟暫時處於停戰狀態，那不對付洞庭幫還對付誰？我綁了李家大小姐後，讓李沉香拿鉅款來換，他只要出了這張銀票，那就證明他有大筆來路不正的錢，靠這個，就足以上報定他的罪了。」

屈彩鳳佩服地道：「還是你精明。那就依你說的，謝婉君一見了我，眼睛都會噴火，一定會扔下李家小姐過來找我報仇的。」

天狼道：「那就分頭行事吧，注意安全。」

屈彩鳳看了眼天狼，瑤鼻微微一皺：「你還是先找地方洗個澡吧，一會兒別把人家大小姐給臭暈了，再說，你剛才扮的是乞丐，不要到時候讓洞庭幫把仇恨轉移到丐幫身上，這恐怕就不是你的本意了。」

天狼聽了道：「我知道城中的澡堂子在哪裡，一個時辰後，城隍廟見。」一個時辰後，易容成一個三十多歲的矮瘦漢子，一身短衣打扮，看起來就像個車行碼頭常見的苦力，一點也不起眼，混在城隍廟的人海中，如同大海中的一片貝殼，不會引起任何人的注意。

城隍廟前停著許多裝飾精美的轎子，看來今天有不少大戶人家的夫人小姐前來燒香許願，李沉香的那頂轎子，天狼卻始終沒有看到，心中一動，暗忖可能李沉香是直接入了廟中了，作為巡撫千金，她有這個特權。

於是天狼跟著人流擠進廟門，繞開人聲鼎沸的大殿，向寺廟後院走去，果然，轉過兩個偏殿之後，一處幽靜的別院門口，四個黃衣護衛持劍而立，李小姐的那頂轎子正停放在那別院的拱門之外。

天狼連忙閃身到僻靜之處，舉頭四顧，看到對面的大殿頂上一個黑色的身影一閃而沒，兩縷瀑布般的白髮在空中飄蕩。

天狼走到大殿後的牆角下，見屈彩鳳已經換了一身緊身黑衣，蒙著面，只是那一頭白髮沒有蓋住，露在外面。他上前用本聲說道：「看來李小姐是單獨在裡面進香，一會兒她出來後，你設法引開謝婉君，我則趁機下手。」

屈彩鳳露在面巾外的鳳目中，波光流轉道：「如果我直接出現，那太明顯了點，傻子都會知道我是衝著李沉香而來，有沒有什麼好辦法能讓我不經意間引開謝婉君？」

天狼一路上也在想這個問題，聽屈彩鳳這樣說，獻計道：「這容易，你就以本來面目到前面大殿裡燒香，今天洞庭幫肯定也在前面穿插了耳目的，到時候看到你現身，一定會通報謝婉君，她就會帶人去找你，這裡就空出來啦。」

屈彩鳳讚道：「好辦法，我今天不會和謝婉君糾纏，她來了以後，我就會撤離，你動作要快，還是回你那個錦衣衛秘密聯絡點的孫家客棧後院碰頭。」言罷，身形一動，黑色的倩影兩個起落便消失在拐角處。

天狼也脫掉了外衣，露出裡面早就穿著的黑色勁裝，從懷中摸出一個面罩，把腦袋裹了個嚴嚴實實，連被打得起了個包，這會兒雖然抹了屈彩鳳的靈藥，卻還沒有完全消腫的眉心也蓋住了，只留下一雙炯炯有神的眼睛在外面。

天狼找了一棵殿外的大樹，無聲無息地躍了上去，這棵樹枝繁葉茂，是最適合藏身的地方，透過葉子間的空隙，天狼對小院中的動向看得一清二楚：小院中有兩間廂房，還有一個小佛堂，想必是專門為達官貴人的女眷留出單獨進香的地方，李沉香這會兒應該就是在那個門窗緊閉的小佛堂中。

謝婉君正抱臂守在佛堂外，十餘個黃衣護衛散布在小院各處，屋頂上也放了人值守，小佛堂中傳出陣陣木魚與誦經之聲，想必那李沉香正在許願呢。

一個小販模樣的精壯漢子匆匆趕到，從他的身法來看，顯然是有功夫在身，四個守門的黃衣護衛直接讓開一條道兒讓他進入。

只見這漢子奔到謝婉君的面前，說了幾句話，謝婉君臉色大變，咬牙切齒地一招手，四五個黃衣護衛緊緊地跟在她身後，直接衝著前面的大殿就奔了過去，翠綠色的身影一下就消失不見。

天狼眼中寒芒一閃，又等了小半炷香的時間後，確認謝婉君不會再殺個回馬槍了，以屈彩鳳的本事，足以帶著她在城裡城外轉個遍，現在，正是自己動手的機會了。

天狼的身形無聲無息地從樹上滑下，深吸一口氣，徑直向著那小院門口的四個黃衣護衛衝去。

他的手中扣了四顆石子，那四人也非弱者，在天狼離自己二十步的地方便反應過來，為首一人沉聲喝道：「什麼……」

天狼沒等他開口，四枚飛蝗石盡數彈出，護衛首領「人」字還留在舌尖時，胸前的膻中穴竟像被施了定身法一樣，再也無法行動。

其他三個護衛也一樣，最後面那個劍只抽出一半，便給打中穴道，天狼的身形快得如閃電一般，從四人身邊掠過，伸指輕輕一點，四人頓時眼前一黑，東倒西歪地躺了一地。

天狼旋風般地閃進小院，迎接他的是一道閃亮的刀光。

院門內左側一把鬼頭大刀落下，勢大力沉，顯然是高手，天狼讚了句：「好一招力劈華山！」左腿也沒閒著，一記反踢鴛鴦，身子一側，同時左右腿連環彈出，左腿踢中來人的右腕，鬼頭大刀隨著一聲腕骨折斷的聲音，飛出一丈多遠，那人的慘叫聲還沒響起，氣海穴便中了天狼的右腳，一下子便暈了過去。

屋頂上跳下三名使劍的黃衣護衛，一邊的廂房裡也跳出四五人，各施兵器，衝著天狼攻了過來。

天狼今天要的是速戰速決，也不再隱藏武功，周身紅氣一提，眼珠子變得血紅一片，向這七八人攻了過去，一陣乒乒乓乓的響聲過後，八個人便躺倒一地，個個暈死過去。

天狼輕聲嘆道：「你們這又是何苦呢。」周身紅氣一收，便向著小佛堂走去。

剛才院中的打鬥聲也有好一會兒，小佛堂中的誦經禮佛之聲已經停了下來，檀香的味道慢慢向外逸出，讓天狼的心中感覺一陣平和，他推開門，只見一個粉紅衣服的女子正跪在一尊佛像前嚇得瑟瑟發抖，嘴裡一直念叨著什麼，似乎是在祈福。

天狼柔聲道：「李小姐，多有得罪，要委屈你一次了。」說著伸手就要去抓這個女子。

哪知天狼手剛伸出，便感到一陣強烈的殺氣，心中暗叫一聲：「不好！」頂級武者的本能讓他渾身上下騰起了紅氣，袖中一把青虹長劍變戲法似地抄在手中，上身如同被砍斷了似的，迅速地向後一仰。

他能感覺到隔著面巾的鼻尖上，幾點冷冷的寒意掠過，眼中看到三根無聲無息的銀針貼著自己的臉擦過，只要再慢一點，這三枚透骨針就會射穿自己的腦袋了。

天狼躲過這一擊，長劍向地上一點，身形急退，這下先機已失，從對手的氣勢和手法來看，顯然是高手中的高手，先退求自保再尋反擊，才是王道。

一道半月形的紫氣襲來，天狼的眼前多出了如山般的扇影，他的腦子裡飛快地閃出了四個字「**奪命書生**」！

是的，這武功如此眼熟，正是自己曾經在京師南郊外見過的「奪命書生」萬震。

萬震的招數連綿不絕，一招快似一招，身法也快得不可思議，天狼在倒退中連變十餘種步法，都無法擺脫他的追擊，那陣奪命的紫氣就離自己始終不到一尺的距離。

與一般的武功追求氣勢不同，他這功夫全在一個快字，招招狠辣，不離要害，只要慢上半拍，便會被擊中，以他那把碧玉七寶扇的厲害，一旦打中，便是骨斷筋折，難怪江湖上給他一個外號奪命書生，**精髓盡在一個奪字**。

天狼一咬牙，周身紅氣一爆，十三太保橫練的功夫瞬間使了出來，肌膚立刻變得像鋼鐵一樣堅硬，不閃不避，清嘯一聲，長劍拉出一個光圈，直襲萬震的右肩。

萬震的速度更快一點，玉骨摺扇帶著紫電般的光芒，穿過天狼的護身紅氣，倏地點中了天狼的左胸，天狼只感覺胸口如受千斤重擊，一口鮮血直接噴得對方滿胸都是，可他的右手長劍卻沒有絲毫減弱，刺中了萬震的右肩，萬震身形暴退，還是稍慢了一點，「嘶啦」一聲，右肩的衣服被劃開了一道長長的口子，鮮血順著這道深達寸餘的口子冒了出來。

兩人剛才的這場追逐，其實也就是小半炷香的事情，剛才的最後一招更是連兵刃也沒有相交，幾乎是兩道身形一閃而過，可這一下卻是幾乎分出了生死，對兩位頂級高手來說，都是從鬼門關走過了一圈。

天狼胸口一陣沉悶，感覺像是直接陷了下去，萬震不僅速度快得驚人，這一下暴擊的力量，也不在那天的公冶長空之下，打得天狼自覺已經受了內傷，內息的運行隱隱不暢。這會兒，他終於能看清對方了。

萬震的模樣和兩年前沒有太大的區別，還是三十多歲的文士模樣，只不過這會兒卻穿了一身粉紅色的女裝，梳著高高的髮髻，臉上還抹著香噴噴的脂粉。

剛才一番打鬥，他也是汗流浹背，把臉上厚厚的脂粉沖出一條條的印子，看著非常滑稽，而他右肩那道長長的口子，剛剛點穴止了血，但看來右手已經無法再用，那把碧玉七寶扇這會兒轉到了左手上。

天狼喘著粗氣，沉聲道：「**怎麼會是你？你怎麼知道有人要劫李小姐的？**」

萬震一邊把臉上的脂粉給擦掉，一邊冷笑道：「惡賊，不要以為我們是傻子，這些天你們一直在打探李大人的院子，你以為我們不知道？只是在巡撫院子裡動手怕不易將你們擒獲，又怕驚擾了李大人一家，我們幫主神機妙算，定下此計，就是要把你們一網打盡！」

天狼哈哈一笑：「萬震，你未免也太托大了點吧，就憑你，想要留下我，好像還差點火候，剛才你只是占了個先手之利，現在你我都受了傷，再打起來，只怕倒下的還是你。」

萬震的臉微微一紅，聲音變得陰惻惻地道：「只我一個，確實留不住你，可是今天我們幫主親臨，你是插翅也難飛了！」

天狼臉色一變，只聽院外響起一個陰沉的蒼老聲音：「閣下確實武功蓋世，居然能躲過萬護法的奪命玉扇，江湖上有此功力的不超過五個，**你是魔尊冷天雄，還是錦衣衛總指揮陸炳？**」

話音未落，從小院門口走進來一個身材高大，一襲紫色綢緞長衫，戴著銀色假面具的人，頷下三縷長鬚飄逸，負手背後，一派俊逸的風範，即使看不到他的尊容，也能感覺到這是位風流文士，而不是一個江湖高手。

天狼心中暗暗叫苦，小院的四周屋頂一下子冒出許多黃衣蒙面的勁裝漢子，個個手持弓箭，寒光閃閃的箭頭直指自己，身後的小佛堂則無聲無息地鑽出了四個二十出頭的美貌侍婢。

這四個美貌侍婢個個手中持著一把青光閃閃，如同一泓秋水的長劍，直指天狼。天狼一看這起手的架式顯然是一流的劍術高手，而她們站的方位，竟然隱含高明的陣法。

天狼身處絕境，反而放開了生死，他知道今天絕難善了，但聽這假面人的口氣，似乎不想把自己格殺當場，要不然也不用廢這麼多話了。

他試著運了一下功，感覺還可以，自從練了十三太保橫練之後，抗打能力確實強了許多，若是換了兩年前，給萬震打那一下，幾乎可以讓自己失去戰鬥能力，現在卻可以恢復到九成的功力，只要再拖上一炷香的時間，便可完全恢復了。

於是天狼笑了笑：「閣下想必就是洞庭幫的楚幫主吧？今天在下棋差一著，輸得心服口服，只是在下不知道為什麼楚幫主會興師動眾地設這麼一個局，幾乎出動貴幫的所有高手在此等候我？且不說我如果直撲巡撫衙門，後果會如何，就是你那裡，應該也不知道李巡撫得罪了誰，有人要找他麻煩吧。」

楚天舒眼中神光一現：「先回答你這個問題好了，朋友，這段時間，官場上早就傳遍了風聲，有人要找現任的督撫一級高官們的麻煩，以作黨爭，李大人雖然以前靠嚴嵩起家，但是這些年早已和嚴嵩斷了關係，所以風險很大，我們洞庭幫這些年在湖南得到這麼大的發展，多蒙李大人關照，所以在這個時候投桃報李也是應該。

「其實我本來只請萬護法和謝副幫主在巡撫衙門裡看守，可是前幾天我接到萬護法的回報，說是有夜行人出沒，看樣子是衝著李大人來的，所以為了確保萬無一失，老夫也只有親自出馬了。除了你以外，至少還有一個功力高絕的同伴，如果老夫所猜不錯的話，應該是巫山派的屈彩鳳，不管你們是什麼目的，只衝著屈彩鳳，我們也該設局擒獲了。」

天狼嘆了口氣：「楚幫主真的是算無遺策，只是在下覺得有點奇怪，按說你們的目標應該是屈寨主才是，可是你卻在這裡大費周章地布這個局，只為我這麼一個意圖不明的人，只怕不太值得吧。」

楚天舒道：「不，老夫認為屈彩鳳跟我們無非是江湖仇殺，爭奪勢力範圍而已，不足為慮，再說這些年的交手，我們占了絕對優勢，要說仇，也是她更恨我們一點。倒是那個和她一起來的人，也就是你，無論是她找來的強援，還是想和我們洞庭幫作對的勁敵，都是我們更需要小心對付的。剛才屈彩鳳引開了謝副幫主，所以老夫選擇你作為攻擊目標，先抓到你，以後再慢慢對付屈彩鳳不遲。」

天狼哼了聲：「想不到一個江湖門派的幫主竟然有如此的心機和智慧，楚幫主，我真的是低估你了，**只是以你的本事，為什麼要為一個投靠嚴嵩的湖南巡撫做看家護院呢？」**

楚天舒冷冷說道：「我們洞庭幫起自兩湖，湖北武昌府的湖廣布政使司，都是嚴嵩的人，這些人只會效忠嚴嵩，繼而維護魔教，我們再怎麼也不可能得到他們的全力支持，想要發展，也只有全力扶持作為湖南巡撫的李名梁了。」

天狼反駁道：「可是李名梁也是嚴嵩的門生，也算嚴黨啊！」

楚天舒哈哈一笑：「李大人給派到這裡，又不是什麼好差事，他如果真的得嚴嵩的信任，也不會在官場這麼多年都出不了頭。對他來說，只不過當年中舉後向嚴嵩拜了個師生禮，名義上的門生罷了，這些年嚴嵩對他並無關照，這次來湖南也只是想找個人收拾下殘局，即使弄得不好，也可以作為棄子扔掉，這點大家都心知肚明，你說，這樣的李大人會念著嚴嵩的好處嗎？」

天狼嘆了口氣：「所以他到了這裡，乾脆一不做，二不休，直接和你們做了朋友，甚至不惜得罪嚴嵩，對不對？只是這樣一來，**他以後也不可能回朝為官了，這樣值得嗎？」**

楚天舒搖搖頭：「朋友，看來你對官場的事還不是太清楚啊，這李名梁一晾就是近二十年，早沒了向上爬的指望，就想著在這湖南巡撫的任上平平安安地做完這一任，以後可以以三品大員的身分致仕，當然，這一趟他可不會少撈，光是這幾年我們給他的好處，就有三十萬兩銀子以上。」

天狼冷笑道：「給他三十萬，你們賺的只怕三百萬都不止吧。」

楚天舒眉頭一皺：「朋友，你問得太多了，我們洞庭幫不是慈善堂，自然需要自己的錢財來路，實際上這幾年湖南有了我們，可比以前要安寧許多，就是百姓也得到了許多好處。你可以問問這長沙城的百姓，是這幾年過得好，還是以前在其他幾任巡撫手下時過得好？而且你現在身陷絕境，只能束手就擒，怎麼倒反過來問起我來了呢？」

天狼笑道：「只是因為此時此地，我覺得我們有合作的基礎啊，你擒下我，對你沒有什麼好處，李名梁就是躲過了這次，也在這裡待不了幾年，你能保證下一個來湖南的不會是嚴嵩的人？」

楚天舒瞳孔猛的一收縮：「這麼說，你是朝廷的人？」

天狼點點頭：「楚幫主，這裡不是說話的地方，您看……？」

萬震連忙說道：「幫主，不可以信了他的鬼話，他只是想找機會逃走罷了！」

楚天舒眼神如冷電般一閃：「我自有分寸，他受了傷，你覺得他能從我手下離開嗎？」

萬震低下了頭，拱手道：「這個，此人武功雖高，但幫主應該可以戰而勝之。」

楚天舒重重地「哼」了聲：「那就是你覺得你比我更聰明，更有資格代我這個幫主來做決定了？」

萬震急忙擺手道：「幫主，屬下絕沒有這個意思。」

楚天舒手一抬，阻止萬震繼續說下去：「好了，你們全都退出去，讓我和此人好好談談，如果他的條件不能讓老夫滿意，那到時候我再親自把他拿下。」

萬震無奈，只能行了個禮，恨恨地瞪了天狼一眼，和所有的黃衣箭手，還有那四個美貌劍婢全都撤了個乾淨，一時間，小院恢復了剛才的寧靜，甚至樹上的鳥兒又開始歡快地叫起來了。

楚天舒的眼睛一直沒有離開過天狼，命令道：「好了，朋友，我的人都已經撤到夠遠的地方了，他們不會聽到我們談話的內容，你可以摘下面具，亮出身分了。」

天狼咬咬牙，取下了面巾，儘管這個老者沒有任何氣息，但那種氣勢卻讓他感覺此人的武功絕不在冷天雄和陸炳之下，而且外面又有這麼多高手，自己如果不能取信於他，那是插翅也難飛了。

楚天舒目光如電，似乎能透過天狼的面具看到他真實的臉，他盯著天狼瞧了一陣，搖搖頭：「你戴了人皮面具，這不是你的本來面目，取下它。」

天狼搖搖頭：「楚幫主，你自己也戴著面具，為何要我取下來？如果你要開誠布公地談合作，那雙方應該是對等的才是，要取一起取，要留一起留。」

楚天舒突然笑了起來：「朋友，你覺得現在以你的情況，可能有平等嗎？只要我願意，現在把你拿下，取下你的面具，也不是太難的事，只是到了那一步，可就是名副其實的撕破臉了，不管你是誰，我都不可能讓你活著出去。」

天狼微微一笑：「楚幫主，你就算殺了我，對你又有什麼好處呢？你也看到了，屈彩鳳身為巫山派一派之主，也只是配合我行事，你若是今天殺了我，只會給你自己找上無窮無盡的麻煩，以後不僅在湖南無法立足，只怕連性命也很難保全了。」

楚天舒厲聲道：「**你這是在威脅老夫嗎？天狼？**」

天狼心中一驚，眉毛微微一揚：「天狼？天狼是誰？屈姑娘用的倒是天狼刀法，你說的是這個嗎？」

楚天舒「哼」了聲：「**天狼，不用再跟老夫演戲了，你以為你用的天狼刀法，老夫看不出來嗎？是不是我說破你的另一個身分，你才肯承認？**」

天狼的臉色變得異常難看，只有初識陸炳的時候他才會有這種恐懼感，這個人彷彿很清楚他的一切，他緩了口氣，沉聲道：「你究竟是什麼人？」

楚天舒長嘆一聲：「李滄行，武當一別十年，我真的沒有想到你會變得這麼強，這些年聽到你在江湖上的聲名鵲起，我不知道是該笑還是該哭，或者是羨慕澄光能有你這麼優秀的弟子。」

這下子天狼驚得倒退兩步，身形一晃，幾乎要噴出一口血來：「你到底是誰？」

楚天舒緩緩地摘下面具，露出一張冠玉般的臉來，雖然歲月的風霜在他的臉上留下了刀削斧劈般的印記，可仍然能看出他年輕時的豐神絕代來，只是他的臉上，有十餘條深達寸餘的傷痕，看起來異常可怖。

此人不是別人，**正是與天狼當年有過一面之緣的華山派掌門：「仁者劍」岳千愁！**

天狼這下驚得差點又是一口血噴出：「岳，岳先生，怎麼會是你？」

楚天舒緩緩地戴回了面具：「天狼，以後我也不會叫你李滄行，你還是稱我楚天舒吧，這個名字我已經用了十年，以後也會繼續用下去。」

天狼定了定心神，向楚天舒恭敬地行了個後輩禮：「岳，楚幫主，請問，您當年不是早在落月峽一戰中就戰死了嗎？」

楚天舒搖搖頭：「我那時身受重傷，被冷天雄打落懸崖，卻留下了一條命，沒有死去，所以當我回到人間之後，知道自己的妻女都已死，就發誓要不惜一切，向魔教還有他們背後的嚴嵩復仇！」

天狼不禁說道：「前輩，您如果要復仇，應該回華山派重整旗鼓才是，為何要一個人離開華山，創建這個洞庭幫呢？還有，我聽說洞庭幫興起時就有極強的實力，還有軍隊的支持，這又是怎麼回事？」

第九章

天蠶劍法

天狼道：「前輩，您不會是練了這天蠶劍法吧？」
楚天舒道：「天狼，現在你知道我為什麼要假死了吧？
知道我為什麼有家難歸了嗎？
這天蠶劍法練到最後功成時，就是傷害男根，
下體炸裂，不男不女之日！」

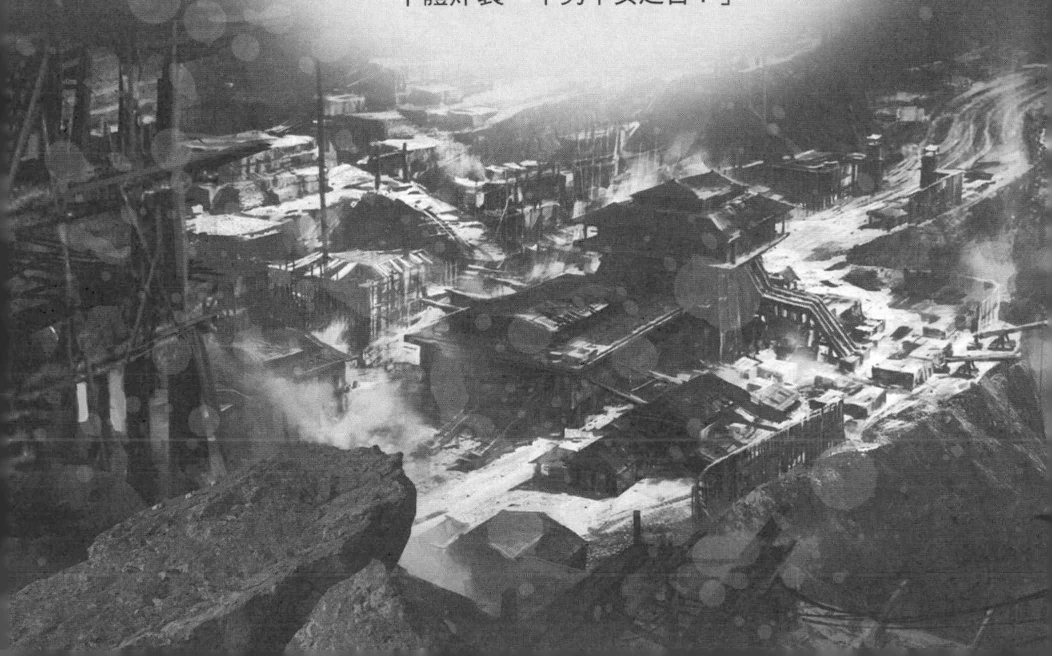

楚天舒道：「也罷，反正我已經不是華山派的人了，不妨就跟你說說我們華山派的秘事。天狼，事關重大，我現在是把你當成武當弟子李滄行，才和你說這個，我希望接下來的事，你不要向你們錦衣衛的總指揮陸炳提及。」

天狼正色道：「晚輩一定從命。」

楚天舒這才娓娓說道：「這事還得從百餘年前的天蠶劍法說起。這天蠶劍法邪惡狠毒，與你的天狼刀法原理相通，**精要之處，在於陰陽兩極真氣交匯之時，生出數倍的內力，能在瞬間暴發出人體的極限**，你應該也知道，當陰陽兩極交匯於丹田之時，那種欲死欲裂的感覺，一個男人是承受不了這樣的壓力的！」

天狼突然想到了什麼，失聲道：「前輩，您不會是練了這天蠶劍法，傷了自己吧？」

楚天舒眼中老淚縱橫，聲音突然變得又尖又細：「天狼，現在你知道我為什麼要假死了吧？知道我為什麼有派難回，有家難歸了嗎？**這天蠶劍法練到最後功成之時，就是傷害男根，下體炸裂，變得不男不女之日！**」

天狼感動地說：「前輩，你為了保住華山派的基業，居然做出如此犧牲，天狼十分佩服。」

楚天舒慘然一笑：「慕白沒有成親，不能讓他練這個斷子絕孫的武功，而我反正已經年近花甲，也無所謂這男女之事了。這功夫我不練，還讓誰練呢？這劍譜是慕白家傳之物，我也不想奪了去，所以當時跟他言明，我會幫他報這血海深仇，至少在他與靈兒生兒育女之前，不准他學此劍譜，為了取信於他，我把劍譜還給了他，這才讓他放下戒心，從此真心歸附於我華山派。」

天狼忍不住問道：「前輩，此事您夫人也不知道嗎？」

楚天舒沉默半晌，才開口道：「後來她還是察覺到了，雖然我們不同房已經很久，但她仍然從我脫落的鬚髮察覺到了異樣，終於在她的追問之下，我坦承了此事，她傷心欲絕，卻還是為我保守了這個秘密。在這個世上，知道我這秘密的人，除了慕白，也只有我師妹了。」

天狼眼光一亮：「那前輩為何會把此事告之晚輩？按說傷根練劍這樣的事，是奇恥大辱，別人即使無意知道了，也要殺之而後快的，**您今天本可將我拿下，為何要對我公布身分在先，說出此秘事於後？**」

楚天舒正色道：「**因為這牽涉到武林中最大的一個陰謀，就是落月峽之戰。**」

天狼奇道：「落月峽之戰？這不是正邪雙方的決戰嗎？又能有什麼陰謀？我曾以為此戰是陸炳為了削弱江湖武人的力量挑起的，可是當我加入錦衣衛後，才發現我的想法是錯的，陸炳是想阻止此戰。難道這裡面還有什麼陰謀嗎？」

楚天舒點點頭：「不錯，**因為挑起此戰的不是別人，正是我的好師叔雲飛揚！**」

天狼大驚失色：「怎麼會是他？他不是離開華山派了嗎？又為何要促成正派聯盟對付魔教？」

楚天舒回憶著往事說道：「我之所以這些年一直沒有回華山派，也是想暗查此事，當年伏魔盟的建立，出力最多的是雲飛揚。他先是去少林說動了見性大師，然後又上武當說服了紫光真人，然後由少林武當出面，成立了伏魔盟，我華山派當時的實力很弱，本來是不配和其他四派相提並論的，可是雲飛揚卻帶著鴻兒回華山，說是華山派應該借此機會想辦法復興，還讓鴻兒重歸我華山門牆，我當時不知是計，便很高興地應允了。

「當時我的天蠶劍法因傷根受創，功力還不如平時，但有了雲飛揚作保證，還是決定率領全派弟子下山應戰，可是到了出發的時候，雲飛揚卻無影無蹤，當時我就覺得有點奇怪，紫光道長說前輩應該是在前面等著我們，我便帶著這個疑惑上路了。

「滅魔之戰的事，你也很清楚，一路上奇怪的事情不斷，先是武當弟子回山時莫名其妙地被不明身分的人突襲，再是黑水河遇到魔教的伏擊，最後又是巫山派林鳳仙死得不明不白。天狼，**你不覺得魔教好像對我們的一舉一動都是瞭若指掌嗎？**」

天狼越聽，只覺得面具後的臉上冷汗直冒，這個問題其實一直在他心中纏繞多年，他總覺得有些不對勁，但一直沒有細想，今天聽楚天舒說起，還真的越聽越邪乎。

「前輩，你的意思是，**雲飛揚就是那個內賊？**」

楚天舒嘆了口氣：「這些年我一直在查他的下落，可是他彷彿從人間蒸發了一樣，再也不見蹤影。」

天狼背上不禁冒起寒氣，道：「聽前輩這樣一說，這雲飛揚確實嫌疑極大，可是**他為什麼要挑起這正邪之爭，然後讓魔教大勝呢？**按理說，他只恨華山派一派而已，跟其他幾派又有何恩怨，要下此毒手？」

楚天舒搖搖頭：「這些也只是我的猜測而已，並無真憑實據，我只是覺得雲飛揚非常可疑，但他不知道天蠶劍法的事，也應該不知道我的存在，所以我在落崖之後，就沒打算回華山派，一來我妻女已死，我又已成廢人，回去後也無顏見人，二來，我身處暗處，還可以暗中調查雲飛揚。第三嘛，我們正派對付魔教，往往顧及道義，下手留有餘地，魔教對我們卻是無所不用其極，所以我要復仇的話，還是把自己藏在陰暗處的好。」

天狼感嘆道：「實在是苦了前輩了。晚輩還有一事請教，當年前輩一出江湖，手下就有一支精銳部隊，這些高手您又是從哪裡招得的？」

楚天舒神秘地道：「反正我已經和你說了這麼多了，此事也不瞞你，我傷根之後，無處可去，加上當時要養傷，所以乾脆喬裝打扮，入宮當了一名老太監，借著這個掩護，我可以好好練我的天蠶劍法，那口訣心法我早已爛熟於心，加上我本身幾十年的功力，所以三年後，終於大功告成。

「東廠指揮一直是金不換，在皇宮中，也數他的武功最高，東廠有自己的另一套人馬，自從英宗朝的王振、武宗朝的劉瑾這兩個大太監以來，已經可以和錦衣衛並駕其驅了，這些人沒有品級官階，俸祿卻非常優厚，而且是皇帝監視錦衣衛的一個特殊部門，權勢極大，所以不缺乏高手進入，只是與錦衣衛裡普遍是出身名門大派的弟子不同，東廠之人多是心狠手黑的江洋大盜和黑道高手。」

天狼一皺眉頭：「這麼說，**有不少魔教之人也混進東廠了？**」

楚天舒搖頭道：「以前確實如此，但是自從我在東廠三年一度的比武大會上擊敗金不換和他的老婆兒子，比武奪帥之後，我便將東廠徹底清洗一番，出身魔教的人全部清除，連金不換也給我踢到一邊。」

天狼不可思議地道：「東廠這麼重要的部門，只憑前輩這樣一個來歷不明的老公公，一次比武勝出就可以讓你當上首領？」

楚天舒笑了笑：「因為那次比武，皇上正好觀戰，我連勝金不換、紅花鬼母和公冶長空三人，皇上似乎對武學之道也有所瞭解，就召我入對，詢問我的來歷，我如實見告，他正好對嚴嵩父子與金不換私下關係密切很是不滿，不想讓嚴嵩把勢力通過金不換伸到宮中，所以當即下詔，把我升為東廠提督，但這個任命沒有對外公開，我的身分也嚴格保密。」

天狼恍然悟道：「皇帝其實聰明絕頂，**他一直在挑動朝臣內鬥，使大臣不至於形成合力而架空他這個皇帝，所以他不會讓任何一方的實力太強，有凌駕另一方之勢**，他大概已經看出了嚴嵩的威脅，所以先下手把嚴嵩在宮中的同黨金不換給撤掉。」

楚天舒嘴角勾了勾：「這些朝廷中的事我並不清楚，不過**皇上給我的任務是攪亂江湖，挑起正邪之爭**，我正好也想要借東廠的力量向魔教復仇，於是便調集了上百名東廠高手，在經過周密的計畫之後突襲原大江幫總舵，大敗魔教與巫山派，並以洞庭幫之名開宗立派。

「那些東廠高手都是大內的侍衛，在完成任務後先後解散回了宮中，我則以洞庭幫主楚天舒的身分在這裡招兵買馬，擴展勢力，萬震的根骨極佳，又逢奇遇，吞食過人形何首烏，平添四十年功力，更習得前朝秘笈奪命玉簫，我幫他洗雪了沉冤，他便為我所用。還有謝婉君，我雖然沒有為她滅了巫山派和魔教，但也奪回了洞庭總舵，擊殺了巫山派的白敏，讓她傾心效力。

「這些年我經營洞庭幫，讓湖南一地遠離了江南七省的綠林勢力和魔教的威脅，現在這裡商路暢通，我每年也可以收到大量的金錢以擴張勢力，天狼，你有沒有興趣離開錦衣衛，與我聯手開創一番事業？」

天狼沒有馬上回答這個問題，而是問道：「**前輩又是如何識破晚輩的身分呢？要知道除了陸炳以外，沒有人知道我的身分，難道是陸總指揮向你透露的？**」

楚天舒擺擺手：「陸炳才不會把這個告訴我呢，只是當年你徒手格斃向天行的事傳遍江湖，我即使在深宮大內也有所聞，我就知道你一定身具巫山派的天狼刀法，但是從你爆發出來的戰鬥力看，還要超過林鳳仙，這又是怎麼回事？」

天狼也不解地道：「實話說，晚輩也不知道，好像我與生俱來就有這股神秘的力量，在夢中有仙人傳授我這門武功，不知道是鬼上身還是怎麼的，以前是怒極時才會使出這功夫，後來機緣巧合下，恢復了前世的記憶，一下子想全了這天狼刀法，現在用起來完全遊刃有餘了。」

楚天舒聽了道：「世上讓人意想不到的事有許多，就像這天蠶劍法，誰又能想到人世間有如此歹毒邪惡的武功呢？天狼，雖然你這麼多年在江湖上消失了，但我一直在查探你的下落，天狼刀法這樣的蓋世武功就和天蠶劍法一樣，要練成的話，天時，地利，人和無一不能缺，就是那屈彩鳳，若不是幼年得到奇遇，又天賦異稟，也不可能練到現在這個境界的，你的功力比她有過之而無不如，以你的年齡，如果不是讓人不可思議的奇遇，根本做不到。」

天狼微微一笑：「那前輩又是如何知道我是李滄行的呢？天下會天狼刀法的可不止是那幾個。」

楚天舒道：「就算有別人練成了天狼刀法，應該也做不到像你這樣外狂內俠，萬震從京師回來後，和我說起那事，而你大戰司馬鴻的事也早已傳遍江湖，我因此斷定，這個錦衣衛天狼一定是我們正道中人，而且十有八九就是失蹤多年的李滄行。

「後來江湖上又傳言天狼大破白蓮教，力戰英雄門，孤身闖蕩蒙古大營的事，使我更加確定了這個人應該就是你了，巫山派雖然是江湖草莽，但不至於像你這樣行事。天狼，你知道嗎，**我第一眼看到你，就知道你絕非池中之物**，一定可以創出番事業來的。怎麼樣，要不要考慮來洞庭幫，與我聯手復仇呢？」

天狼嘆了口氣：「我身世坎坷，經歷了無數人世間的起伏，得到的多，失去的更多，一言難以概之，不過，我人在錦衣衛，一樣可以行俠仗義，做上報國家下報黎民的事。」

天狼想到當年師父慘死時的情形，想到自己一生的悲慘命運，咬牙切齒道：「我的師父被魔教所害，這個仇我是無論如何也要報的，而且魔教勾結嚴嵩父子，這對賊父子和他們的奸黨把持朝政，是我大明腐敗的根源，只有將他們徹底剷除，才能還世界清平，於公於私，就算我不加入洞庭幫，我都會和他們血戰到底的。」

楚天舒眼中閃過一絲失望：「你真的不肯來幫我嗎？」

天狼堅定地搖搖頭：「恕難從命，而且就算我願意加入，只怕對楚幫主也不是什麼好事，你也知道陸炳為了得到我費了多少心血，我要是離開，對他無異於背叛，他一定會動用錦衣衛全部的力量來除掉我的，**為了我一個人去和強大的錦衣衛為敵**，**你覺得是虧是賺？**」

楚天舒想了想道：「也是，你這樣的人才，只怕天下沒有人不想要，得到了更不會放手了。好吧，反正今天我也明白了你的立場與態度，大家有共同的目標，未必需要在同一個組織裡，以後需要我們幫忙的話，可以隨時和我聯繫。」

天狼點點頭，又問道：「前輩，你真的就丟下華山派不管了嗎？司馬大俠和展大俠畢竟是您的得意門生，而且您的女兒還在華山，於公來說，現在的華山派很強，也可以成為你對抗魔教的強大助力，為何捨近求遠，不去找他們，而來找我這麼一個獨來獨往的傢伙呢？」

楚天舒無奈地道：「你說我現在這個樣子，怎麼去見我的女兒和徒弟？鴻兒以為我已經死了，才會有這樣的氣勢，對魔教再不留情，我如果出現，那華山派如何自處？貿然讓位給我這麼一個失蹤十年的廢人，只怕門徒會走掉一大半。

「再有就是慕白，他的秘密只有我一個人知道，現在又多了你，如果我出現，一定會讓他非常難受。這第三嘛，華山派還是有被雲飛揚滲透的可能，我在洞庭幫除了對付魔教外，一個重要目的就是為了查雲飛揚的事，以他跟鴻兒的那種關係，我如果把今天對你說的話跟他說一遍，鴻兒未必會信我，所以我只有暗中潛伏觀察。」

天狼聞言道：「楚幫主果然算路深遠，天狼佩服之至。我回去後也會稟明陸總指揮，請他動用錦衣衛的力量來調查雲飛揚，我想總會有蛛絲馬跡的。」

楚天舒卻阻止道：「我覺得還是不要告訴陸炳的好，以他的精明，一定會追問你是如何知道此事的，到時候你怎麼說？何況陸炳也一直在調查我們洞庭幫，尤其是我的來歷，**我不想讓這個特務頭子知道我的底細**，對你，我信得過，但對他這個視江湖門派為死敵的錦衣衛首領，我跟他畢竟不是一路人，如果他找到了雲飛揚，沒準兩人還會成為朋友，靠他繼續攪亂江湖呢。」

天狼細想了想，認同道：「這倒是，陸炳和我們不是一路人，剛才的提議作罷。楚幫主，巫山派的屈寨主現在是我的朋友了，她以後不會再跟著魔教一起為嚴嵩效力，與正派為敵，我也會勸她和你們和平相處的。」

楚天舒哈哈大笑起來：「天狼，我知道你宅心仁厚，但為人不可以仁義的過了頭，**除惡務盡這個道理，你應該明白，一天入魔，終生是魔，正邪永遠不可能兩立的**。以前我們華山派也相信過魔教會改邪歸正，結果呢？屈彩鳳現在向你服軟，不代表她以後借機發展了勢力後還會這麼聽話，**人的野心會隨著自己的力量增加而增加的，這個道理你不明白嗎？**」

天狼很有自信地說：「楚幫主，這事我不敢苟同，屈彩鳳和魔教還有白蓮教不一樣，從林鳳仙開始，建巫山派的目的並不是為了爭霸天下，而是為了保護弱小，雖然屈彩鳳一時受冷天雄的欺騙，與魔教合作多年，但她已經幡然醒悟，決心剷除嚴嵩父子這對禍國殃民的毒瘤，我們現在是同路人，你看這次她跟我聯合行事，就應該知道她的心意了。」

楚天舒冷冷地說道：「天狼，你畢竟閱歷不足，這些個邪派妖女多的是魅惑人的手段，巫山派跟我們連年作戰，又是伏魔盟的重點打擊對象，魔教畢竟遠在西南，巫山派卻是卡在我們洞庭幫和中原之間，他們的勢力在這些年消耗得很快。若不是有錦衣衛和魔教幫忙撐著，早幾年就給消滅了，所以她只能裝出一副恭順的樣子，等待時機，再重新訓練出大批的可戰之兵，以後再跟我們大戰。」

天狼反駁道：「如果按楚幫主所說的那樣，他們現在就斷了經濟來源，又如何能重新招募大批的高手呢？」

楚天舒道：「天狼，你以為巫山派的底細我不知道嗎？他們趁著災年饑荒，施些小恩小惠，把一些官府不願意賑濟的人接到山寨裡養著，男的習武當嘍囉，老弱婦孺則是耕地織布，等小孩子長大了，更是會對他們巫山派死心塌地，我消滅過他們好幾個山寨，也打探過他們總舵，對這些早就瞭若指掌。」

天狼嘆道：「既然楚幫主知道巫山派並非狠毒絕情的門派，為何還要不依不饒呢？屈姑娘以前確實是受了魔教的欺騙，加上為了報殺師之仇，與峨嵋結怨，這才會被嚴嵩父子利用，她現在醒悟過來了，也後悔以前的做法，決定休戰，與我共同對付嚴嵩，前輩何必趕盡殺絕？」

楚天舒厲聲道：「天狼，**你忘了你師父是怎麼死的嗎？**若不是巫山派的背後偷襲，我們怎麼可能在落月峽如此慘敗！就算屈彩鳳願意和你一道對付嚴嵩，可打倒嚴嵩以後呢？屈彩鳳後面的繼任幫主呢？**巫山派只要一天作為一個江湖組織存在，就始終是世間的威脅！**你要知道，**他們是綠林，是黑道，是土匪，哪有土匪不打家劫舍，殺人放火的？你見過不吃羊的狼嗎！**」

天狼毫不退縮地直視著楚天舒的雙眼，道：「楚幫主，你的觀點恕在下不能認同，巫山派確實是綠林組織，但這些嘯聚山林的盜匪，難道天生就是心狠手辣的惡人嗎？當今世道，皇帝一心修道，廟堂上奸臣當道，天下貪墨橫行，本朝的祖制害得這些百姓無以為生，他們要麼進丐幫，要麼只能進巫山派謀生，我等身為俠義之輩，怎麼可以本末倒置，不去清除貪官污吏，反而向這些老弱婦孺下手呢？」

楚天舒不以為然地說：「巫山派就算有幾萬老弱婦孺，但同樣有幾萬可以打家劫舍的強盜土匪，就是那些小孩子，過幾年長大了，還不是加入匪幫？現在他們力量弱小才會安於現狀，**等你把這隻狼給養大了，養肥了，你以為牠還會這麼聽話？不去打劫，不去殺人，他們又以何為生？你真當那些老弱婦孺靠種田織布換來的一點錢，能養活他們這麼大的組織？**」

天狼被說得一愣，強辯道：「如果天下沒這麼混亂，大家可以自食其力，自然可以放這些人下山自謀生路，屈姑娘收留這些人，純粹是不忍心看這些人死於災荒和人禍而已，並非把他們視作是爭霸天下的本錢。」

楚天舒長嘆一聲：「天狼，你還是太年輕了，就算退一步，屈彩鳳肯這麼想，**她手下的各分舵主們也能這樣想？她手下的各個山頭寨主也能這樣想？**這些強盜過慣了打家劫舍，殺人放火的日子，你讓他們本分地種土為生，他們還肯嗎？歷朝歷代對於反賊的招安，都是招了再反，反了再招，最後多數還是要剿滅，你就能保證這些綠林人物都能這麼聽話？」

「江湖是什麼？江湖就是一群有了武功在身，不用像一般的百姓那樣為生計而忙碌一生的人，別說巫山派了，就是讓你的武當派就此解散，大家都得種田為生，你覺得又有多少人願意？」

楚天舒的連番逼問，令天狼頭上冷汗直冒，這些問題他很少想過，今天算是被楚天舒給問住了。

只聽楚天舒繼續慷慨激昂地說道：「老夫當華山派掌門當了有三十年，我華山派不像少林有歷代御賜的田地可以雇人耕種，也不像武當有本朝皇帝御筆親封的皇家道觀香火不絕，華山派就是開在山上的一間道觀而已，平時連香火錢也沒有，所有的收入來源除了靠幾個弟子的學費，就是我夫婦二人行俠仗義，給人看家護鏢換來的一點點酬勞而已。

「曾經我也跟你一樣，心中堅信俠義之道，遵守歷代祖師的遺訓，靠著一腔熱血在江湖上打拼，可結果呢？除了擁有一個『君子劍』的名聲外，對門派還有什麼好處？我縱橫江湖一生，行俠仗義無數，碰到有災難時，傾囊相助也不是一次兩次，像鴻兒也是我帶回山上養活的孤兒，**難道我做得不如林鳳仙嗎？可為什麼她的巫山派幾十年時間就能壯大到如此地步，而我奮鬥三十年卻幾乎要弄得基業不保？天狼，你能告訴我原因嗎？**」

天狼咽了口口水，寬慰道：「世道黑暗，恪守正道確實不容易，但只有這樣，才更顯得前輩的不易啊。」

楚天舒哈哈一笑：「不易？你知道不易有個屁用！江湖上說我岳千愁是偽君子的人多得是，雲飛揚不就是這樣成功地蠱惑了鴻兒嗎！我含辛茹苦長大的孩子都背叛了我，更不用說別人了。天狼，**這世上最險惡的便是人心**，那些仁義道德之類的手段只是狗屎，**想要立身於世，靠的是高絕的武功和成功的權謀**，而不是這些假仁假義的道德。少林武當永遠不缺弟子和官府的支持，他們可以大談道義，可我不行，這個道理，我死過一次之後終於明白了。

「不僅是我，鴻兒也明白了，管他什麼俠義道德，管他什麼人心向背，力量，只有力量，才是你縱橫天下的根本，魔教和巫山派為什麼能這麼快地膨脹勢力？還不是因為他們行事手段狠辣，讓人望而生畏嗎。無論是我重出江湖執掌洞庭幫，還是鴻兒這些年在華山做的，其實都是把傳統的正派束縛給解除了，行事手段比起魔教來說有過之而無不及，這樣別人就會畏懼你，加入你。

「至於我們的經濟來源，我靠了壟斷洞庭湖的水運，鴻兒靠滅掉一個個綠林山寨後奪取的藏寶，以及因為行事雷厲風行而得到朝中重臣親王支持，一下子有了巨額的財富，足以供他開出四五個大分舵，招收數千弟子。天狼，這才叫實力，要爭霸武林，滅掉魔教和巫山派，就得靠這樣的力量，你明白嗎？」

天狼質疑道：「可是這樣一來，你們和魔教又有什麼不同呢？以力服人，讓人畏懼而不是尊敬，這還算是俠義之道嗎？楚幫主，恕我直言，與現在威風八面的您相比，我更敬重以前那個為了俠義之道，可以犧牲自己的華山派岳掌門。」

楚天舒擺了擺手：「這個問題不用討論了，看來你我對於力量的認識和看法有很大的不同，歸根到底是走不到一起的，也罷，我用我的權霸模式來斬妖屠魔，你就留在錦衣衛裡守著你的仁義道德吧，不過我有言在先，巫山派我遲早要消滅的，你如果硬要插手，就準備與我正面為敵吧。」

天狼堅定地回道：「不管錦衣衛在此事上持何種態度，晚輩親眼見過那些孤苦無依的人們，也發誓要盡全力保護他們，如果前輩一意孤行，天狼即使捨了這條性命，也一定會阻擋你的。」

楚天舒仰天大笑起來：「很好，年輕人有自己的想法，比我們這些糟老頭子要出息多了，只是你既然肯加入錦衣衛，我覺得你還是相信力量要強過空洞的仁義，是也不是？難道陸炳會跟你談仁義道德嗎？」

天狼搖搖頭：「不，陸總指揮也想消滅巫山派，但那是在巫山派挑戰朝廷的前提下才會進行，屈姑娘答應打倒嚴嵩父子後，會逐漸減弱巫山派的力量，所以陸總指揮也答應暫時不對他們下手。前輩，既然連錦衣衛都可以網開一面，你又何必苦苦相逼呢？」

楚天舒冷哼道：「陸炳的全家又沒有給巫山派殺光，自然可以輕描淡寫，天狼，你在落月峽失掉了那麼多師兄弟、你的師父、師叔，難道這些仇恨可以這麼容易放下嗎？我沒想到你是這麼沒有血性的人，還是你被屈彩鳳的美色所迷惑，跟徐林宗一樣都是非不分了嗎？」

天狼抗議道：「前輩，你不可以這樣隨便侮辱我的人格，我跟屈寨主只是基於道義上的合作罷了，她為了保護國家，幾次三番的大戰蒙古，這些事你不是不知道，這也可以看出她和冷天雄根本不是一路人，為什麼人家願意回頭，我們卻不給人一個機會呢？佛家還說放下屠刀，立地成佛呢。」

楚天舒搖搖頭：「看來我們是無法達成一致了，你既然要保巫山派，那我也不能留你到以後和我做對。天狼，不要說我以多為勝，也不要說我欺負你身受重傷，剛才我說話的時候，你一直在調息，以你的功力，這會兒應該早就恢復了，你既然不認同我的言論，那就和我正面對決一次，看看是你的天狼刀法厲害，還是我的天蠶劍法更強。」

楚天舒說著，手中突然多出一把古色古香的長劍，青銅打造，劍身上布滿朵朵黑色的血跡，配合劍身上一閃而沒的上古文字，顯示了這是一把無堅不摧的寶劍。

一隻鳥兒似乎被這強烈的劍氣驚嚇，悲鳴一聲，振翅飛走，落下一根羽毛，正巧掉到楚天舒平舉著的劍身上，離著劍身還有半尺，竟斷成兩截。

吹毛斷髮本是寶刀的標誌，這柄劍居然靠著劍氣在半尺外就能做到這點，其鋒銳程度讓人咋舌不已。

天狼臉色凝重起來，楚天舒一股強烈的殺意盡顯無遺，他知道**在青銅面具的後面，一如這顆被仇恨折磨得扭曲的心，是張扭曲變形的臉**，這個曾經儒雅的長者，這會兒已經成了冷天雄的化身，必欲置自己於死地而後快。

天狼感嘆：「想不到今天竟能見到傳說中的上古名劍**干將**。」

楚天舒聞言道：「算你識貨，當年干將莫邪夫婦為吳王鑄劍，三年不成，最後莫邪身懷六甲，以身投入劍爐殉劍，方得兩把絕世神兵，莫邪失落人間已有千年，這把干將劍，乃是我行走江湖時偶然獲得。以我當年的劍術，根本無法駕馭這柄神兵，自我天蠶劍法大成後，此劍才能完全發揮威力，**天狼，你是第一個讓我出此神劍之人。**」

天狼哈哈一笑：「既然如此，天狼雖死無憾了。」

他的表情變得嚴肅起來，扔掉手中的青虹長劍，從腰間貼身處抽出了縮成匕首大小的斬龍刀，心中暗念口訣，刀身立時暴漲到四尺左右的標準長度，一泓耀眼的刀光如同一萬個太陽那樣明亮，照得整個小院的天空都在閃耀，隨著刀身上的龍吟之聲，那道血槽中的藍芒碧血痕也為之一亮。

楚天舒利眼一瞄，詫異地道：「這把就是傳說中的斬龍刀吧，萬震跟我提起過這刀，他並不知道此刀來歷，我聽說此刀乃是上古神兵，南朝武帝劉裕曾以此刀創立丐幫，進而建立國家，你怎麼會有此刀的？」

天狼道：「晚輩機緣巧合進入宋武大帝的陵墓，因而得到此刀，曾立誓要靠這刀斬妖除魔，驅逐韃虜，掃除人間一切的不平之事。」

「說得好，可是你現在站在魔教一方，與我為敵，到底誰是妖，誰是魔？劉裕泉下有知，不氣得再活過來死一次才怪。」楚天舒嘲諷道。

天狼知道楚天舒是在激怒自己，抱元守一，心神平靜，閉上眼睛，紅氣漸漸在周身圍繞，刀身的龍吟清嘯之聲也逐漸大了起來，澎湃奔湧的氣息捲得地上的塵土和葉子都打起旋來。

萬震等人聽到裡面的動靜，隱隱看到暴漲的紅氣，心知兩人要動手，全都跑到院門邊，卻聽到楚天舒厲聲喝道：「全都退下，這是老夫和他兩個人之間的對決，無論誰勝誰敗，都不許干涉，若是此人殺了老夫，讓他走，不許報仇！」

萬震連忙阻止道：「幫主，萬萬不可！」

楚天舒喝道：「萬震，連老夫的話也不聽了嗎？」

萬震無奈之下，只好帶著幫眾們一起退下。

輕風吹過，拂起兩人額前的頭髮，院中變得一片死寂，連鳥鳴聲也聽不到，只有呼嘯的風聲和兩人手中兵器發出的龍嘯虎嘯之聲在空氣中迴盪。

楚天舒周身騰起一層紫色的霧氣，干將劍也凝起一層紫色冰霜，劍身上的文字卻泛起金光，在詭異的紫霧中顯得格外明顯，楚天舒的眼睛也變得空明起來，只剩下眼白在泛著神光，黑色的瞳仁幾乎消失不見。

天狼的雙眼也同樣變得血紅一片，就像是鮮血隨時要奪眶而出，手中的斬龍刀泛著紅光，他右手一舉，斬龍刀橫在胸前，作起手勢，左手作爪狀，緩緩地從刀身上劃過，源源不斷的天狼勁被他注入到刀身內，只要一發動，將是石破天驚的一擊。

兩人身上的紅光和紫氣隨著各自氣勁的增強，不斷地向外溢出，離己身的距離也越來越遠，一尺，二尺，三尺，四尺……隔著丈餘的兩人，在五尺左右的中線附近，內息終於正面碰撞，如同驚濤拍岸般互相力拚較勁。

天狼眼睛死死地盯著對面霧氣中漸漸模糊的身影，從剛才與萬震的一戰，他已經可以預知楚天舒的天蠶劍法快到何種程度，展慕白的出手已經是快逾閃電了，而楚天舒幾十年的紫雲心法不是蓋的，有雄厚內力作支持的天蠶劍法，將會是他有生以來遇過最強的對手，而且這一戰決的是生死，沒有半點僥倖。

楚天舒的身形突然在紫氣中消失不見，天狼只看到一道紫影一晃，眼前一下子多出了十七道劍影，有先有後，但明顯是一劍攻出來的，心下駭然，沒想到楚天舒的劍法竟然強到如此地步。

天狼向後退出半步，一招「**天狼破軍烈**」，九道刀氣瞬間攻出，迎上側面的九道劍影，在空中蕩出一陣火花，瞬間湮沒不見。

剩下的八道劍影一下子變粗許多，離天狼只剩四步的距離，天狼將刀舉過頭頂，配合著腳下的狼行千里步法，一招「**天狼月夜舞**」，身形如陀螺一般，轉出六道刀氣，與劍影相合，這回的爆炸聲大出許多，三道紫色劍氣離天狼的身體只有兩步之遙。

天狼從這三道暴漲的劍氣後面，看到楚天舒殺氣四溢的雙眼，閃著大盛的紫芒，這種死意，他只在柳生雄霸的眼中見過，現在的楚天舒，一如柳生雄霸那樣，眼中只有一個必須要擊倒的對手，沒有任何其他的感情與顧慮。

天狼大吼一聲：「來得好！」

越強的對手，越能激發出天狼的戰意，楚天舒正是這樣千載難逢的強敵！

天狼不再後退，兩隻瞳孔如同燃燒的太陽一樣，想要將面前這個敵人融化，他迎前半步，斬龍刀縮到三尺，趁著刀身還有一半左右的紅氣，「唰唰唰」連攻三刀，正好與楚天舒的奪命三劍對上。

紫氣、紅光在驚天動地的碰撞下一陣激蕩，方圓三丈左右的地上如同被扔下幾十個震天雷，炸出一個深達半尺的大坑，坑內焦黑一片，位於坑中心的天狼，也被漫天的焦土弄得灰頭土臉，頭上身上到處是炸成焦炭的泥土。

帶著土腥味的泥塊如冰雹一樣打在天狼的臉上身上，幾條土裡的蚯蚓被炸得在空中飛舞，裂成數段，這一切，都被如同安裝了一雙鑽石眼的天狼看得真真切切。而他看得更真切的，是楚天舒那幽靈一般的身形，還有他那如流星閃電般的劍法。

楚天舒的天蠶劍法，是天狼生平所僅見，如果說武當的劍法靠的是「**綿勁**」，以柔克剛，峨嵋的劍法靠的是一個「**遊**」字，要求不斷的遊走，司馬鴻的霸天神劍，則靠的是一個「**奇**」字，精妙招數層出不窮，卻又有一股浩然的正氣。趙全的白蓮劍法，也是在詭異中透著一股邪氣，陰森森的，讓人不寒而慄。

但楚天舒的劍法與他們都不一樣，他的劍法透著一股歹毒與邪惡，招招陰損，卻又出其不意，若非天狼這樣的武學奇才，見多了天下各門各派的頂尖武功，能夠舉一反三，只怕早已中了他的劍了。

刀劍相交，擦出朵朵的火花，兩人的左掌也沒有閒著，各出奇招。楚天舒的中指與食指間扣著一枚肉眼難辨的繡花針，天狼第一次與他掌力相對時，幾乎被刺得氣勁一洩，幸虧他練了十三太保橫練的功夫，一對肉掌練得堅逾鋼鐵，這才沒有被扎破氣勁，從此心生警覺，出掌時都是先以掌勁外吐，把那枚繡花針震偏，使之無法再刺傷自己。

兩人的拳腳功夫還在其次，主要還是右手的兵刃相擊，楚天舒的身形和他的劍法一樣，快得不可思議，如果換成一年前，甚至是半年前，天狼都絕對不可能抵擋得住，可是這半年多的經歷，天狼連戰超級高手，武功的提高可以說是一日千里，如果不是頻頻與頂級武者的較量累積的經驗，他也不可能撐過楚天舒這種狂風暴雨式的攻擊。

天狼的斬龍刀一會兒伸到四尺，作天狼刀法與屠龍二十八式之用，一會兒伸到五尺，以雙手屠龍刀法的招式以氣破快，一會兒又縮到三尺，幻化為幻影無形劍法與兩儀劍法，拉出一個個光圈，把楚天舒的攻勢化為無形。

又是五百多招打過，天狼已經可以漸漸地離開自己的圈子，向外主動攻擊了，儘管干將劍仍然如毒蛇一般，從各個意想不到的方位刺出，在天狼的身上留下一道道淺淺的劍痕，卻無法像開始時那樣給予天狼致命的打擊了。

天狼越戰信心越足，只聽「嘶」地一聲，干將劍從自己的右方鑽出，劍身如同蛇般扭動的身軀不停抖動著，閃著寒光的劍尖則似吐著毒信的蛇頭，對著天狼準備施以致命的一擊。

天狼大吼一聲，斬龍刀在手中如風車般地一個旋轉，捲出一圈刀氣，不給干將劍纏上自己劍身的機會，干將劍急速撤回，他知道楚天舒準備要換一招「**霧轉雲山**」，轉而攻擊自己的左臂，這幾乎是天蠶劍法的固定套路了，他大喝一聲，沒有趁勢攻擊楚天舒的中宮，而是舉刀一揮，急襲楚天舒的下盤，一招「**天狼半月斬**」，紅色的半月形刀氣急攻楚天舒的腳踝。

楚天舒有些意外，天狼這三四百招開始不按常理出招，一開始，楚天舒占盡上風，逼得天狼使了不少同歸於盡的招數才算堪堪避過，但自己慢慢露出頹勢，反觀天狼各種奇招異式卻正要施展，讓他咋舌不已。

一道刀氣已經攻到自己的腿上，來不及多想，楚天舒一飛沖天，如大鳥般凌空，一招華山劍法中的「**鷹蛇生死搏**」，向下猛力攻出三劍，分襲天狼頭頸處三個要穴。

天狼哈哈一笑，不閃不避，迎劍而上，身形一飛沖天，三道劍氣從他的頭頸處劃過，留下三道血痕。

楚天舒心中大駭，他沒想到天狼用的居然是如此蠻不講理的兩敗俱傷式打法，他剛才就是賭自己那一下不會發全力，這下讓他賭對了，天狼的身形瞬間殺到眼前，在他的眼中，只剩下天狼那如山的刀影。

楚天舒匆忙間又攻出七劍，同時一提氣，身形在空中借著剛才刀劍相交的那下反力暴退，穩穩地落到地上，天狼卻如影隨形，擋開那七劍後，仍然緊緊地追著他，這是過了兩千多招以來，天狼第一次反搶到先機。

楚天舒的劍法完全就在於一個快字，靠的是用連綿不斷的攻勢來讓敵人無從招架，最後百密一疏間防不勝防，可是一旦轉入防守，就沒有那種無堅不摧，無快不破的威力了。

天狼反過來得理不饒人，一刀快似一招，這下他也不再用別的刀法劍招，天狼刀法源源不斷，封住了楚天舒前後閃躲騰挪的空間，逼其與自己正面硬碰硬，斬龍刀與干將劍在空中連擊，畫出片片火花，楚天舒身前不停地炸出一個個小坑，泥土濺在他的身上，除了濃濃的火藥味外，還有一種死亡將至的恐懼。

天狼的刀穿過楚天舒干將劍的空隙，楚天舒第一次感覺到斬龍刀上那火熱的溫度，透過青銅面具，溫度傳到他已經滿是汗水的臉上，像是要把他的面具融化似的。

楚天舒大吼一聲，也不顧自己的面門要穴了，干將劍幻出萬千劍影，直刺天狼的心臟，天狼哈哈一笑，斬龍刀在干將劍的劍身上輕輕一點，震開了干將劍，而他的身形沒有跟進追擊，而是借著這一下飄出一丈有餘，斬龍刀縮到三尺，套回到鮫皮刀鞘中，恭敬地向楚天舒行了個禮：「前輩的劍法蓋世，晚輩自愧不如，領教了。」

楚天舒沒想到天狼會就此罷手，但他畢竟是武林前輩，作為晚輩的天狼既然收刀，他也不好再出手攻擊，於是重重地「哼」了一聲，干將劍也還劍入鞘，不滿地道：「天狼，你這是在羞辱老夫嗎？明明已經占了先機，卻又收手不攻，這算什麼？」

天狼搖搖頭，看了眼身上的三四十道傷痕，剛才自己全神備戰，不感覺到疼痛，這會兒傷口開始結起痂來，渾身上下卻是又麻又癢，骨頭像是散了架一樣的疼痛。

天狼忍著痛苦，勉強擠出一絲笑容：「前輩武功本就勝過晚輩，一開始晚輩無法抵擋，只能一再用出同歸於盡的殺招，其實晚輩心裡清楚，前輩對晚輩還是手下留了情的，晚輩只是靠著年輕力壯，氣力上占了點優勢，若論武技，晚輩要向前輩學習的地方還很多。」

楚天舒嘆了口氣，語氣中盡是落寞：「天狼，作為年輕人，你很不錯，武功蓋世，**更難得的是謙虛**，今天的比試，你我心中都有數，我前面不是手下留情，而是不想自己受傷，是我過於托大，也低估了你的實力，後面想要再控制住你也是無能為力了，再打下去，不出千招，老夫必敗無疑，看來天蠶劍法雖然厲害，但老夫限於年齡與資質，還是無法把它發揚到極致。」

天狼卻道：「不，前輩的武學今天真的是讓晚輩大開眼界，晚輩是真心的佩服，就算是死在天蠶劍法下，作為一個武者也不枉此生了，今天一戰，是晚輩平生打得最吃力的一戰，絕非虛言，再打下去，晚輩身上受創甚重，也未必能堅持多久，這戰是名副其實的平手之戰。」

「天狼，今天就算沒分出勝負，我斬妖除魔的心也不會有任何動搖，下次如果你還是要維護屈彩鳳，老夫一樣會和你一決生死的，而且手段會無所不用其極，這點你最好做好心理準備。」楚天舒正色道。

「前輩，你我都是有立場的人，要守護自己必須守護的一些東西，既然晚輩無法說服您，那只有用手中的刀阻止您了。下次見面，我也不會手下留情的。」天狼毫不示弱地回道。

楚天舒換了個話題：「這事不說了，**我能問問你這回來造訪李大人府上的原因嗎？是不是你和屈彩鳳想要先扳倒李大人這個我幫的有力盟友，所以想在李大人身上做文章？**」

天狼搖搖頭：「前輩只說對了一半，我們確實是想找李名梁貪汙受賄的證據，可是這不是為了挫敗洞庭幫，而是要**打擊嚴黨**。」

楚天舒聽了道：「李名梁雖然名義上是嚴嵩的門生，可是這兩人現在幾乎沒有來往，你若是扳倒了李名梁，嚴嵩最高興不過，而且還會派個真正的黨羽過來，這幾年湖南發展得不錯，遠非幾年前商震剛卸任時的爛攤子，湖南巡撫算是個肥缺。」

天狼解釋道：「不管怎麼說，李名梁畢竟是嚴嵩的門生，來湖南也是他推薦的，前陣子蒙古入侵，嚴嵩的表現讓皇帝非常失望，嚴嵩父子也心知這一點，這陣子一直蟄伏不動，我和屈寨主便想趁機對他所舉薦的官員下手，尋找這些人貪贓枉法的證據，不管李名梁和嚴嵩關係如何，他的罪證都是打擊嚴嵩的有力武器，您既然和魔教有這麼深的仇，應該知道只有打倒了老賊，才可能把魔教徹底拔起。」

楚天舒質疑道：「你當真不是為了屈彩鳳和她的巫山派？」

天狼舉手向天，發出重誓道：「晚輩可以就此立誓，找李名梁的罪證完全是為了打倒嚴嵩，而非其他目的，若違此誓，人神共棄！」

楚天舒道：「天狼，不是老夫不信你，而是魔教妖女實在是善於魅惑人心，這種事老夫見得太多了，你的師弟徐林宗不也是被那個妖女一直迷惑的嗎？你們武當遭遇了建派以來最大的危機，說白了不也是那個妖女所賜？即使你已經不是武當弟子了，但紫光真人畢竟是你的師長，他死在妖女之手，你怎麼可以如此無動於衷，還跟她繼續來往呢？」

「紫光道長並非屈姑娘所殺，而是被深藏不露的內鬼所害，找到這個內鬼，也是我加入錦衣衛的最重要原因。」天狼道出了真相。

楚天舒眉毛一揚：「什麼，紫光道長不是屈彩鳳殺的？」

第十章

蘭貴坊

華燈初上，天狼看著那座水榭的名字「蘭貴坊」，
暗嘆這南京城的青樓妓館也跟他處不同，
起的名字都這麼風雅，可是心中又生出一絲疑惑，
這上泉信之跑到這妓館，不知是作何想法，
難不成是想用搶劫來的錢風流快活一把？

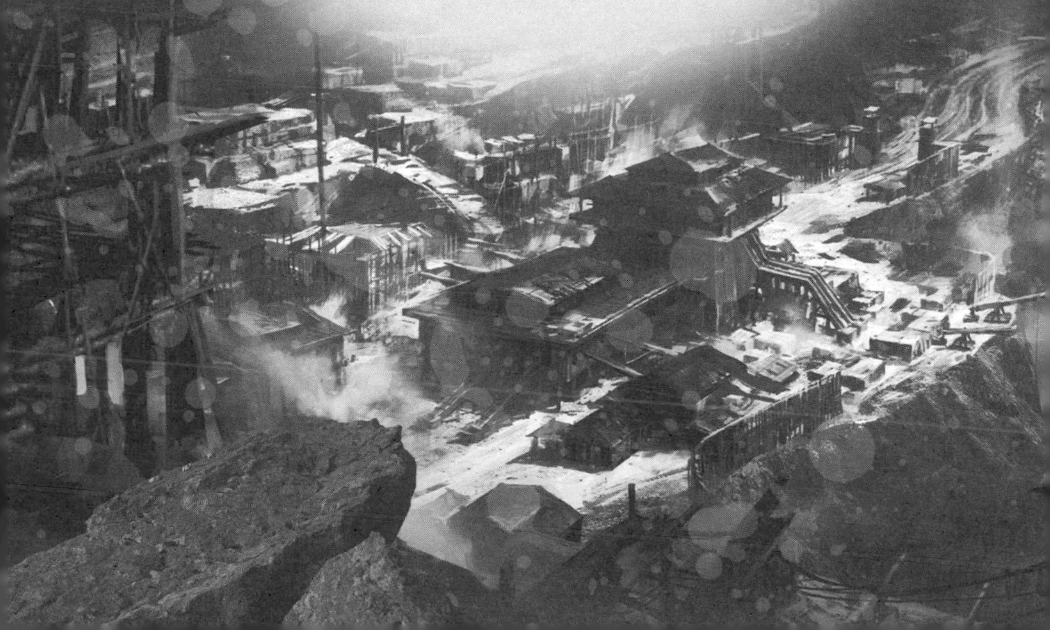

「屈姑娘本來已經和徐師弟說好，放下恩怨，就此停戰，徐師弟因而帶她上武當向紫光道長請命，雖然紫光道長沒有當即答應，但也沒有拒絕，只說要再考慮，屈姑娘下山後，碰到金不換一家，失手被擒，他們想從她身上得到天狼刀法，所以給屈姑娘服下寒心丹，企圖逼她寫出刀譜，結果寒心丹的毒性誤打誤撞地打通了屈姑娘的經脈，讓她功力大增，但也失掉理性，變成見人就殺。打退金不換後，她欲再上武當找紫光道長理論，但我很肯定，以她的功力，即使吃了寒心丹，也不可能殺得了紫光道長。」

楚天舒沉吟道：「我也覺得不可思議，屈彩鳳雖然武功不錯，但跟紫光道長相比還是稍遜一籌，絕無可能一個人便殺死紫光道長，我那時就懷疑武當內部有人接應，甚至懷疑過徐林宗，畢竟紫光一死，只有他是最得好處的。可是這些年他又和屈彩鳳沒有了來往，讓人不禁心生疑惑，如果你說武當有另外的內鬼存在，趁亂下手，那倒是個合理的解釋。」

天狼沉痛地道：「武當的內鬼一直存在，晚輩還在武當的時候，這個內鬼便現過身了，不知道前輩是否還記得晚輩被逐出武當的理由，是犯了淫戒，其實是那個內鬼在我小師妹的房間裡放了迷香，還在我的枕頭下放了春藥，意圖栽贓陷害我。」

楚天舒點頭道：「這點我剛才看出來了，你的內功精純，陽氣十足，應該還是童子之身，老夫本以為你和你小師妹有了親密關係，所以才會對你的功力有所低估，這麼說來，你當年並沒有真的犯淫戒了？」

「正是如此，紫光道長知道此事後，決定將計就計，派我到各派去查錦衣衛的內鬼，起初我以為內賊是陸炳放出來的，等我進了錦衣衛後才知道，武當的內鬼另有其人，與他無關，也因他答應動用錦衣衛的力量幫我查出這個內鬼，我才答應加入錦衣衛的。」

楚天舒驚嘆道：「如果真是這樣，這個內鬼倒是非常可怕。不過，就算屈彩鳳沒有殺紫光道長，她仍是巫山派的首領，是正派的死敵，天狼，你可以暫時集中精力對付魔教，甚至一段時間內與她保持合作，這都沒問題，但是巫山派的存在永遠是我們正道武林的威脅，將來我還是要把巫山派消滅的。」

天狼知道一時間無法扭轉楚天舒的想法，便道：「前輩，不管怎麼說，巫山派暫時不會與前輩正面為敵，你也可以抽出力量對付魔教，對於消滅魔教這一點，我跟你是一致的。」

楚天舒道：「在對付魔教之前，我得先把後院安頓好，老實說，李名梁跟我只不過是基於共同利益上的合作，他撈他的錢，我也會給他好處，換來他對我們洞庭幫在湖南擴展勢力的默許，你如果把他扳倒了，能保證換來的人也能向著我們嗎？」

天狼搖搖頭：「這點我不能保證，我來這裡時並沒有考慮到換人的事，只想著要搜集證據，打擊嚴黨，既然您這樣說了，那我會考慮到這一層，回去請示陸總指揮，讓他想辦法幫忙。」

楚天舒眼中光芒一閃：「這麼說來，這次你來湖南，是陸炳的授意？他和嚴嵩不是兒女親家嗎，怎麼也要對嚴嵩下手呢？」

天狼道：「陸炳和嚴嵩結盟，只不過是因為受了夏言的折辱，咽不下這口氣，才和嚴嵩結親，共同對付夏言，現在夏言已倒，無論是皇帝還是陸炳，都不想看到嚴嵩把持朝政，形成一黨獨大的局面，所以無論是在朝中還是在江湖，陸炳要做的就是挑起爭鬥，讓群臣和江湖各派都不能形成合力，威脅皇帝的統治。

「前陣子蒙古入侵，嚴嵩作為首輔毫無作為，蒙古兵都打到城下了，他居然還在朝上說蒙古人不過是幫流寇，搶夠了就會走，把皇帝氣得不行，意識到嚴嵩的囂張氣焰，即將威脅到自己的統治權，但因嚴黨勢力龐大，許多關鍵區域需要嚴嵩的黨羽來維持，一時半會兒不可能扳倒嚴黨，所以只能削減嚴嵩的黨羽枝節。我這次就是執行這個任務，在各地找尋嚴嵩黨羽貪贓枉法的罪證，然後上交給能和嚴嵩作對的重臣，由他們派御史彈劾，嚴嵩舉薦的人頻頻出包，嚴嵩勢力自然受到打擊，對魔教的支持力度也會降低不少。」

楚天舒聽得連連點頭：「國家大事我不清楚，我只想找魔教和巫山派報仇而已，別的事情我也沒太大興趣，不過，我知道嚴嵩是魔教的後臺，能打擊到他，我當然是支持的，當年皇帝秘授我東廠提督一職，讓我來江湖組建勢力時，也暗示我要把魔教作為首要打擊對象，看來那時他已經意識到嚴嵩的危害了。好吧，你回去後跟陸炳商量一下，**如果他能保證新來的湖南巡撫會和我繼續合作的話，那我可以把李名梁的貪汙罪證雙手奉上。**」

天狼心中一動：「前輩有他的罪證？」

楚天舒哈哈一笑：「這個狗官，來這裡三年不到，光是從我這裡就收了至少有三十多萬兩銀子，我這裡一筆一筆的記錄都有，而且他把銀子運往何處錢莊，在哪裡購房置地，都是我的人護送他一手經辦的。當時我也留了個心眼，與這種貪官合作，自然要有制住他的東西，這些白紙黑字的證據一定會對你有用的。」

天狼興奮地道：「那晚輩就先行謝過前輩啦。」

楚天舒擺擺手：「別急著謝我，這事還沒有說定呢，要是來的新官和我不對路，那我是不會交出這些罪證的，你們在廟堂上如何鬥貪官打奸臣，其實和我關係並不大，**我的要求就是湖南巡撫必須是我的合作者**，只這一點就行。」

天狼點點頭：「這個要求並不高，我想陸總指揮應該能辦得到。」

楚天舒突然問道：「聽說前一陣子，湖北那裡也出了事，好像有人夜襲湖廣布政使司的衙門，連駐守在那裡的魔教高手也受了些損失，這不會是你們做的吧？」

天狼也不隱瞞，坦承道：「楚幫主果然消息靈通，不錯，就是我們做的，湖廣省的布政使劉東林和按察使何書全都是嚴黨，他們向嚴嵩行賄的帳冊已經被我們取得，湖南巡撫是我們的第二個目標，沒想到栽在了您手上。」

楚天舒心喜道：「如果你們能打倒這兩個狗官的話，最好把湖北的官員也換成能和我合作的，這兩年我一直想向湖北擴張勢力，可是這兩個狗官卻勾結魔教和巫山派對我打壓，連從我這裡過洞庭湖的商隊，他們都要多加刁難，討厭得緊，這回這兩個狗官倒了，新來的官員最好能和李名梁一樣，好處少不了他們的。」

天狼暗嘆這楚天舒的野心也太大了，光湖南這裡不夠，還要把湖北也抓在手裡，比起巫山派來，也許他才真的是有了實力後想割據一方呢，但眼前還要和洞庭幫合作，於是笑了笑道：「楚幫主的意思，我會向陸總指揮轉達的，只是我提醒前輩，湖北那裡一向是武當派的勢力範圍，就算趕走魔教，您這麼橫插進來，怕會和武當和伏魔盟起衝突。」

楚天舒眉頭一皺，道：「這事老夫自有計較，武當一向是靠香火錢維持，俗家弟子也多是開莊立院，連鏢局也沒有兩家，我如果去湖北的話，也只是控制湖北的商隊運輸，到時候若是要保鏢的話，我也可以分給武當名下的那幾家鏢局一份，但我絕不會坐視魔教勢力被驅逐後，地盤讓別的門派占了去。」

天狼允諾道：「楚幫主的意思，晚輩一定轉達。」

楚天舒抬頭看了看天色，兩人的比武和談話用去了不少時間，這會兒已是夕陽西下，便對天狼道：「那就一言為定了，老夫先走一步，你如果有什麼消息，可以來洞庭幫總舵直接找我。還有，你我的身分各自保密，切記！」言罷，身形一動，如一陣風般越牆而出。

天狼直到楚天舒遠去，院外萬震等人的氣息也消失後，這才深深地呼出一口氣，兩腿一軟，幾乎支撐不住。

剛才的一戰，實在是天狼有生以來從未有過的驚險之戰，與楚天舒生死相搏時，他全神貫注在武學本身，忘掉了疼痛，現在精神一放鬆下來，立刻感到周身疼痛不已。

看著身上千瘡百孔的衣服，若不是有十三橫練和天狼戰氣護體，他早就不知死幾回了。想到這裡，他突然有些感激起陸炳，不管他是出於什麼目的傳授此功，都救了自己一命。

他有一種九死一生後如釋重負的快感，能得到洞庭幫的秘密，也不枉鬼門關走這一回。

他提了一下氣，功力大概還剩七成左右，一個躍起，上了屋頂，一身黑色的夜行衣在屋頂上幾個起落，便沒入夜色之中。

天狼在城中飛簷走壁，繞著長沙城轉了兩三圈，確定身後沒有人跟蹤後，這才翻越城牆，奔向城中的孫家客棧。

夜色已深，白天熙熙攘攘的街市變得空蕩蕩，飯鋪酒館也都打烊了，冷清的街道上，幾隻野狗不時的汪汪聲，配合著打更人「天乾物燥，小心火燭」的聲音，在空曠的街巷裡迴蕩著。

孫家客棧的後院，是一個三四丈見方的小院子，院牆很矮，只有一丈左右高，個子高一點的漢子踮起腳，就可以看到院中的一切，只見院裡放著幾輛破車和幾把舊椅子，其餘的便是些雜七雜八的零碎物品，牆上掛著幾串紅辣椒，讓人看了連進來順手牽羊的興趣也沒有。

一個黑影如同夜空中的大鳥，輕飄飄地飛進了後院，甫一落地，地底就傳來一個低沉的聲音：「什麼人？」

來人正是天狼，他輕聲道：「兩隻黃鸝鳴翠柳。」

地底的聲音明顯放鬆許多：「一行白鷺上青天，怎麼現在才來？」

「一言難盡。」他邊說邊走到牆邊，牆上突然反轉，露出了一個洞口，天狼快如風地鑽進洞口，牆壁上的暗門再次一轉，彷彿什麼也沒有發生過似的。

天狼走進幽暗的地下室，一張四方桌子上，亮著一盞昏暗的燭臺，跳躍著的火苗映出屈彩鳳那張絕美的容顏，一頭白髮，如同閃閃發光的銀子一樣，在這幽暗的密室內反射著異樣的光彩。

屈彩鳳看到天狼身上的傷，臉色大變，急問道：「怎麼回事？什麼人把你傷成這樣？」

天狼坐了下來，笑道：「你怎麼不先問我為什麼沒有帶回李沉香呢？」

屈彩鳳沒好氣地道：「你都傷成這樣了，還有心思開玩笑，天狼，是不是你從來不把自己的命當回事？」

天狼收起了笑容，正色道：「我那裡出了點意外，一會兒詳細跟你說，你先說說你那邊情形怎麼樣？我看到謝婉君帶著人，殺氣騰騰地去找你，你們交手了嗎？」

屈彩鳳看到天狼傷口已經結痂，心下稍寬，這才道：「我這邊倒是一切順利，謝婉君來了以後，我引她到一個僻靜之處動手，沒過幾招我就向寺外走，把她遠遠地引開，在城內轉了三四圈後便把她給甩掉了。要不是你叫我不要旁生枝節，我還真想給這小妞一點教訓。」

天狼不禁說道：「殺父之仇不共戴天，你殺了人家的親爹，還不許人報仇嗎？」

屈彩鳳撇嘴道：「我們行走江湖，哪個手裡沒有人命，天狼，你又殺了多少人，就沒考慮過這些人的家人向你復仇了嗎？前怕狼後怕虎的，那在江湖上還混個屁啊。」

天狼嘆道：「可是滅大江幫畢竟是不義之戰，而且你們的手段也太狠了點，除了謝老幫主，還殺了那麼多人，洞庭幫的人有不少就是當年船工們的親朋好友，你是在給自己樹敵啊，屈姑娘。」

屈彩鳳的臉微微一紅，說道：「當時我哪知道這些，日月教的人跟我們說，他們暗中和伏魔盟勾結，一直幫伏魔盟做事，幫姓商的貪官搬運搜刮來的錢財，我一看就來火，而且還公然違抗我們的命令，可就是這樣，我的本意也只是殺姓謝的一人而已，日月教眾們大開殺戒，我如何阻止？」

天狼勸道：「昔時因，今日過，當年犯下的錯總歸要還的，如果有機會的話，還是和謝姑娘化解這段恩仇的好。」

屈彩鳳聽了，氣不打一處來，柳眉倒豎地說：「你用不著教訓我，謝婉君這些年也殺了我們許多人，我的好姐妹白敏也在洞庭幫崛起之戰中死在她的手下，她不來找我，我還要找她報仇呢。李滄行，你要是向著她，乾脆就取了我的腦袋，向她示好得了。」說到這裡，她氣得扭過頭，再也不看天狼一眼。

天狼想想殺父之仇不共戴天，要讓二女和解，確實不太可能，只能一聲嘆息：「也許只有時間才是消除仇恨的唯一辦法，你們跟洞庭幫的恩怨，以後再慢慢化解吧，今天我碰到了洞庭幫幫主楚天舒，這一身的傷也是拜他所賜。我們都被他算計了，前幾天我們夜探李府時已經被他看了出來，李沉香去燒香就是他設下的局，然後守在小院裡等我們上勾。」

屈彩鳳緊張地問：「你如何能突出重圍的？看你這疤痕是神兵利器加上超強內力造成的，可見此人功力的可怕。」

「楚天舒看破了我們的意圖，決定跟我用一對一的決鬥方式一較勝負，我僥倖撐了兩千多招，算是打了個平手，他就放我走了。」

屈彩鳳倒吸一口冷氣：「以前我們跟洞庭幫交手，很少見他親自出手，他如果能在兩千招內把你傷成這樣，只怕他的武功還要超過陸炳和冷天雄呢。」

天狼心有餘悸地說：「確實如此，全力一戰的話，他至少不會輸給那兩位，只是楚天舒上了年紀，內力雖然精純，卻不能持久，我一開始幾乎難以支撐，可是打到後來，體力上占了便宜，糊裡糊塗地撐過來了，他也就遵守承諾，放我走啦。」

屈彩鳳一邊聽著，一邊看著天狼身上的傷痕，不禁說道：「能把你傷得如此之重，我看他不僅武功超卓，手中的神兵利器應該不在你的斬龍刀之下，對吧？」

天狼回道：「不錯，他用的是上古名劍干將。」

屈彩鳳取笑道：「像你這皮粗肉厚，又練了十三太保橫練的，也只有這種神兵才能傷得動啦。我聽說這類的神器都有刀靈劍魄，在傷人的同時，說不定還會有什麼邪氣入體。」

天狼聽屈彩鳳這麼一說，想起斬龍刀裡的刀靈，加上體內那種陰冷難受的感覺，背上的汗毛都豎起來了，緊張地道：「當真？」

屈彩鳳收起笑容，點點頭：「我騙你做什麼，我有袪邪治傷的靈藥，你把外衣脫了，我幫你把傷口處理一下。」

天狼難為情地道：「這男女授受不親，屈姑娘，還是我自己來吧。」

屈彩鳳粉面立時如罩了層嚴霜，啐道：「現在跟老娘說什麼男女授受不親了，李滄行，你以前幾次三番欺負我的時候，怎麼不說這話啊。行啦，這麼大一個男人，比小姑娘還要嬌氣，你背上擦不到的地方怎麼辦？快點，要是真有劍邪入體，那可就晚啦。」

天狼無奈，只得脫掉上衣，露出鋼鐵般雄健的肌肉，抱了抱拳道：「那就有勞屈姑娘了。」

屈彩鳳從懷中摸出一個藥袋子，又掏出一張牛皮紙，小心翼翼地把藥袋裡的粉末倒上，細心地在天狼背上的傷口抹起藥膏來，天狼只覺觸手清涼，那種傷口被紫雲神功所灼傷的火辣感覺，登時消失不見，而體內的陰寒之氣，也感覺好了許多。

天狼道：「巫山派的療傷聖藥果然名不虛傳啊。」

屈彩鳳手上動作一點也沒有停，小指肚在天狼的傷口上輕輕地撫摩按捏，手法熟練老到，天狼說不出的舒服。

只聽屈彩鳳說道：「我們綠林土匪成天打打殺殺的，身上也是這處傷那處疤，不靠這藥怎麼在江湖上混呢，你以前用的傷藥療效雖然不錯，但是只能癒合，祛疤卻不行，所以那些傷疤都留著，難看死了，這藥不僅可以助你療傷，更可以讓傷口痊癒後不留疤痕，算是便宜你啦。」

天狼順口道：「我一個大男人身上有些傷疤無所謂，倒是屈姑娘你，冰肌雪骨的，留了傷疤就不好看了。」

屈彩鳳一捏天狼的一處傷痕，傷口的痂應手而落，血都冒了出來，痛得天狼「哎喲」一聲，屈彩鳳罵道：「油嘴滑舌，登徒子！」

天狼嚇得再也不敢說話了。

屈彩鳳繼續處理傷口，將剛才碰破的傷口重又抹了藥，歉意地說：「還疼麼？我一時生氣出手沒輕重，對不起。」

天狼豪邁地一笑：「這算什麼，是我唐突了姑娘才是。」

「你這身肌肉如鐵打的一樣，能造成這種傷痕，也只有干將這樣的神器了，你可知道對手的來頭？」屈彩鳳忍不住問道。

天狼暗想，楚天舒的身分絕對不能洩露，因而搖搖頭說：「我只看到那人一身的紫氣，他的劍法詭異莫測，快如閃電，我一開始根本反應不過來，十劍裡能攻出一兩刀就不錯了，不少招數都是靠了同歸於盡的打法才逼他回保，如果他下手稍微狠一點，那我早就沒命啦。」

屈彩鳳幽幽道：「你這人就是不愛惜自己的命，不過，也許只有你這種狂熱的打法才能對付他，要是心裡有半分猶豫，出招慢了半拍，只怕連同歸於盡都做不到了。後來呢？」

「後來就是我跟你說過的啦，他的劍法雖然詭異，但是打久了，我便看出他劍法的奧秘，應付起來就沒那麼吃力了，最後他勝我不得，我就主動要求停手了。」

屈彩鳳不甘心地說道：「拳怕少壯，楚天舒勝在經驗和功力的精純上，但論體力和持久度並非你的對手，你罷手休戰，實在是太可惜了，如果換了是我，一定會擊倒楚天舒的。」

天狼灑脫地道：「擊倒了他又如何？屈姑娘，你的好勝之心太強了，別忘了我們的正事，來湖南是為了找李名梁的罪證，而不是打敗楚天舒！」

屈彩鳳聽了道：「這倒是。對了，楚天舒罷手後，還和你說了些什麼？」

「我和他談你們和洞庭幫的事，他把魔教視為死敵，但答應暫時和巫山派休戰，只是他要發展壯大自己的門派，需要大量的金錢，就必須牢牢地控制洞庭湖南北的商隊運輸，李名粱在任這幾年一直支持他壟斷運輸，所以他不願意李名粱倒臺。」

屈彩鳳的臉上露出失望之色：「這麼說，我們這回一無所獲了？」

天狼搖搖頭：「也不盡然，他看出了我的身分，知道我就是一年多前在京師南郊外一戰成名的天狼，我也跟他說了，這回是我們錦衣衛要搜集嚴黨成員的罪證，以扳倒嚴嵩父子，希望他配合。可是楚天舒說他對國家大事不感興趣，只想打擊魔教，他只在乎湖南巡撫會不會給他們方便，如果我們錦衣衛能想辦法讓新任巡撫對他繼續關照的話，他願意主動獻上李名粱貪汙的證據。」

屈彩鳳聽了，笑道：「這麼說來，我們這次也算成功一半啦。」

天狼點點頭：「我覺得不止成功一半，除了能拿到李名粱的罪證，還讓洞庭幫和你們暫時休戰，可謂一舉兩得。」

屈彩鳳恨恨地說道：「天狼，洞庭幫和我們是不死不休的深仇，為了幫你，我可以暫時和他們休戰，可是以後我肯定要和楚天舒決一死戰的，別的不說，為了在洞庭幫總舵死去的那些兄弟姐妹，我也一定要報仇雪恨的，即使我可以放過他們，兄弟們也不可能答應。」

天狼心想兩派的血仇看來是很難化解了，嘆道：「冤冤相報何時了，行走江湖，哪可能全無恩怨呢，我以前也殺過你們不少人，現在不也是和你成好朋友了嗎？」

屈彩鳳突然臉色一變，質疑道：「**你跟那楚天舒是何關係，為何要處處維護此人？**你以前殺我姐妹的事，我一直不提，你是不是以為我就忘了這事？哼！」

她把手中的藥瓶向桌上一放，竟是負氣而去，只留下天狼傻呆在這陰暗的房間裡。

天狼心道這女人的脾氣真是不可捉摸，說翻臉就翻臉，他苦笑一聲，拿起藥瓶，在胸前的傷處塗抹起來，待全身抹遍之後，這才穿上衣服，走出地窖。

只見屈彩鳳坐在屋頂，怔怔地看著天上的月亮，長長的睫毛上竟然淚光閃閃。天狼知道她應該是思念起戰死的那些兄弟姐妹，心中自責勾起了她的傷心往事，輕輕一個跳躍，上了屋頂，站在她身後，卻是不知如何開口。

半晌，才聽屈彩鳳道：「天狼，你可知道，上次死在你手下的人，有十幾個是和我一起長大的師姐妹，我們從小一起練劍，一起玩耍，情同姐妹，可她們卻死在你手下，死得那麼慘，我不知多少次夢見她們渾身是血的站在我面前，一言不發，想到這裡，我就恨不得把你碎屍萬段。」

她猛的一回頭，美麗的眼中盡是殺氣。

天狼不知該說什麼，只好道：「屈姑娘，如果你實在怪我，等我扳倒嚴嵩後，這條命你就拿去吧，反正我在世上唯一的目標就是打倒奸黨，還世間清平而已，別的沒什麼好求的。」

屈彩鳳眼中兩行清淚流下，痛苦地自語道：「**可是我怎麼下得了手？明知你是殺我姐妹的仇人，可是，可是我就是無法對你動手**，我真的好恨我自己，不能愛也不能恨……」

天狼無言以對，只能保持沉默。

屈彩鳳抽泣著，良久才止住哭聲，待情緒平復下來，緩緩道：「天狼，上次是我帶姐妹們殺你，你出手也是為了自保，大家都是江湖兒女，生死各安天命，加上你後來救過我，我殺你不成，是我沒本事，以後也不會再向你尋仇。只是那洞庭幫是主動出手偷襲我們，這些年的廝殺，早已結下了不解深仇，**我無論如何也不可能和楚天舒握手言和的**，這件事，請你以後不要再提了。」

天狼點點頭：「屈姑娘，對不起，讓你想起了傷心的往事，這事我不會提了。」

屈彩鳳冷靜下來，問：「此間事情已經結束，你要多久才能拿到李名梁的罪證？我們還有必要在這裡待下去嗎？」

天狼道：「楚天舒只答應在我們找到能跟他合作的繼任者後，才會把李名梁的罪證奉上，這事我還得向陸炳請示，由他物色一名適合的湖南巡撫，這會需要一段時間，我們便直接去下一站吧。」

屈彩鳳關心地道：「你的傷沒好，連著這麼拼，沒事嗎？」

天狼微微一笑：「不礙事，這次沒有傷到我的內力，加上有你的靈藥，路上找機會調息打坐便是，嚴黨最多的是南直隸和浙直一帶，因為那裡也最有錢，我們不妨到那裡去碰碰運氣。」

屈彩鳳臉上終於綻放出笑容：「還是抓貪官有意思，這個我喜歡。」

一個月後。

南京城，秦淮河上，易容成一個貴公子和一個健僕的屈彩鳳、天狼二人，扮作主僕，走在河邊的青石路上。

屈彩鳳今天則是扮了男裝，染黑了頭髮，戴著一頂文士帽，絕代的風采引得不少行人駐目，天狼則是恢復本來的體格，只在臉上易了容，變成一個三十多歲的黑臉護衛，而那熊羆一樣的壯實體格跟在嬌小玲瓏、溫潤如玉的屈彩鳳後面，形成巨大的反差。

屈彩鳳從來沒有來過南京城，這一趟跟著天狼倒是好好地遊歷了一番。這一個多月來，兩人放下心思，一路遊山玩水，天狼自從與小師妹從西域回來後，就再無佳人這樣一路相伴，雖然和屈彩鳳刻意保持一定的距離，但也算是人生中難得的一段歡樂時光。

屈彩鳳此時放下了幫派的重擔，終於能像個正常的女兒家那樣釋放本性，由於長期身處綠林，很少進這種熱鬧的大城市，南京作為六朝古都，更是人煙稠密，繁華如畫的十丈紅塵，使她也難得地一展歡顏。

屈彩鳳嘴裡咬著一串臭豆腐，邊走邊吃，十分隨興，天狼忍不住提醒道：「屈姑娘，你現在可是男裝打扮，一個貴公子這樣邊走邊吃，太難看了些，不如吃完了再走吧。」

屈彩鳳調皮地衝著天狼做了個鬼臉，道：「我們又不是馬戲團裡的猴子專門給人看的，要管別人的眼光做什麼？」

天狼輕嘆了口氣：「屈姑娘，我們來南京也有四五天了，卻是毫無頭緒，只怕這回要空手而回了。」

屈彩鳳眉頭一皺：「行了行了，沒玩兩天就淨說這些，真掃興，這南直隸總督張經又不是嚴嵩的人，你難道想向他下手？」

說話間，她把最後一片臭豆腐塞進了櫻桃小口裡，抿嘴一笑，「還有吃的嗎？」

天狼無奈，便把自己手上的那串遞了過去：「這串也給你吧，真受不了你，一個姑娘家卻喜歡吃這麼臭的東西。」

屈彩鳳呵呵笑道：「這你就不懂了，這臭豆腐聞起來臭，可吃到嘴裡真是香呢，南京城裡好吃的東西真不少，臭豆腐、糖葫蘆、烤鴨，嘻嘻，要是能一直在這裡生活，倒是很不錯呢。」

天狼提議道：「屈姑娘，我們也玩得不少日子了，若是南京這裡沒什麼進展的話，不如去杭州吧，那個胡宗憲是嚴嵩的頭號幹將，也許從他身上可以找到重量級的資料。」

屈彩鳳秀眉一蹙，疑道：「天狼，你不是一直說那胡宗憲是抗倭名將，東南重臣嗎？我們一路走來，無論官民都稱頌他的抗倭功勞，為什麼還要對他下手？你不怕倒了胡宗憲後，東南這裡會出亂子嗎？」

天狼看了一眼四周，拉住屈彩鳳的纖纖柔荑，屈彩鳳手本能地一縮，隨即意識到這是天狼要用腹語術，雙頰微微一紅。

只聽天狼震動胸膜說道：「屈姑娘，得罪了，只是此事事關機密，還是不要在大街上說的好。」

屈彩鳳「嗯」了一聲，也用腹語回道：「我知道，你說吧，沒事。」

天狼點點頭，裝著看向遠方，一手指點著河上的行船，卻是說道：「屈姑娘，上次我在江南碰到倭寇的時候，就曾親眼見過胡宗憲把俘虜到的倭寇頭目送回倭寇那裡，所以**我不確定這人是真的通倭，還是懷著別的心思**。耳聽為虛，眼見為實，我準備親自查探一下此人，萬一他被倭寇收買，那東南的形勢就糟糕了，我已經見識過一個仇鸞，絕不能讓這裡再出現另一個。」

屈彩鳳點點頭：「那你準備怎麼查？直接去杭州翻他的帳本嗎？」

天狼搖頭：「不行，這個胡宗憲和前面的那三個官不一樣，他是總督，擔負著和倭寇作戰的任務，平時也主要是住在軍營裡，不像那幾個只知道在衙門大堂裡搜刮民脂民膏的官，即使有帳冊，也沒那麼好下手。」

屈彩鳳不解地道：「既然如此，又何必去動這個平時起居都在軍營裡的官兒呢？萬一真的出事，那可能整個前線都要垮掉的，這個道理你難道不明白嗎？」

天狼眼中精光一閃：「正因如此，我才更要查清楚此人的底細，貪錢事小，通倭事大，嚴黨現在不得勢，萬一真的鋌而走險，外連倭寇和韃子，起兵作亂，那就麻煩了，所以這次找罪證在其次，主要是要看看這個東南督撫是否忠誠可靠。」

屈彩鳳聽了點點頭：「那好，既然如此，我們何不早點動身去杭州呢。還有，此事你的陸大人是否知道？」

天狼道：「此事跟陸大人沒有關係，是我自己的想法，如果他知道我起了心思想查那人，估計多半不會讓我來查案了。這幾天，我本想找一個故友，看看他能不能幫上忙，現在看來沒這個必要了。」

屈彩鳳道：「你若是想找人談事，不必管我，我自己走走看看，在我們落腳的客棧碰頭即可。」

天狼目光落在秦淮河上的渡船：「來南京這麼多天了，也沒好好地看一眼十里秦淮的夜色，屈姑娘，你不想見識一下嗎？」

屈彩鳳粉頰微微一紅，啐了一口：「男人真沒一個好東西，就想著這些風花雪月的事，你要看就自己看吧，不要扯上老娘。」

天狼搖了搖頭：「屈姑娘，你誤會了，這種風月場所往往是達官貴人去的地方，有時候反而能探出一般正式場合無法打聽到的事情，也只有在這種地方，男人才會放下戒備，更方便我們挖掘消息。」

屈彩鳳勉強地道：「那就聽你的吧，不過，你可別打什麼歪心思，你若是陷在溫柔鄉裡了，老娘可不負責救你。」

天狼正要開口，突然看到一個熟悉的身影一閃而過，那是一個身材高大的漢子，雖然梳著髮髻，但顯得不倫不類，看起來總有些怪怪的，左臉處一道刀疤如蜈蚣一樣地扭來扭去，滿腮則是鋼針一樣的虯髯，看起來和他那身質地上好的黃色綢緞衣服十分地不協調，絲毫不像一個商人或是富家公子，反而更像是個穿了一身好衣服的江洋大盜。

可是天狼在意的不是這些，這個人，他印象深刻，那張醜臉上扭曲的刀疤以及滿眼的凶光，讓他一生都難忘，是的，**此人正是當年在南京城外的小樹林裡和他惡戰過的倭寇頭子：上泉信之。**

除了上泉信之以外，這夥人裡還有十餘個人，看起來都非善類。

和上泉信之並排走在前面的，是兩個看起來極有氣勢的年輕人，一個大約三十歲上下，瘦高個子，頗為英俊，留著三分頭，兩道劍眉入鬢，手裡搖著一把鐵骨摺扇，藍色金線頭巾，一身上好的紫色綢衣，氣度不凡，高高隆起的太陽穴更證明了此人是一流的內家高手，不可小覷。

走在這名紫衣人身邊的，則是一個身形壯如熊羆的大漢，身長九尺，目如銅鈴，高鼻獅口，一臉的絡腮鬍，活像一隻大狗熊，雖然也穿了一身大紅色的綢緞長衫，可是掩飾不住那一身的草莽氣息。

兩人身後的隨從，一個個也都是面相凶狠，神光內斂，手按在隨身刀柄上，天狼在谷底與柳生雄霸切磋一年之久，對東洋刀法爛熟於心，一看這些人持刀劍的手法，就知道這些人雖然拿的是中原的刀劍，但使的手法盡是東洋流派，加上上泉信之帶隊，這些人必是倭寇無疑。

天狼差點脫口而出這些人就是倭寇，甚至想要上前把這些人拿下，轉瞬一想這裡是鬧市，自己和屈彩鳳只有兩個人，真打起來未必能占上風，以倭寇的凶殘狡猾，很可能以周圍的百姓為掩護，傷人逃命，到時候傷及無辜可就大大不好了。

想到這裡，天狼邁出去的一隻腳又收了回來，緊緊盯著一行人在自己前方二十餘步的一條小巷子中穿行，然後沿著河邊向前走去。

屈彩鳳何等聰明，一看天狼要噴出火的眼神，再看他捏得作響的骨節，秀目一轉，抓住天狼的手，暗語道：「這些人武功都很高，但路子很怪，是你的仇家？」

天狼咬牙切齒地用腹語說道：「為首的那個黃衣人，乃是倭寇頭子上泉信之，當年率七十三個倭寇從浙江一路殺到南京城下的，就是此人！」

屈彩鳳聽得雙眼圓睜，沉聲道：「居然是這個惡賊！天狼，你還等什麼，還不動手嗎？」

天狼低聲道：「不行，這裡是鬧市，倭寇凶悍狡猾，一旦處於下風就會大開殺戒，傷及無辜，而且也不容易全部抓住他們，這些人膽子很大，光天化日之下居然敢大搖大擺地在大明陪都南京城出現，我想一定是有所圖謀，不如你我在後面跟蹤，也許這些人是來和朝廷的內奸接頭的，如果能全部破獲，那倒是大功一件。」

「我巫山派在浙江的兄弟們也幾次和他們交手，傷亡不少，我早就想收拾這些惡魔了，如果可以順藤摸瓜，抓住他們的把柄，那就聽你的，只是這次你別再像上回那樣猶豫了，你上次放跑了仇鸞，結果讓他坐大，依我說，倭寇和貪官應該一起殺，免得拿下後又給嚴嵩保了去，官官相護這句話你應該清楚，陸炳也不一定會和你一條心的。」屈彩鳳道。

天狼點點頭：「我自有計較，到時候還請屈姑娘出手相助。」

兩人商議既定，仍扮作主僕的模樣，遠遠地跟在這些人後面，看似不經意地東看西逛，但始終跟這些人保持著五十步左右的距離。

由於走在大路上，以兩人鷹眼一樣銳利的目光，這些人是絕對逃不過視線的，趁這功夫，也可了解後面有沒有倭寇的同黨跟在後面護衛。

如此這樣走了三四里後，天色漸漸地暗了下來，秦淮河上的渡船畫坊一艘艘地掛起了燈籠，那夥人走到河邊的一處亭臺水榭裡。

這是秦淮河邊的獨特風景，與一般的青樓妓館不同，文人騷客往往喜歡附庸風雅，常駐足秦淮河邊，那些妓院的頭牌花旦們便坐在河中的花舫上，隨船出來彈唱一曲，如果岸上的客人們看上了哪個姑娘，就會喊價，客人間也會互相叫價，最後由出價最高的那人把女子接走，度過一夜風流。

上泉信之等人坐著的那處水榭，就是整個秦淮河邊最豪華的一座，天狼看到上泉信之進去時，身後的一個隨從掏出一錠足有五兩的黃金給看門的僕役，早早便有一個打扮得花枝招展的中年美婦笑臉相迎，把為首的三個人迎了進去，那幫護衛則全部留在外面守衛，一個個虎視眈眈，凶相畢露，把不少有意進去的公子哥兒們嚇得掉頭就走。

華燈初上，天狼看著那座水榭的名字「蘭貴坊」，心中暗嘆這南京城的青樓妓館也跟他處不同，起的名字都這麼風雅，可是同時，他的心中又生出一絲疑惑，這上泉信之不與官員接頭，卻跑到這妓館，不知是作何想法，難不成是想用搶劫來的錢好好地風流快活一把？

帶著這個問題，天狼和屈彩鳳二人走近了蘭貴坊，離大門還有七八步，就看到三個懷中抱劍的護衛走了過來，為首的一人操著半生不熟的漢語，生硬地說道：「這裡滴，我們家主人包下滴，你們快走。」

屈彩鳳沒有理會這幾個護衛，眼光看向了後面快步而出的那個中年美婦，冷冷地說道：「閣下並非這裡的護衛，本公子想進這蘭貴坊看看，還需要你們批准不成？」言罷，徑直向裡走去。

那個為首的護衛眉毛一皺，伸手想攔，天狼搶前一步伸手抓向他的脈門，那名護衛也是高手，一看天狼的來勢心知不妙，退後半步，沉肘撤腕，準備反擊。

天狼這一下用上了「**黃山折梅手**」，他不想一下子用上全部功力，只使出了六成而已，即使如此，速度也比那名護衛快了半拍，變爪為指，點中那護衛肘關節的痠經，那護衛「哎喲」一聲，再也無法發力，疾退三步，一下子把刀抽出了一半，刀光一下子照亮了黑暗的夜空。

一邊的十餘名護衛紛紛拔刀出鞘，一時間殺氣四溢，這些人把天狼和屈彩鳳圍在中間，嚇得這蘭貴坊的老鴇一下子躲到後面，瑟瑟發抖，卻是不敢說話。

屈彩鳳朗聲道：「好個蠻橫無禮的護衛，你說這裡給你們包下了，我找這蘭貴坊的媽媽出來問問都不可以嗎？若是這坊裡的媽媽說這裡今晚不接客了，我們掉頭就走，絕不停留。」

街上行人看到這架式，也駐足一邊，對著這裡指指點點，議論紛紛。

換作漢人打扮的上泉信之聞聲走了出來，他的中國話比起幾年前要流利了許多，開口道：「二位，這裡今天被我們包下了，你們若是想玩，請改天再來，這秦淮河上的藝坊也不止這一家，二位去別家也可以啊。」

屈彩鳳雙眉一揚：「你就是這些人的主人吧，你的手下好沒規矩，上來就動手，閣下平時就是這麼教導手下的嗎？」

上泉信之看邊上圍的人越來越多，自己的手下則是抽刀抽了一半，殺氣騰騰的，心中暗罵這幫手下真是蠢材，進了大城市也不知道收斂一下，還以為是在日本國內可以隨便拔刀砍人呢，於是向領頭的護衛喝道：「混蛋，忘了平時怎麼教你們的嗎，快把刀收起來！」

護衛如夢初醒，連忙把刀收回鞘中，其他人也依樣畫瓢，包圍屈彩鳳和天狼的那個半圓形陣勢迅速撤下，變成站在上泉信之身邊，分立左右。

上泉信之哈哈一笑，拱手行了個禮：「這位兄臺，在下姓羅名龍文，徽州歙縣人，初來南京城，想夜訪秦淮河，看看傳說中豔絕十里秦淮的佳人們，手下都是些鄉下人，沒怎麼見過世面，得罪了二位，還請見諒。」

屈彩鳳雖然心中對這倭寇頭目討厭之極，但想到天狼的吩咐，不好當眾翻臉，再說這上泉信之雖然報了假名，也算以禮相待，於是也大喇喇地抱了抱拳：「在下姓萬名震，衡州人士，也是初來南京城，剛才一時言語冒犯，還請羅兄不要放在心上。」

天狼心中暗自思量起來，**上泉信之改名羅龍文，又說自己是徽州人，那胡宗憲就是徽州人氏，難不成這上泉信之敢這樣在南京城裡大搖大擺，是得了胡宗憲的默許？**他心中的疑雲越來越重，更是堅定了要一探這些人底細的決心。

另一方面，屈彩鳳的應變可謂非常聰明，洞庭幫在江湖上的名聲尚不明顯，而萬震雖然厲害，卻只限於湖廣一帶有名氣，現在報了這個名頭，以後說不定還能挑起倭寇與洞庭幫的廝殺呢，看來屈彩鳳的心眼可是一點也不少。

上泉信之眼珠子一轉，笑道：「萬兄，本來在下與你一見如故，一起在這秦淮河賞月，也未嘗不可，只是今天在下陪著兩位貴客，他們不喜歡別人打擾，所以還請萬兄高抬貴手，別處尋歡，失禮之處，在下改日一定親自賠罪，一點心意還請收下。」

說話間，上泉信之向一邊的手下使了個眼色，那名為首的護衛從懷裡掏出一錠足有十兩重的金子，遞給屈彩鳳。

屈彩鳳冷冷地說道：「羅兄未免也太看輕在下了吧，在下來這裡，是為了花錢尋個樂子，而不是收了錢卻受一肚子的氣，羅兄若是真的把在下當成朋友，那就一起賞月看佳人，而不是給在下一點錢，像打發叫化子那樣地把在下打發走。」

上泉信之的臉色沉了下來，沒有說話，似乎是在想對策。

此時，他身後傳來一個字正腔圓的聲音：「羅兄，既然這位萬兄堅持要進來一起賞月觀花，我們一再推辭就有些不太好了，一起觀景就是了。」

隨著這句話，那個紫色綢衣的瘦高個子走了出來，人很英俊，劍眉星目，臉型瘦削，但是眼睛裡卻透著一絲難以捉摸的光芒，隱隱帶著一絲邪氣，讓天狼看了心中一凜。

那瘦高個子拱手向著屈彩鳳行了個禮：「在下姓徐，單名一個海字，杭州人氏，見過萬兄。」

屈彩鳳點點頭，也回了個禮，微微笑道：「還是徐兄通情達理，多謝了。」

上泉信之附嘴於徐海的耳邊，小聲道：「徐兄，你我這回可是為小閣老挑選美女來的，這兩個人來路不明，讓他們進來不太好吧。」

徐海口唇啟動，聲音極輕道：「無妨，這兩個人都有上乘功夫，而且來者不善，貿然拒絕，事情鬧大了對我們沒什麼好處，大不了今天不選美女就是。」

上泉信之不再多說，對手下們一揮手，這幫人迅速地站開，讓出一條通道，徐海做了個請的手勢：「萬兄，請。」

屈彩鳳也不客氣，大踏步地就要向裡走，天狼緊緊跟在後面，卻被上泉信之伸手一擋：「萬兄，閣中賞花乃是我們這些主人的事，僕役護衛就留在外面吧。」

屈彩鳳解圍道：「羅兄誤會了，這位雖然看起來很健壯，但不是家僕，而是在下的一個遠房表兄，名叫萬里行，跟著在下一起遊歷罷了。」

上泉信之看了眼天狼，心中暗道，這傢伙的打扮分明是個僕人模樣，可是姓萬的卻非要說是自己的親戚，大概是看自己人多，身邊不跟個武功高強的護衛，心裡沒底吧。

但既然徐海已經發了話，上泉信之也不好多說什麼，只好乾笑兩聲，讓開了路，天狼趕緊跟著屈彩鳳後面進去。

一直被嚇得不敢出聲的中年美婦看事情得到了圓滿解決，媚笑著迎了上來：「哎呦，公子啊，是哪陣風把你們吹來了，老身可是想死你們啦。」

天狼心中暗道，你是想我們兜裡的錢吧。前面的屈彩鳳更是一臉的鄙夷，「哼」了一聲，也不答話，逕自找了個視線不錯的位置坐了下來，立時就有幾個美婢獻上果盤小吃。

天狼從懷裡掏出一小錠金子，給那中年美婦：「我這同伴不太通世事，唐突之處，還請見諒。」

中年美婦本來討了個沒趣，面子上有點掛不住，一看到金燦燦的黃金，馬上又喜笑顏開，一把抓過金子，塞進自己的腰包裡，揮著手道：「不妨事，不妨事，我這就去安排最好的姑娘們坐花船跟公子們相見。」

天狼在屈彩鳳身邊找了個小案坐下，另一邊，上泉信之、徐海和那個蠻漢也都找好位子坐定，徐海介紹那個蠻漢名叫毛海峰，三人乃是合夥做生意的客商，以前沒來過南京，今天是慕名前來，想要見識一下這十里秦淮的無邊春色。

天狼心中冷笑：做什麼生意啊，還不就是那些打家劫舍的沒本錢買賣。他剛才靠著超人的聽力，聽到徐海和上泉信之的對話，原來這二人今天來找美女，不是為了自己尋歡，而是想作為禮物獻給嚴世蕃，看來倭寇果然和嚴家父子有勾結，胡宗憲作為浙直總督，居然可以容忍倭寇頭子在自己的眼皮底下做這種事，可見通倭一事是八九不離十了，天狼忍著要把這些倭寇一網打盡的衝動，想看看他們下一步會如何行動。

屈彩鳳明顯情緒不高，她本是個率性直為的人，面對著這些自己恨不得立刻就拔刀相向的倭寇，還身處青樓妓館，實在有些難為這個女中豪傑了。

只見她一杯接一杯地喝著悶酒，她的酒量很好，半個時辰的功夫，連喝了二十多杯，眉頭都沒有皺一下。

天狼看對面三個倭寇頭子在竊竊私語，似乎在猜測自己的來歷，於是寒暄道：「徐兄不知經營何種生意，可否見告呢？」

「一點小生意罷了，做些玉石買賣而已，透過羅兄進貨，毛兄在內地銷售。」

天狼「哦」了一聲：「原來是這樣的，聽說羅兄是徽州人，如果在下記得不錯的話，和浙直總督胡宗憲胡部堂可是同鄉？」

上泉信之「嘿嘿」一笑：「確實是同鄉，只是在下做生意，從不依仗胡部堂的名聲。」

天狼讚道：「羅兄真乃豪傑也。」

正說話間，河上飄來一艘艘掛著燈籠的小船，經過這水榭的時候停了下來，天狼定睛看去，只見一個個身著各色羅衫的女子，從小船中走出，對著水榭中的眾人盈盈一個萬福，然後各持樂器，在小船上就吹拉彈唱起來，撥弄樂曲間，眼波流轉，帶著盈盈的笑意，向客人們展現著自己的才藝。

這些女子都是眉目如畫的美女，年紀約是十七八歲上下，環肥燕瘦，各有風情，看起來撥琴鼓箏，別有一番雅韻，絕非天狼上次在黃山腳下的「牡丹閣」裡看到的那些俗豔的青樓女子。

屈彩鳳原本也以為妓院裡都是些狂蜂浪蝶，卻不想是如此才藝雙絕的美人，也不禁放下了酒杯，目不轉睛地盯著這些女子們看，時不時地拍手叫好。

但天狼卻很清楚，這些女子雖然可稱是上等佳品，可是對嚴世蕃這樣的色中餓鬼來說，還不足以將之打動，而且這些女子看起來都過於柔弱，嚴世蕃找女人除了為了發洩獸欲外，還要練那邪惡的魔功，只怕這些女子根本經不起他的摧殘。

果然，對面那三個倭寇也一直在不停地商量著，天狼看他們面色凝重，不住搖頭的樣子，就知道他們也對這些女人不完全滿意。

小船飄來十餘艘了，各色各樣的美女都表演過，三個倭寇卻還沒有挑出一個人，屈彩鳳一開始看得挺新鮮，這時候也有些乏味了，拉著天狼的手，暗語道：

「你還在等什麼？這三個傢伙不挑女人，我們就不動手了嗎？」

天狼搖搖頭道：「不行，**剛才他們說是要給嚴世蕃找女人，可見倭寇和嚴賊早有勾結，我們要用這個機會查出他們勾結的證據才行。**」

屈彩鳳臉上不動聲色地道：「可是看樣子，他們沒看到什麼中意的美女，若是今天挑不到，那怎麼辦？」

天狼沉吟道：「那就想辦法跟蹤這幾個人，他們總要找到和嚴世蕃打交道的東西。」

請續看《滄狼行》10 東瀛忍者

滄狼行 卷9 廟堂江湖

作者：指雲笑天道
發行人：陳曉林
出版所：風雲時代出版股份有限公司
地址：10576台北市民生東路五段178號7樓之3
電話：(02) 2756-0949
傳真：(02) 2765-3799
執行主編：朱墨菲
美術設計：許惠芳
行銷企劃：林安莉
業務總監：張瑋鳳

初版日期：2021年04月
版權授權：閱文集團
ISBN ：978-986-352-947-7
風雲書網：http://www.eastbooks.com.tw
官方部落格：http://eastbooks.pixnet.net/blog
Facebook：http://www.facebook.com/h7560949
E-mail：h7560949@ms15.hinet.net
劃撥帳號：12043291
戶名：風雲時代出版股份有限公司

風雲發行所：33373桃園市龜山區公西村2鄰復興街304巷96號
電話：(03) 318-1378
傳真：(03) 318-1378
法律顧問：永然法律事務所 李永然律師
北辰著作權事務所 蕭雄淋律師

行政院新聞局局版台業字第3595號 營利事業統一編號22759935

定價：270元

國家圖書館出版品預行編目資料

滄狼行 ／ 指雲笑天道 著. -- 初版 -- 臺北市：風雲時代，2021.01- 冊；公分

ISBN 978-986-352-947-7（第 9 冊；平裝）

857.7 109020729